문학과 역사의 경계에 서다

# 문학과 역사의 경계에 서다

초판 1쇄 인쇄_ 2010년 3월 25일
초판 1쇄 발행_ 2010년 3월 30일

지은이_ 김치수·박덕규·공지영·홍용희·추선진·정인혜·서지희·김윤식·김인환·김종회·
　　　　고영진·오흥근·이문재·노희준·박완서·남재희·이광훈·이종석·강남주·신예선·
　　　　서영은·안경환·정구영·강석호·김병총·정연가·최증수·최지희·이권기·이서기
　　　　(원고 게재순)

엮은이_ 김윤식·김종회

펴낸곳_ 바이북스
펴낸이_ 윤옥초

책임편집_ 김민경
편집팀_ 이성현, 김주범, 최성아
책임디자인_ 방유선
디자인팀_ 최윤희, 윤혜림, 최효경

ISBN_ 978-89-92467-38-4  03810

등록_ 2005. 07. 12 | 제 313-2005-000148호

서울시 마포구 서교동 395-166 서교빌딩 703호
편집 02) 333-0812 | 마케팅 02) 333-9077 | 팩스 02) 333-9960
이메일 postmaster@bybooks.co.kr
홈페이지 www.bybooks.co.kr

# 문학과 역사의 경계에 서다

김윤식·김종회 엮음

바이북스
ByBooks

# 한국의 발자크, 이병주 문학을 다시 보는 이유

나림 이병주는 1921년에 태어나 1992년 타계할 때까지 언론인이요 작가로서의 생애를 살았으며, 근현대사의 온갖 굴곡을 그 인생 역정 가운데 체험하고 이를 소설로 남겼다. 우리는 그의 데뷔작 「소설·알렉산드리아」를 읽고 눈을 크게 뜨며 놀란 여러 사람의 글을 볼 수 있다. 그로부터 40여 년이 지난 오늘에 그 작품을 다시 읽어보아도 한 작가에게서 그만한 재능과 역량을 발견하기는 참으로 쉽지 않은 일이다.

특히 역사와 문학의 상관성에 대한 그의 통찰은 남다른 데가 있어 역사의 그물로 포획할 수 없는 삶의 진실을 문학이 표현한다는 확고한 시각을 정립했고 그것을 증명하는 많은 탁월한 작품들을 남겼다. 그런데 문제는 그가 남긴 뛰어난 작품들과 문학적 성취에도 불구하고 당대 문단에서 그에 대해 적잖이 인색했으며 또한 그의 작품 세계를 정석적 방식으로 평가하지 않았다는 데 있다. 물론 거기에는 그 나름의 사유가 있다. 그가 활발하게 장편 소설을 쓰기 시작하면서 역사 소설과는 다른 맥락으로 현대 사회의 애정 문제를 다룬 소설을 또 하나의 중심축으로 삼았는데, 이 부분에서 발생한 부정적 작용이 결국은 다른 부분의 납득할 만한 성과마저 중화하는 현상으로 나타난 것으로 여겨진다.

그러나 이러한 측면을 제하고 살펴보면, 우리는 그에게 부여되었던 '한국의 발자크'라는 별호가 결코 허명이 아니었음을 수긍할 수밖에 없다. 일찍이 대학에서 문학을 공부하던 시절 그는 자신의 책상 앞에 "나폴레옹 앞엔 알프스가 있고, 내 앞엔 발자크가 있다"라고 써 붙여두었다고 술회한 바 있다. 이 오연한 기개는 극적인 재미와 박진감 넘치는 구성, 등장인물의 생동감과 장대한 스케일, 그의 소설 처처에서 드러나는 세계 해석의 논리와 사상성 등에 의해 뒷받침된다.

이러한 작가로서의 면모를 다시 떠올려 볼 때, 그리고 우리 문학사에 그의 성향 및 성취에 필적할 만한 작가를 찾는 일이 거의 무망하다는 사실을 염두에 둘 때, 우리는 유명幽明을 달리한 지 오래인 그의 작품을 다시 확인하고 평가할 필요성을 강렬하게 느끼게 된다. 더욱이 시대적 사조가 부분적인 것 중심으로 흘러가고, 현란한 영상 문화의 물결에 밀려 문자 매체의 전통적인 상상력이 고갈되어 가는 마당에 이병주식 이야기성의 회복을 통해 인문적 사고의 내면 확장과 온전한 세계관의 균형성을 확립한다는 것은 참으로 중요한 명제가 아닐 수 없다.

이병주의 첫 작품은 1965년에 발표된 「소설·알렉산드리아」로 알려져 있다. 뒤이은 그의 소설의 주제는 그야말로 백화난만한 화원처럼 다양하다. 『예낭풍물지』나 『철학적 살인』 같은 창작집에 수록되어 있는 초기 작품의 실험성 짙은 분위기와 관념적 탐색의 정신, 앞서 언급한 바와 마찬가지로 시대성과 역사 소재의 작품에서 볼 수 있는 숨겨진 사실들의 진정성에 대한 추적과 문학적 변용, 현대 사회에서의 다기한 삶의 절목節目들과 그에 대한 구체적 형상들을 금방이라도 나열할 수 있다.

더욱이 현대 사회의 여러 현상을 주된 바탕으로 하는 작품들에서는 천차만별의 창작 유형들을 만날 수 있다. 1980년대 이후 『허망의 정열』, 『그 테러리스트를 위한 만사』 등의 창작집에서는 역사적 사건과 현실이 연계된 중편이나 함축성 있는 단편들을 볼 수 있다. 여기까지 이르면 이미 그의 작품에는 세상을 입체적으로 바라보는 원숙한 관점과 잡다한 일상사에서 초탈한 달관의 의식이 깃들어 있다.

이병주는 분량이 많지 않은 작품을 정교한 짜임새로 구성하는 능력이 뛰어난 작가지만, 그보다 강력하게 인식되기로는 대하소설을 유연하게 펼쳐나가는 데 탁월한 작가다. 일찍이 그가 도스토옙스키Fyodor Dostoevskii의 『죄와 벌Prestuplenie i nakazanie』을 읽고 그 마력에 사로잡혔다고 고백한 것도 이 점에 견주어 볼 때 자못 의미심장하게 여겨진다.

『관부연락선』, 『산하』, 『행복어 사전』, 『바람과 구름과 비』, 『지리산』 등이 구체적인 사례에 속하는 작품들인데, 이는 단순히 작품의 분량이 엄청나다는 외형적 사실에 그치는 것이 아니다. 그 속에 도도히 흐르는 역사적 현실과 그것에 총체적인 형상력을 부여할 때 얻어지는 사상과 철학까지 다양한 면모를 보인다.

그의 소설 세계는 우리 문학사상 유례가 없는 성취를 이루었고 비교할 데 없는 분량을 자랑하고 있다. 그가 불혹의 나이에 시작해 온 생애에 걸쳐 구축한 서사적 구조물들은 다시 읽히고 다시 평가받아야 한다. 지금 우리에게는 작고 사소한 허물을 덮고, 크고 유다른 성과를 올곧게 평가하는 대승적 시야가 필요하다. 그래서 지금, 다시 이병주인 것이다.

  이 책은 그와 같은 생각 아래 생전의 인간 이병주를 만난 사람들의 직접 체험의 글과 문학으로 작가 이병주를 만난 사람들의 독서 체험의 글을 한데 모은 것이다. 이를 통해 우리는 한 인간, 한 작가, 하나의 거대한 문학 세계를 함께 목도하는 행복을 누릴 수 있을 것이다. 이 자리를 빌어 글을 보내 주신 분들께 깊이 감사드린다.

  2010. 3
  엮은이

# I. 지금, 다시 이병주를 읽는다

## II. 우리에게 당신은 큰 산이었습니다

Ⅰ. 지금, 다시 이병주를 읽는다

# 예술가와 사상가
— 「소설·알렉산드리아」를 다시 읽고

김치수 문학평론가, 이화여대 명예교수

이병주 문학을 처음 알게 된 것은 내가 아직 문단에 나오기 전이었다. 대학원에 적을 두고 있었지만 문학청년으로서 동인 지에 글을 쓰고 있던 나는 1965년 《세대》에 발표된 「소설·알렉 산드리아」를 읽고 현기증이 일었다. 최인훈의 『광장』 이후 아마 도 가장 강한 인상을 준 작품이 아니었나 싶다. 이 작품이 내게 충격을 준 것은 피리 부는 예술가인 화자와 남북통일의 방안을 발표했다가 감옥 생활을 하는 사상가인 그의 형을 동시에 다룸 으로써 당시 금기시되었던 분단 극복의 문제를 편지라는 간접 적인 수단을 통해 제기했기 때문이다.

4·19혁명으로 10여 년간 억압되었던 자유가 온갖 사회적 욕 구로 분출하자 이를 혼란으로 규정한 군부는 5·16군사정변을 일으켜 국가의 안녕과 민족의 중흥을 목표로 '불온' 세력을 제 거하고자 한다. 이에 많은 지식인들이 사상적 불온성이라는 이 름으로 투옥되었고 언론인 이병주도 필화 사건으로 군사혁명

재판소에서 10년 형을 선고받고 2년 7개월 동안 복역한다. 「소설·알렉산드리아」는 그가 출감한 다음 45세에 발표한 데뷔작으로써 《세대》에 연재된 중편 소설이다. 이 작품은 발표와 동시에 화제의 중심에 올랐는데 그를 유명 작가로 만들었다는 점에서, 그의 대표작이라고 해도 손색이 없다.

이 작품은 표면적으로 화자인 '나'가 주인공이다. 외인 선원을 상대로 하는 카바레 밴드 마스터인 '나'는 어려서부터 책 읽기를 좋아하는 형과는 달리 책만 보면 머리가 아파서 책을 멀리하며 살았다. 그 대신 '나'는 포플러 가지나 보리 이삭의 줄기로 피리를 만들어 부는 재능을 가지고 있다. 동네에서 막대기만 입에 갖다 대면 소리가 난다는 소문이 퍼질 정도로 소질을 인정받은 '나'는 형으로부터 '피리를 불리기 위해 하늘이 마련한 사람'이라는 평가를 받는다.

열다섯 살에 전염병으로 부모를 잃은 나는 도쿄의 대학에서 유학 중인 형을 따라가 플루트와 클라리넷을 불었다. 반면에 그의 형은 '부모가 기대하는 입신과 출세와는 먼' 사상 공부를 함으로써 세속적인 눈으로 보면 '스스로의 묘혈을 파는 것 같은 학문'에 몰입한다. '나'가 피리를 부는 것은 '세속에서 초탈하기 위한 자위의 수단'인 반면에 형의 학문은 '자학의 수단'으로 보인다.

형은 분단된 조국의 통일에 관해서 2천여 편의 논설을 썼다가 군사 재판에서 10년 형을 선고받고 감옥에 갇힌다. 그의 통일론은 '이북의 이남화가 최선의 통일 방식, 이남의 이북화가 최악의 통일 방식이라면 중립 통일은 차선의 방법은 되는 것이다. 그런데 이것을 사악시하는 사고방식은 중립 통일론 자체보다 위험하다'로 요약된다. 반공을 국시로 삼고 있던 당시에 이런 주장은 국가의 존립을 위태롭게 하는 불온한 사상으로 법률적인 제제를 받는다.

여러 가지 정황으로 볼 때 작가의 분신임에 틀림없는 형은 감옥에 있는 동안 동생인 '나'에게 편지를 쓰면서 스스로를 '실패한 황제'라고 칭한다. '나'가 외인 선원 말셀에게 알렉산드리아로 가고 싶다는 고백을 한 것은 감옥에 갇혀 있는 형이 보낸 편지에서 '황제의 완전한 궁전'인 감옥을 떠날 생각이 없지만 알렉산드리아에 갈 수만 있다면 '황제의 지위'를 내놓고 감옥을 떠날 수 있다는 구절을 읽은 다음이다. '나'는 말셀의 도움을 받아 알렉산드리아로 가서 2년의 세월을 보내며 형이 출옥하면 알렉산드리아에서 만날 날을 꿈꾼다.

2년 동안 '나'가 보낸 알렉산드리아에서의 생활은 이 소설에서 중심 서사이다. 말셀의 도움을 받아 알렉산드리아에 온 '나'는 '프린스 김'이라는 이름으로 소개되어 '호텔 나폴레옹'의 다락방을 숙소로 정하고 호텔 주인의 소개로 카바레 안드로메다 악단의 연주자가 된다. 카바레 안드로메다는 '이집트식 궁전의 위용에 프랑스적인 전아함과 미국식의 편리를 가미한 15층 300실을 가진' 건물이다. '인간을 일락의 제물로 만들기 위한 신전'이라고 할 수 있을 정도로 호화로운 것으로 10여 개의 악단이 전속되어 있다. '나'는 그 가운데 가장 큰 악단의 일원이 되어 카바레 안드로메다의 대홀 연주에서 플루트 연주를 맡는다.

카바레 안드로메다의 여왕으로 불리는 무희 '사라 안젤'은 '알렉산드리아의 여왕'으로 불릴 정도로 최고의 여인이다. '나'는 카바레 안드로메다에서 연주를 시작한 지 일주일 만에 그의 연주에 매혹된 사라 안젤로부터 '당신의 플루트 솔로에만 춤을 추고 싶다'는 제안을 받는다. 그 연주를 맡게 되면서 사라 안젤과 가까이 지낸다. 천재적인 플루트 연주자가 천재적인 무희를 만난 것이다.

스페인 출신의 사라 안젤은 '게르니카'의 참사에서 독일 비행기의 폭격으로 부모와 자매를 잃고 원한에 사무쳐 그 원수를 갚고자 한다. 비행기를 열 대만 사서 거기 폭탄을 가득 싣고 독일의 도시, 꼭 게르니카만 한 크기의 도시를 폭격할 집념에 사로잡힌 그녀는 알렉산드리아 최고의 무희가 되어 수천만금을 벌었을 것임에도 헛돈을 쓰지 않는다.

'나'는 사라 안젤에게 피카소의 작품 〈게르니카Guernica〉의 복사판을 사 들고 가서 그림에 대한 설명을 한다. 스페인 사람으로서 프랑스에서 활동하고 있는 피카소는 1937년 4월 28일의 게르니카 사건에 큰 충격을 받고 분노를 억제할 수 없어서 5월 1일 〈게르니카〉라는 그림에 착수했다는 것이다. '나'는 그 그림에 대해서 '아픔을 참고 민절悶絕하는 말, 광란하는 소, 우는 여자, 죽은 아이를 안고 통곡하는 어머니…… 이런 이미지를 고전적인 삼각형 구도 위에 큐비즘풍의 평면분할로써 구성하고 이런 장대한 건축적 회화를 만들었다'고 설명하며 그것이 형에게서 배운 것임을 밝힌다. 여기에서 작가는 주인공의 말을 빌려 사실적 수법으로는 '에센스를 묘사할 수 없기 때문에 사실 이상의 사실, 상상 이상의 상징을 나타내기 위하여 새로운 기법을 창안할 수밖에 없다'는 예술론을 펼치고 있다. 그것은 게르니카의 의미를 그리는 것이 아니라 의미 자체라는 것이다.

이러한 관점은 '나'의 피리와 일맥상통하고 있다. 어렸을 때부터 '나'는 입신할 생각도 출세할 생각도 갖지 않고 그저 피리만 불고 있으면 그만이었다. 그래서 책만 읽는 형으로부터 '내가 만 권의 책을 읽고도 이루지 못하는 것을, 너는 한 자루의 피리를 통해서 이룰 수 있을 것'이라는 격려를 받기도 한다. 감옥에 있는 형이 만 권의 책을 읽고도 이루지 못하는 것을 '나'가 한 자루의 피리로 이룰 수 있다고 하는 것은 '권력'을 싫어하는 형이 '중립 통일' 방안까지 지지할 정도로 모든 전쟁 혹은 폭력을 배제하는 길을 모색하고 있다는 것을 의미한다. 음악 혹은 예술은 남을 지배하지도, 폭력을 행사하지도 않지만 남을 감동시키고 변화시킬 뿐만 아니라 감정을 승화시킨다. 그렇기 때문에 전쟁 중에 동생과 어머니를 잃어버린 한스 셀러는 '프린스김'에게 '피리' 같은 것이 있는 것을 부러워하며 자신에게는 아무것도 가진 것이 없다고 한탄한다. 자신에게 피리가 없기 때문에 동생의 원수를 갚는 일에 집착한다는 것이다.

반면에 권력은 다른 사람 위에 군림하고 다른 사람을 지배하고 때로는 죽이는 것이다. 형이 전쟁을 싫어하는 것은 그것이 권력의 극단적인 표현이기 때문이다. 형이 감옥에서 들은 한 소년의 '고모님'을 부르는 마지막 한마디는 전쟁의 극단적 잔혹성을 드러낸다. 그런데 '나'가 알렉산드리아에서 만난 독일인 한스 셀러는 형이 감옥에서 들은 그 소년의 죽음 이상의 잔혹성을 체험한다.

개미 한 마리 죽이지 못하는 요한이라는 한스의 동생은 유태인 친구를 숨겨주었다는 죄로 무자비한 고문을 당한 나머지 고문대에서 죽는다. 한스는 동생을 게슈타포에 밀고해서 고문한 동생의 친구 엔드레드를 찾아 15년 동안 세계를 누비고 다닌다. '나'는 원수를 갚고자 하는, 동일한 일념을 갖고 있는 사라 안젤에게 한스 셀러를 소개한다. 동생을 고문해서 죽게 한 엔드레드가 알렉산드리아에 숨어 산다는 것을 안 한스 셀러는 그를 찾아내 복수하는 방법을 모색한다.

사라 안젤과 한스 셀러는 퀸즈 룸으로 엔드레드를 유인해서 살해한다. 살인죄로 재판에 회부된 사라 안젤과 한스 셀러는 알렉산드리아를 떠나게 되고 태평양의 섬 하나를 사서 또 하나의 작은 알렉산드리아를 만들고자 한다. 그들은 '나'에게 함께 떠나자는 제안을 하지만 '나'는 7년의 형기가 남은 형을 기다리겠다고 하며 그들과 헤어진다. '나'가 알렉산드리아에 온것은 알렉산드리아에 오고 싶어 한 형을 대신한 것이기 때문이다.

이렇게 보면 예술가인 '나'는 사상가인 형과 대조적인 인물로서 대립적인 입장에 있는 것처럼 보인다. 그는 옛날에는 모르는 것이 없는 형을 존경하고 사랑했지만 형이 감옥에 들어간 다음부터는 그 존경과 사랑을 버렸다고 고백한다. 그러나 이 작품이 진행되는 2년 동안의 세월 속에서 그는 끊임없이 형의 편지를 읽는다. 형의 편지를 읽는다는 것은 그가 형으로부터 자유로워지지 못했다는 것을 의미하며 형의 가르침을 받으며 살고 있다는 것을 의미한다.

형이 감옥에서 보낸 14통의 편지를 그는 말셀, 사라 안젤, 한스 셀러를 만날 때마다 다시 읽는다. 그러면서도 '나'는 '중립통일론'을 주장하고 '통일 지상주의'를 내세웠다가 감옥에 갇힌 형에 대해서 일정한 거리를 유지하고자 한다. 그것은 군사 정권 아래서 자유로운 통일 논의가 금지된 현실, 다시 말하면 '형'이 감옥에 갇히는 빌미를 제공한 현실을 받아들이지 않으면서도 그것을 '나'의 거리 두기로 비켜 간다. 군사정권의 법률적 제제를 피하고자 한 문학적 조작임이 분명하다. 왜냐하면 예술적 자아인 '나'는 사상적 존재인 '형'의 사상과는 아무런 관계가 없다는 것을, 사상을 부정하는 존재이기까지 하다는 것을 거듭 강조하고 있기 때문이다.

'사상이란 무엇이냐? 정과 부를 가려내는 가치관이 아닌가. 선과 악을 판별하는 판단력이 아닌가. 그러나 자연의 작용에 정, 부정이 있고 선과 악이 있는가. 사람은 자연의 일부가 아닌가. 자연의 일부인 사람은 자연 그대로 살면 될 것이 아닌가. 사상이란 자연 속에서 벗어나려는 노력이 아닌가. 그렇다면 사상이란 인간을 부자연하게, 그러니까 불행하게 만드는 작용 이상도 이하도 아닌 것이 아닌가.' 이처럼 '나'는 사상가로서의 형을 비판하면서 '강한 힘이 누르면 움츠러들 일이다. 폭력이 덤비면 당하고 있을 일이다. 죽이면 죽을 따름이다. 내겐 최후의 순간까지 피리와 피리를 불 수 있는 장소만 있으면 그만이다'라고 함으로써 자신은 사상에 아무런 관심이 없고 오직 피리 부는 사

람임을 강조한다. 그러나 '나'는 사라 안젤과 한스 셀러의 복수
극에 가담한다. 자신도 모르는 사이에 형의 사상적 이론을 실천
하고 있기 때문이다.

'나'는 형을 싫어한다고 하면서 닮아가고 있고 형과 다르다고
하면서 하나가 되어가고 있다. 형은 정신분석학적으로 말하면
'나'의 짝패인 것이다. 예술과 사상은 동전의 안과 밖의 관계라
는 것을 작가는 이 작품에서 우회적이지만 집요하게 보여주고
있다. 이러한 그의 문학관은 『관부연락선』, 『지리산』에서도 그
대로 나타나고 있다.

# 역사적 필연을 말하는 당당한 통속

―이병주의 「삐에로와 국화」를 내가 다시 읽는 이유

**박덕규**소설가, 단국대 교수

전집 30권 말고도, 수십 권을 더 보태 정리해야 할 이병주의 소설 중에서 내가 읽었다고 말할 수 있는 게 몇 편이나 될까. 원래 다독가가 못 되어서도 그렇지만, 30년 가까이 문학판에서 이런저런 작품을 거명하며 지내면서도 한 번도 이병주를 논한 적이 없는 터라 좀처럼 기억의 표층으로 불러낼 기회가 없었다고도 할 수 있다. 대학 시절 한때 『산하』에 심취했던 일, 《조선일보》연재소설 『바람과 구름과 비』에서 최천중의 기이한 행적을 좇아 상상했던 일, 『지리산』과 이태의 수기 『남부군』을 견주어보던 일 등이 지난 시절의 독서 경험으로 떠오르기는 한다. 그런 중 유난히 오래도록 내 의식에 머물며 상기되는 작품이 또올랐다. 바로 중편 「삐에로와 국화」다.

이 작품은 내 기억으로 1976년 《한국문학》에 발표되었다. 표제작으로 이 제목이 쓰인 단행본 창작집이 1977년 발간본으로 검색되고 있는 걸 보면 1977년 작품이 아닌가 싶지만, 나는 분명히 1976년이라고 기억한다. 더 찾아보고 정확한 연도를 밝힐 수도 있지만 여기쯤에서 조사를 중단한 건 연도가 중요하지 않기 때문이다. 그보다 더 중요한 건 나와 이 소설의 관계를 말하는 일이다. 1977년 이 땅에 아주 기념적인 문학상이 탄생해 주목을 끌게 되는데 그게 이상문학상이다. 첫 해 수상작은 김승옥의 「서울의 달빛 0장」이다. 그런데 내가 그 전해에 흥미진진하게 읽은 「삐에로와 국화」는 후보에 오르지 못했다. 당시 한국 문학계를 제법 안다고 떠벌리곤 하던 작가 지망 고교생인 나는 "도대체가 이런 작품을 빼놓고 문학상을 논하다니 말이 되는가!" 하고 통탄한 바 있다.

「삐에로와 국화」는 남파되었다가 체포된 간첩이 극형을 면할 수 있었음에도 불구하고 도와주려는 국선 변호인의 호의조차 거절한 채 형장의 이슬로 사라지는 얘기를 담고 있다. 그때 분단 소재 문학이 어떻게 형성되었고 또 어떻게 형성되는 중인지 잘 몰랐지만, 이 소설에서 그려지고 있는 분단 문제는 내가 어렴풋이 알고 있던 것과는 아주 달랐다. 오히려 다른 분단 소재 소설보다 더 '반공적인 내용'인데도 남과 북의 사정을 넘나들며, 죽음을 택할 수밖에 없는 간첩의 내면을 훌륭하게 표현하고 있었다. 사실 그때 나는 최인훈의 『광장』도 읽지 않고 있었으니 분단 문학이니 뭐니 말할 계제도 아니었다.

그러나 나는 왠지 모르지만 분단 문제를, 남한에 살다 6·25와 분단을 맞았거나 월남해서 남한에 살게 된 사람들의 이야기로만 다루는 것에 갑갑함을 느끼고 있었던 게 틀림없다. 게다가 그런 소설들이 지나치게 개인사 중심으로 분단을 상징하는 방법을 즐기고 있는 데 아쉬움을 느끼고 있었던 모양이다. 「삐에로와 국화」가 그런 작품들과는 달리 거침없이 북의 숙청, 남의 간첩 재판 얘기를 풀어놓고 있었던 것이 나를 매료시킨 이유가 된 듯하다.

소재적으로 월북 체험이 제법 다뤄지는 최인훈의 『광장』을 접한 게 대학에 입학해서였다. 이어 황순원의 장편 『카인의 후예』에서 북한을 무대로 펼쳐지는 주민들의 분단 조짐을 흥미롭게 읽었다. 몇 년 뒤엔 이문열의 『영웅시대』에서 북으로 간 한 사회주의자와 남에 남은 그의 가족들이 동시에 묘사되는 이야기를 만났다. 삼팔선을 넘어 월남하는 이북 사람들의 후일담을 다루는 「누님의 초상」 등 유재용의 중·단편들과, 북으로 간 한 공산당원이 남한에 남은 가족을 위해 동해 바다로 떠내려 보낸 비망록을 매개로 전개되는 김원일의 중편 「환멸을 찾아서」에 이끌리기도 했다.

평론 활동을 하고, 강단에서 강의를 하면서 분단 문학의 계보를 짚어본 적이 한두 번이 아니다. 그러나 위의 작품들의 특별함을 얘기하면서 이병주의 「삐에로와 국화」를 말한 적은 없었다. 이 작품에 대한 내 특별한 생각, 비평적 활동과 관련이 있지 않고 실은 내 창작 활동과 관련이 있다. 나는 1980년대 초반부터 시인으로, 평론가로 활동을 하고 있었지만 정작 꿈꾸던 소설가 생활은 1994년부터 하게 되었다. 내가 분단 문제를 내 소설에 다루기 시작한 것은 1996년부터인데, 그 내용의 대부분은 북을 탈출해 남으로 와서 불안한 삶을 살고 있는 탈북자에 관한 것이다. 나는 새터민(탈북자) 얘기를 한 편 한 편 소설에 담으면서 이병주의 「삐에로와 국화」를 자주 떠올렸다.

내가 새터민 얘기를 여러 편의 중·단편에 중요 사건으로 다루면서 그려내기 힘들었던 게 있었다. 그건 바로 그들의 과거 삶, 즉 북한에서의 생활이었다. 당장 '이데올로기적으로' 그걸 묘사하기 힘들었다. 여기서 '이데올로기적으로'라는 말은 매우 이중적이다. 나는 철저하게 반공 교육을 받고 자랐지만, 동시에 마음속으로 그런 반공 교육에 대한 반감 또한 만만치 않게 컸던 세대다. 그렇다고 한때 주사파 논쟁의 주역이 된 우리 세대의 일부처럼 일방적으로 통일 우선주의나 반미를 옹호할 수는 없었다. 나는 북한 사람들의 머리에 도깨비 뿔이 달려 있다고 교육받으며 자랐지만, 그렇게 상상해서는 안 된다는 반감에 사로잡혀 그들을 묘사하는 방법을 잃어버렸다. 최인훈이나 이병주처럼 어떤 '관념'을 갖고 쓴다면 방법이 있겠다 싶기는 한데, 나는 또한 그런 투로는 소설을 끌고 나갈 재간이 없었다. 「삐에로와 국화」는 무대는 물론 남한이지만 북한을 다루는 등 거침이 없다. 그것도 그 세대답게 '반공성'을 굳게 유지하면서도, 북에서의 월북파의 고난에 대해서만큼이나 남한의 연좌제의 지독한 폐해 같은 것에 대해서도 빼놓지 않고 서술했다.

「삐에로와 국화」는 극작가 송길한의 손을 거치고 김수용 감독의 지휘로 1982년에 영화화된 바 있다. 1982년이면 내가 대학을 졸업할 때니까 필시 반공 영화로 만들어졌으리라는 짐작으로 보지는 않았지만 신성일, 윤정희가 주인공이라고 당장 떠올려지는 걸 보면 관심은 있었던 것 같다. 말할 것도 없이 영화는 분단이 갈라놓은 남녀의 사랑 얘기로 초점이 맞춰졌을 것이다. 소설에서는 영화에 주연급 상황으로 나올 법한 남녀 얘기가 맨 마지막에 한 장면으로 묘사되고 있을 뿐이다. 이해를 돕기 위해 이 소설의 줄거리를 다시 정리해 보겠다. 나는 이 작품을 분단 소설 계보에 다시 넣으라고 권하고 있는 것이다. 또한 분단 시대가 아니라 새 터민 시대를 거쳐 장차 분단 조국이 통합을 이루는 과정에서도 「삐에로와 국화」를 참조하라는 얘기도 보태고 있는 것이다.

간첩으로 재판을 받게 된 임수명을 위한 국선 변호인으로 강신중 변호사가 선임된다. 강 변호사는 자신이 맡게 된 일이 쉬운 업무라 생각한다. 하지만 한사코 변호를 거절하는 임수명을 보며 흔한 간첩이 아님을 깨닫는다. 강 변호사는 친구인 작가 Y의 도움을 받으며 임수명의 정체를 파헤친다. 임수명은 전향 간첩 도청자를 살해하려는 목적으로 남파된 간첩인데, 도청자는 이미 죽고 없는 상태였다. 도리어 알고 보니 도청자는 먼저 남파되어 임수명(본명 박복영)의 어머니와 형의 집에서 숨어 있다가 혼자 자수를 해 전향 수기집까지 남긴 상태고, 북에 간 가족들의 안전을 바라며 도청자를 숨겨준 어머니와 형은 붙잡혀 사형을 당했다. 북에서 월북 가족이라 갖은 핍박을 받던 중 식구 가운데 박복영이 나서서 도청자를 암살하겠다고 해서 발탁된 것이었다. 그러나 막상 남으로 잠입해 보니 상황이 그리 되어 있었다. 박복영은 북에 남은 가족과 형제를 살리기 위해 살 수 있는 길을 버리고 마지막 최후 진술에서까지 '김일성 만세'를 외치며 사형을 택한다.

이 정도가 소설의 줄거리다. 그때 내가 놀란 것은 남북의 정

치적 정황이 어이없을 정도로 쉽게 서술되는데도 무리가 없이
느껴졌다는 점과, 복선이니 묘사니 거의 무심한 듯 전개시키는
데도 얽히고설킨 사연이 담기면서 흥미를 더해 간다는 점이었
다. 그런데 이제 와서 다시 읽으니, 적어도 나는 「삐에로와 국
화」의 마지막 대목에 대해서는 별반 감흥이 없었거나 그 의미를
제대로 파악하지 못했던 듯하다. 이를 제대로 설명하기 위해서
는 위에서 요약한 줄거리를 마지막 장면까지 더 이어가야 한다.

  집행이 되기 바로 전, 임수명은 강 변호사에게 남한에 와서
우연히 한 여인에게 꽃집 앞에서 장미꽃 두 송이를 받은 얘기를
전한다. 북에서는 어림도 없는 '꽃 선물'을 받은 임수명은 꽃을
준 여인과 서울, 그리고 대한민국의 행복을 비는 마음이 생겼다
말한다. 그리고 샛노란 국화꽃을, 자신을 간첩으로 고발한 주영
숙에게 전해 달라고 부탁한다. 사형 집행 때 임수명은 입회 교
도관에게 자기 본명이 박복영이라는 말을 강 변호사에게 전해
달라고 한다. 이 사실을 들은 강 변호사는 주영숙을 찾아 국화
꽃을 전한다. 임수명은 월북 전 아내였던 주영숙에게 자신을 신
고할 수 있게 편지를 보냈다. 파탄 위기에 처해 있던 주영숙의
남편이 편지를 보았다. 편지의 주인공이 누군지 모른 채 고발했
고 재정적인 혜택을 받게 되었다. 강 변호사는 주영숙에게 샛노
란 국화를 전하면서 이 사실을 알렸다. 임수명이 첫 남편이었던
걸 알게 된 주영숙은 충격에 빠진다.

  남파 간첩이 자기를 고발하게 해서 옛 연인에게 돈을 안겨주
고 자신은 형장의 이슬로 사라진다는 얘기만 들으면 얼마나 재
미있나. 이런 얘기는 재미있어서 결국은 통속일 수밖에 없는데,

이병주의 소설에는 이런 통속적인 스토리가 당당하게 내재되고 있다. 물론 이병주 소설의 독특함은 통속을 에워싸는 역사적 통찰이며 철학적 관념으로 지적 흥취를 자아내는 데서 생겨난다. 당시 어린 나는 역사적, 시대적, 철학적, 관념적, 사변적 상황 연출과 어투를 따라가다 '지적 충족'에 빠져 정작 제목에 나온 '국화'의 극적 사연은 즐길 틈이 없었다. 이병주 소설의 남다른 점을 제대로 받아들일 시각을 갖지 못했던 것 같다.

> 주영숙이 꽃다발을 뜰에다 내동댕이친 직후였다. 국화꽃의
> 그 샛노란 송이송이가 산란한 채 비좁은 뜰을 꽉 채우고 있었
> 는데 그 꽃송이 하나하나가 살아 있는 괴물처럼 소리 없는 아
> 우성을 치고 있었다.
> ―「삐에로와 국화」, 『그 테러리스트를 위한 만사』, 한길사, 2006, 253~354쪽

자신도 모르게 옛 남편을 죽게 한 아내가 옛 남편이 보내 준 국화를 내동댕이치고, 내동댕이쳐진 채 '괴물처럼 소리 없는 아우성'을 치는 국화꽃 송이송이……. 이 통속적인 스토리에 한국 문학사는 매우 인색했던 게 아니었을까. 분단의 시대를 살아가며 통합의 시대로 가야만 하는 우리는 앞으로 이런 통속을 얼마나 많이 만나야 하는지 모른다. 그렇다면 이런 통속을, 당연히 우리의 문학적 스토리로 받아들여야 하지 않겠는가. 이것이 한국 소설에서 멀어지고 있는 독자들에게 희로애락의 감정을 일깨우며 무한한 재미를 제공하는 계기가 되지 않겠는가.

또 하나 놀라운 것이 있다. 최근에, 당시 《한국문학》을 경영하

던 이근배 시인께 들은 얘기다. 「삐에로와 국화」는 다른 작가가 펑크 낸 지면을 채우기 위한 작품으로, 청탁한 지 일주일 만에 가져왔다는 것이다. 그 창작 속도가 놀랍기도 하지만 더욱 중요한 것은, 적어도 이병주는 나를 비롯한 수많은 작가들이 시달리고 있는 '문체 미학'을 존숭한 것 같지 않은데도 결코 외면할 수 없는 포괄적 수준을 유지했다는 사실이다. 속필로 다작하고 대작을 발표해 왔으되 따지고 보면 잃은 것에 비해 얻은 게 더 많다. 오늘에 되살릴 게 더 풍성해졌다고 할 수 있는 것이다. 아, 나의 습관적이면서 그렇다고 집요하지도 못한 문체 숭배는 어째야 할지 모르겠다.

최근에 이병주 소설을 몇 편 다시 읽다 보니 오래 전부터 묻고 싶었던 질문이 되살아난다. 「삐에로와 국화」의 박복영이나 「그 테러리스트를 위한 만사」의 정람, 『산하』의 테러리스트들 같은 시대적 미아들은 얼마만큼의 실존성을 지니고 있을까?

어느 글을 보니 학병 출신인 이병주가 광복과 분단 이후 우리에게 알려지지 않은 독립투사들을 만나고 도왔다고 한다. 과연 소설 속 인물들은 다 거기에서 따온 걸까? 아니면 징병, 투옥 등 질곡의 삶을 겪으면서 넓어진 상상력의 소산일까? 어느 쪽이든, 역사와 시대에 대한 관심은 많은데도 작품에 쓸 만한 '통시적' 인물은 도무지 만나지 못하는 그렇다고 체험한 게 없어서 꾸며 대지도 못하는, 나 같은 작가는 얼마나 불행한 시대의 작가인 것인가!

# 산하가 된 그 이름

공지영소설가

"진실이 가지는 진정한 이점은, 그것이 진정으로 참이라면 한
번 두 번 혹은 여러 번 사람들에게 외면당하더라도 오랜 시간이
흘렀을 때 그것이 다시 참임을 밝히는 사람이 반드시 있다는 데
있다"는 존 스튜어트 밀John Stuart Mill의 말을 생각하며 나는 책장
에서 이병주 전집을 들었다.

이병주……. 그를 생각하면 하는 수 없이 나의 20대를 생각하
고야 만다. 1980년대 초 전두환 군사독재 정권 아래서, 젊은 날
이 하염없이 한심해지고 있을 때 도서관에 도피하듯 틀어박혀
읽은 것이 그의 소설들이었다. 이 세상에서 되고 싶은 것도 없
고 되어야 할 것 없던 시절 과연 생을 걸고 우리가 도전할 만한
것이 하나라도 있을까 하는 고민이, 세상은 어차피 불의하고 불
우하다는 확신으로 나른하게 굳어져 가고 있을 무렵이었을 것
이다.

그때 만난 그의 『지리산』은 하나의 충격이었다. "나에게는 조

국이 없다, 오직 산하만이 있을 뿐이다"라는 구절 하나로 반공법 위반 혐의로 감옥에서 실형을 살고 나온 그의 마흔네 살 늦깎이의 젊은 피가 갓 스물, 늙어가고 있는 나를 두드린 것이었다. 유신이라는 독재 정권의 코미디 같은 억압과 그 현실의 틈새에서 어떻게든 역사의 잃어버린 한 결을 재현하고자 하는 그의 열정을 행간으로 느끼며 나는 밤새 책에서 눈을 떼지 못했다. 1972년 유신이 시작되던 시절,《세대》에『지리산』연재를 시작하며 그는 썼다.

> 나는『지리산』을 실패할 작정을 전제로 쓴다. 민족의 거창한
> 좌절을 실패 없이 묘사할 수 있으리라는 오만이 내게는 없다.
> 좌절의 기록이 좌절할 수 있을 수도 있을 법한 일이 아닌가. 최
> 선을 다해 나의 문학적 신념을『지리산』에 순교할 각오다.

좌절하고 실패한 역사를, 스스로 실패하기 위해 쓰기 시작하는 용기는 어디서 오는가. 오직 실패하기 위해 글을 쓰기 시작한다는 그의 말에 홀린 듯 나는 역사 속에서 버림받고 실패한 그의 인물들을 따라 지리산 어귀와 섬진강 자락을 배회했다. 그는 햇빛과 달빛을 날실과 씨실로 엮어 작가의 세계관으로 다시 역사를 써 내려간다. 그는 신화와 역사를 모두 아우르는 것이 소설이라는 것을 보여준다. 태양만 빛나는 삶도, 어둠만 내렸던 삶도 실은 없기 때문이며 기록자로서의 소설가는 그 둘을 함께 엮어내야 마땅하기 때문이다. 나는 그의 소설 속에서 돌멩이 하나를 들고 골리앗 같은 거대한 역사 앞에 선 어린 다윗의 용기

를 보았다. 작가라는 것이, 글이라는 것이 혹은 소설이라는 것이 다윗의 어깨에 내렸던 신탁만큼 거대하다는 비밀을 언뜻 훔쳐본 것이다.

당시 박경리의 『토지』가 모성적 글쓰기로 나를 매혹시켰다면 이병주의 『지리산』과 『산하』는 남성적 글쓰기의 호쾌함을 알려주었다. 소설은 서사, 즉 이야기이며 '역사의 그물이 놓치고 있는 인생에의 따뜻한 애정과 기록'이라는 것을 가르쳐주었다. 낱말과 몇 개의 빼어난 문장이 가진 잔재주로는 따라갈 수 없는 어떤 삶들의 충실한 기록이 그 자체로 아름다움을 뿜어낼 수 있다는 희망도 보았다. 실패한 삶도, 영화로 가득 찼던 삶도 참으로 작아 보였다. 그러므로 우리는 그저 삶을 살아감으로써 결국 위대해진다는 것을 배운 것이다.

얼마 전 그의 문학제에 참가하기 위해 나는 섬진강가 그의 문학비 앞에 서 있었다. 때는 봄이어서 섬진강가에 서 있던 벚나무들이 일제히 꽃잎을 떨어뜨리고 있었다. 그날은 마침 그의 기일 어름이었는데, 태어나는 날도 중요하지만 죽는 날도 참으로 중요하다는 생각이 들었다. 그렇게 벚꽃 잎들이 산화하듯 떨어지며 연록색 이파리에 가지를 내어주는 동안 섬진강변에서는 흰 배꽃들이 힘차게 꽃망울을 터뜨리고 있었다. 다만 강물만이 짙푸른 빛으로 늘 그렇듯 흘러가고 있었다. 하지만 그 강물도 어제의 강물은 아니었다. 원고료를 셈하고 사소한 비난 앞에서 분해 떠는 나의 남루하고 치사한 일상이, 산 자가 죽고 죽은 자가 살아나며 실패가 성공으로 변하고 성공이 감옥으로 쫓겨 가는 역사 앞에 선 듯했다. 지리산의 어깨가 북풍을 막아주고 섬

진강이 버선목처럼 곱게 휘도는 그 여울목에서 나는 『산하』의
마지막 구절을 떠올렸다.

　　누렇게 나락이 익어 있는 들 사이로 은빛으로 반짝이며 강이
　　흐르고 있었고, 멀리 갈수록 추상적인 담청색이 되면서 산과
　　산은 파도를 이루고 있었다.

　아아, 산하! 이 땅에 생을 받은 사람이면 좋거나 나쁘거나, 잘
났거나 못났거나 모두 이 산하로 화하는 것이다. 이미 이종문은
산하가 되어버렸다. 살아 있는 사람은 일단 산을 내려가야 하는
것이다. 시심과는 먼 곳에 있는 이동식의 가슴에 시를 닮은 구
절이 고였다.

　　태양에 바래지면 역사가 되고
　　월광에 물들면 신화가 된다.

　이 글을 쓴 이병주도 산하가 되었다. 지리산을 오르내리던 파
르티잔 청년들도 산하가 되었다. 권력을 좇아 부나비처럼 떠돌던
현대사의 인물들도 산하가 되었다. 그리고 그의 이름 앞에 붙어
다니던 '회색분자'라는 딱지도 함께 산하가 되었다.
　"한이 많아 글을 쓴다"라고 그는 말했다. 1921년에 태어나 한
국 현대사의 격동기를 살아내면서 한이 없었다면 아마도 그는
진정한 회색분자였을 것이다. 그는 세상 앞에서 작아지지 말자
고 말하는 듯했다. 남루해지는 것만이 삶은 아니라고 말하는 듯

했다. "세상에서 영원한 진실은 단 한 가지인데 그것은 모든 것은 변화한다는 것이다"라는, 젊은 날 나를 뒤흔든 구절을 생각하며 나는 문학이 나아갈 길을 그에게 묻고 있었다. 그는 사진에서처럼 그저 허허 웃을 뿐이겠지만 나는 그의 말대로 '산 자'이니 산을 내려가 붓을 들어야 했다. 산다는 것이 별처럼 외롭고 마귀처럼 비참한 것이니, 글은 그 둘을 모두 기록해야 한다는 소리가 들려오는 듯했다.

배낭을 메고 섬진강가를 지나가던 젊은이 둘이 자기들끼리 웃으며 물었다. "이병주가 대체 누구예요?" 나는 그들에게 이병주의 소설을 가만히 내밀고 싶다. 그들이 그것을 읽든 그렇지 않든, 혹은 읽었다 해도 소중히 여기든 그렇지 않든, 그것은 그리 중요한 일은 아닐지도 모른다. 삶은 계속되고, 어떤 이는 산으로 가고 어떤 이는 저잣거리로 간다. 봄이 한 뼘씩 오르고 있는 지리산에는 작가의 말대로 파시스트에 대항했다가 거룩하게 깨진, 그러나 끝내는 현대사를 구제한, 스페인 인민전선의 열정이 메아리치고 있었다. 평론가 김윤식이 『지리산』에 붙인 글에서 스페인 내란 때 죽은 페데리코 가르시아 로르카의 구절을 인용했다. 나도 그러고 싶다. 왜냐하면 실제로 그런 바람의 노래들이 지리산 계곡을 따라 흘러내리는 것이 들려왔기 때문이었다.

어디에서 죽고 싶으냐고 물으면 카탈루냐에서 죽고 싶다고
대답할 수밖에 없다. 어느 때 죽고 싶냐고 물으면 별들만 노래

하고 지상엔 모든 음향이 일제히 정지했을 때라고 대답할 수밖에 없다. 유언이 없느냐고 물으면 나의 무덤에 꽃을 심지 말라고 부탁할 수밖에 없다.

그는 산하가 되었지만, 그가 남긴 책들은 지리산을 타고 오르는 봄처럼 다시 소생하고 있다. 생을 걸고 싶은 몇 안 되는 것들 중 문학만은 살아 오늘도 산하가 된 사람들의 이름을 불러내고 있다. 이병주의 소설들에 푹 빠져 지낸 며칠 동안은 참으로 위대한 것과 참으로 사소한 것, 참으로 실패한 것과 참으로 성공한 것이 무엇인지 내게 묻는 시간들이었다. 황사로 뒤덮인대도 꽃은 피어나고 계절은 봄으로 가는데……. 나는 문득 다시 섬진강으로 가고 싶어졌다.

# 지리산의 풍모

**홍용희** 경희사이버대 교수, 문학평론가

내가 중학교 다니던 시절로 기억된다. 텔레비전 화면에 지리산 천왕봉을 배경으로 한 중진 작가가 등장했다. 콧수염도 인상적이었지만 목소리가 지리산 계곡처럼 깊고 진중했다. 판소리의 수리성 같은 걸걸한 음성은 지리산을 둘러싼 파란만장한 어둠의 역정을 머금고 있는 것 같았다. 그의 기품이 지리산처럼 크고 깊다고 생각되었다. 이것이 나의 이병주 선생에 대한 첫 기억이다. 이후 나는 그가 1965년 「소설·알렉산드리아」로 등장하여 대하소설 『지리산』을 비롯한 우람한 문학의 산맥을 일군 작가라는 것을 알게 되었다.

이병주 문학을 접하면서 나에게 각인된 선생의 대표적인 특이점은 크게 두 가지 층위로 정리된다. 첫째는 우리 문학사에 그 유례를 찾기 어려운 다작의 작가라는 점이다. 그는 역사의 소용돌이 속에서 상실되어 가는 인간상과 굴곡된 가치관을 비판한 「매화나무의 인과」, 「마술사」, 『관부연락선』, 『내일 없는 그날』 등과 제1공화국을 해부한 장편『산하』, 5·16군사정변과 제3공화국의 부당성을 비판한『그해 5월』, 그리고 일제 강점기인 1938년부터 휴전 뒤인 1956년 사이에 벌어진 사회주의 운동에 초점을 맞춘 대하소설『지리산』을 비롯해『황백의 문』,『당신의 성좌』,『여로의 끝』,『허망의 정열』등 80여 권에 이르는 엄청난 양의 작품을 발표했다. 과연 이병주 선생이 한 분일까? 아니면 동명이인의 다른 한 분이 더 있는 것일까? 하는 의문을 진지하게 가졌던 적이 있었다. 과연 이 놀라운 열정은 어디에서 유래한 것일까? 나는 그 중요한 연원으로 산과 강과 들판이 절묘하게 어우러진 하동의 생명력과 연관이 있을 것이라고 생각했다.

두 번째는 그의 소설이 보여주는 놀라운 지식과 경험의 세계이다. 그는 걸어 다니는 작은 도서관이라고 할 만큼 박람강기의 작가임을 유감없이 보여주었다. 이것은 특히 그의 문장과 문체에서 선명하게 드러난다. 방대한 독서량이 뒷받침하는 해박한 인용, 에스프리가 번득이는 아포리즘 등이 호화롭고 풍성하게 펼쳐진다. 문학평론가 백철 선생이 이병주 선생의 소설에 나오는 신문 사설을 두고 "대학의 신문학과 학생들이 교과서로 삼아야 할 문장"이라고 극찬한 일은 이를 방증하는 한 예이다.

이와 같은 이병주 선생의 작가적 역량을 가장 유감없이 발휘한 작품으로『지리산』을 들 수 있다. 그는『지리산』의 결말 부분에 박태영의 목소리를 빌려 다음과 같이 적고 있다.

순이야 너는 살아남아야 해. 네가 살아남아 이 기록을 숙자

에게 전하지 못하면 지리산에서 죽은 빨치산은 영원히 죽을 수
도 없다.

박태영의 이러한 절규는 이병주의 치열한 작가 정신과 창작
열정의 기원에 해당한다고 생각된다. 『지리산』은 지리산을 배경
으로 한 빨치산 운동의 총체적 기록이면서 동시에 격동의 역사
가 낳은 수많은 주검들의 원혼을 저승으로 보내는 진혼굿의 완
성이기도 하다. 특히 그의 『지리산』은 조정래의 『태백산맥』, 김
원일의 『겨울골짜기』, 이태의 『남부군』 같은 빨치산 문학의 물
꼬를 트면서 우리 현대사의 그늘 깊은 골짜기를 온전히 복원하
는 계기가 되었음은 주지의 사실이다.

내 중학교 시절의 어느 날, 텔레비전에서 처음 보았던 지리산
천왕봉을 배경으로 한 이병주 선생의 기품이 지리산 그 자체의
풍모로 느껴졌던 까닭도 그의 이러한 문학적 삶과 연루되는 것이
아니었을까 하는 다소 엉뚱하고 감상적인 생각을 하게 된다.

# 역사를 넘어선 비상, 『관부연락선』

추선진경희대 강사

## 인과의 법칙, 인간을 위한 변명

인과의 법칙, 광대한 세계 앞에 선 인간에게 이것은 두려움을 완화할 수 있는 기제가 된다. 씨를 뿌린 자리에 열매가 맺히니, 모든 일에는 원인과 결과가 있게 마련이다. 선은 선한 결과를 만들고 악은 악한 결말을 이끌어, 결국 선은 승하게 되고 악은 멸하게 될 것이다. 인간은 이를 바라보며 위안을 얻고 이후 이것을 강조하고 의도해 낸다.

역사는 인간 삶의 기록이다. 역사를 생성해 내는 인간은 다시 역사를 통해 자신을 파악한다. 그러나 이때 얻게 되는 것은 지혜뿐만이 아니다. 인간은 인과의 법칙이 통용되지 않음을 발견하고 환멸의 늪에 빠진다. 이제 인간에게는 역사를 뛰어넘을 수 있을 만한 어떤 것이 필요하다. 그것은 인과의 법칙이 절대불변의 섭리일 수 있도록 역사의 오류를 수정해 줄 것이다. 바로 여기에 소설이 자리한다.

과연, 소설은 인간을 위안하는 데 성공적인 처방이다. 존재 깊숙한 곳에서부터 차오르는 허무와 불신과 자학을 씻어낼 수 있는 자리에는 언제나 소설이 있다. 인간은 소설 속에서 현실의 벽을 허물고 이상을 실현한다. 다만 주의할 것은 소설에 의해 현실이, 역사가 얼마나 비정한 것인가를 깨닫게 되는 부작용이 일어나기도 한다는 점이다.

한국의 역사를 바라보면서 체증을 느끼지 않는 한국인은 거의 없을 것이다. 시대가 굴곡의 급살을 탈 때일수록 역사를 소재로 하는 소설들이 범람하는 것을 보면 역사의 수정이 가져다주는 카타르시스를 긍정하는 일은 어렵지 않다. 이에 소설가는 인간을 위해 역사의 잘못을 바로잡는 것이 소설이 할 일이라는 소명의식을 가진다. 이병주는 바로 이러한 소명의식을 가진 작가이다. 초기 소설에서부터 선명히 드러나는 그의 작가의식은 『지리산』과 『산하』 등의 대하 소설을 탈고하게 만드는 힘이 된다.

단편 소설 「변명」에는 역사와 소설에 대한 작가의 생각이 직접적으로 나타나 있다. "인과의 섭리대로 움직이지 않는 역사에 대한 변명은 소용이 없지 않냐"는 '나'의 질문에 대해 '마르크 블로크'는 "원인의 일원론은 역사의 설명에 있어 장애물"일 수 있다며, "역사를 변명하기 위해서라도 소설을 써라. 역사가 생명을 얻자면 섭리의 힘을 빌릴 것이 아니라 소설의 힘, 문학의 힘을 빌려야 된다"고 당부한다. 이병주에게 있어 소설은 '역사를 위한 변명'이며 인생과 인간을 위한 변명이다.

**변명을 위한 노력, 복원에의 시도**

이병주의 초기 소설 『관부연락선』은 작가의 역사와 소설에 대한 인식을 심도 깊게 살펴볼 수 있는 작품이다. 한국의 근대사에 있어 가장 고통스러운 순간인 일제 강점기와 6·25전쟁 전후가 『관부연락선』의 시대적 배경이다. 현재의 '나'에게 날아든한 통의 편지로 소설은 시작된다. 30년 전 동기였던 일본인 E로부터 온 편지이다. 이를 계기로 나는 '유태림'에 대한 기억을 복원하기 시작한다. 서사는 장별로 나뉘어져 이 군(이 선생)인 '나'의 회상을 시작으로 '나'와 '유태림'의 시점으로 번갈아 가며 진행된다. '나'의 유태림에 대한 회상은 광복 이후에서부터 6·25전쟁 시기에 유태림과 함께 겪은 사건들 중심이며, '유태림의 수기'는 일제 강점기의 유태림의 생활과 사상이 일인칭 시점으로 전개된다.

그런데 관찰자적 입장에 서 있는 '나'는 종종 관찰자이기보다는 전지적 서술가의 면모를 보이기도 한다. 이는 서사 속에서 '나'와 유태림의 관계가 친밀하기 때문이기도 하겠지만, 작가의 관심이 시점에의 고려보다는 유태림이라는 인물을 선명하게 형상화하는 데 집중되어 있기 때문이다. 이러한 구성은, 이 서사가 작가의 실제 경험과 밀착되어 있는 사건이란 사실을 짐작할수 있게 한다. 서술의 중간 중간에 끼어드는 작가의 '주'는 이러한 상황을 공공연히 드러내고 있다.

다시 말하면, 『관부연락선』은 허구이기보다는 사실에 근접해있다. 작가는 이 서사가 실제 상황을 토대로 이루어졌음을 강조하고 있다. 그 이유는 『관부연락선』이 바로 '역사를 위한 변명'

이기 때문이다. '역사를 위한 변명'이 설득력을 가지기 위해서는 역사와도 같은 사실성을 가져야 한다는 것이 작가의 생각이다. 서사 속에서 유태림이 『관부연락선』에 대한 기록을 남기는 상황을 설정한 것은 이러한 작가의 태도가 비유적으로 나타나는 부분이다.

일본에서 유학 생활을 하던 유태림은 일본과 한국 사이를 오가는 '관부연락선'에 대해 관심을 갖게 된다. 프랑스와 영국을 자유롭게 오가는 배와 한국인에게는 '수인선'이기만 한 관부연락선이 대조적이기 때문이다. 유태림은 관부연락선을 '영광과 굴욕의 통로'라 호명한다. 그리고 관부연락선을 탄 많은 사람들이 한국인, 일본인 할 것 없이 '역사의 거대한 바퀴에 짓밟힌 희생자들'임을 기록한다. 전쟁터를 향해 떠나는 병정들, 특히 아직 어린 소년 병정들과 무엇보다 '원주신'이 그들을 대표한다. 유태림은 '원주신'의 정체를 밝히기 위해 동분서주한 끝에 친일 매국노인 '송병준'을 제거하기 위해 결성된 단체라는 사실과 그들의 허망한 죽음에 대해 알게 된다.

유태림의 기록은 역사가 외면한 진실들을 담고자 한다. 이를 통해 유태림의 '관부연락선'은 희생자들의 '노예로서의 죽음'을 복원해 기록함으로써 이들의 죽음이 역사와 함께 각인될 수 있게 한다. 유태림은 이것이 지식인으로서의 의무라고 생각하는 것이다. 그리고 유태림이 그랬던 것처럼 작가는 유태림의 삶을 재생시킴으로써 '자기 나름으로 옳게, 착하게, 바르게, 보람 있게 살려고 했던' 일제 강점기와 6·25전쟁 전후 시기를 살아간 지식인의 전형을 형상화한다. 이를 통해 작가는 역사에 흔적이 남아 있지 않은 수많은 지식인들의 짧은 생애와 그 죽음이 결코 무의미한 것이 아니라고 주장한다.

### 역사의 뒤안길, 제3의 신념

작가는 유태림을 통해 역사를 바라보는 작가의 시선을 자유분방하게 드러낸다.『관부연락선』이 작가의 자전적 요소들을 상당 부분 포용하고 있다는 점에서 유태림은 작가 자신일 수도 있다. 일제 강점기, 유태림은 당대 지식인들 중 상당수가 그랬던 것처럼 일본에서 유학 생활을 한다. 그는 일본인들과의 교류를 통해 일본과 일본인에 대한 맹목적인 저항보다는 인간으로서의 유대를 느낀다. 무엇보다 전쟁의 소용돌이 앞에서는 한국인이나 일본인이나 똑같은 희생자라는 현실을 목도한다. 그리고 전쟁을 피할 수는 없다는 생각에서 학병으로 자원한다. 그러나 독립을 원하는 한국인인 자신이 한국을 돕겠다는 중국인에게 총을 겨누어야 하는 상황은 유태림을 혼란에 빠뜨린다. 그는 앞으로는 어떠한 전쟁에도 휩쓸리지 않겠다고 다짐한다.

해방 이후 유태림은 당대의 두 이데올로기 중 어느 것에도 동조하지 않는다. 그에게는 이데올로기의 문제보다 교사로서의 학생에 대한 의무와 동기간의 의리, 동리 사람들에 대한 애정이 중요하다. 유태림이 추종하고자 하는 것은 거대한 역사의 흐름에 이바지하는 것이 아니라 '도의'와 '윤리' 그리고 '인간적인 유대'이다. 유태림은 그의 신념을 '사소한 것'이라 치부하는 공산주의의 논리와 이를 신앙시하는 좌파 지식인들과 대립한다. 그러나 좌파의 선두에 서 있지만 훈훈한 인간미를 가진 여운형을 존경하기도 한다. 우파의 주장인 남조선 단독정부의 수립이 전쟁을 부를 수 있다는 생각에 반대하고, 좌파를 검거하는 과정에서 벌어진 경찰들의 행태에 대해서 비판하기도 한다. 그에게 중요한 것은 '사람을 살리는 일'이기 때문이다. 그의 신념은 자신이 가르치던 학생들을 떠나던 날의 연설에도 잘 나타나 있다.

> 여러분! 자기 자신을 소중히 하십시오. 사회는 사람이 자기를 소중히 하는 그 정도에 따라 여러분을 대우하게 됩니다. (중략) 어느 길을 택하더라도 비겁하지 말고 풍부한 인간성과 생활인으로서 숙련된 기술을 가져야 합니다. 마지막으로 꼭 일러두고 싶은 말은 자기가 속할 단체를 택하는 데 있어서, 자기가 지녀야 할 사상을 택하는 데 있어서 조급한 결단을 하지 말라는 부탁입니다. 아무리 좋은 주의 사상이라도 그것을 통해서 자기를 키울 수 없는 것이라면 유독한 사상입니다.
>
> ─「관부연락선」, 제2권, 245~246쪽

우파도 좌파도 아닌 제3의 길을 택한 유태림에게는 주위 지식인들의 비판보다는 신념과 다르게 진행되어 가는 역사의 흐름이 고통스럽기만 하다. 그것은 일제 강점기에도 마찬가지이다. 유태림은 한국이 일본의 지배를 받게 된 것은 어느 누구의 잘못도 아닌 한국의 잘못이라 생각한다. 한국의 지식인으로서의 자긍심이 강한 유태림에게 그러한 결론은 치명적인 상처가 된다. 그러나 끊임없는 사고와 논쟁과 연구의 과정을 거친 후 도출되는 그의 신념은 그를 보다 강건하게 한다. 작가는 이러한 과정을 보여주는 것을 통해 유태림의 신념이 보다 객관적이며 정당할 수도 있음을 증명하려 한다. 또한 일관되게 유태림의 신념을 지지하면서도 당대를 살아간 많은 지식인들을 비판적으로 제시함으로써 그들의 또다른 신념에 대해 생각해 볼 여지를 둔다. 이것이 『관부연락선』이 가진 가장 큰 장점이다.

### 살아남은 자들의 역사, 살아 있는 자들을 위한 소설

『관부연락선』은 일제 강점기와 6·25전쟁 전후의 시기를 '조용히' 살다간 지식인에 대한 기록이다. 그들은 한국 사회와 정치의 일각에서 두드러진 활동을 하지도 않고, 당대를 휘몰아친 극단의 두 이데올로기에 대해 맹목적으로 추종하고 행동하지도 않는다. 그것은 이들이 명민하지 못하거나 게을러서가 아니다. 그들의 행동은 끝없는 자기반성의 결과이며 함께 살아가는 사람들을 위하는 길이라는 확신에 의한 것이다. 작가는 소설을 통해 우유부단하고 기회주의적이라는 비난을 받을 수도 있는 역사의 뒤안길에 선 사람들에 대해 해명한다. 『관부연락선』은 그들의 생애가 명사의 삶에 못지않게 고통스러우나 열정적이고 처절하나 아름다움을 깨우쳐준다. 그리고 서사 속에서 되살아난 그들의 죽음은 그 허망함으로 지나간 시대의 고통을 절감하게 한다.

작가는 역사만이 인간의 삶이 아님을 역설한다. 작가는 소설 속에서 이 사회의 중심이 되지 못한 이들뿐만 아니라 배척당한 이데올로기와 그것을 추종한 이들에 대해서도 조심스럽게 거론한다. 역사가 되지 못한 패배한 자들을 소설 속에서 되살리는 것이다. 이를 통해 작가는 이들의 목소리를 다시 들어볼 수 있는 기회를 제시한다. 이것이 현실의 우리 모습을 되돌아보는 데 소중한 충고가 될 것임은 말할 나위도 없다.

『관부연락선』은 작가의 의도를 드러내는 데 부족함이 없다. 이 소설은 이후 발표된 많은 역사 소설들의 자양분이 되었다. 다만 역사의 언어를 빌려 소설을 구성한 덕분에 한편으로는 소설이 역사의 보조물이 된 듯한 느낌도 없지 않다. 그러나 작가의 역사를 위한 변명은 역사를 넘어서기 위한, 그래서 살아 있는 자들에게 삶의 힘을 더해 줄 수 있는 처방, 유태림이 그러했던 것처럼 '한 명이라도 더 살리기 위한' 도의적인 설정이라는 점에서 의의를 가진다. 중요한 것은 『관부연락선』이 시도한 역사에 대한 변명, 역사를 넘어서고자 하는 비상이 가히 설득적이라는 사실이다. 내가 이병주를 읽는 이유가 바로 여기에 있다.

# 『행복어 사전』의 첫 장을 넘기며

정인혜 이병주 소설 전국 독후감 경연대회 수상자

왜 이병주를 읽는가. 분명 '이병주'를 읽는가에 관한 문제다. 이병주의 '작품'이 아니다. 도스토옙스키의 '작품'을 읽는다고 말하지 않고 '도스토옙스키를 읽는다'라고 말하는 것처럼 이병주의 글을 읽는 것은 곧 인간 이병주를 읽는 것과 같다. 이들의 글에는 작가 자신이 작품 속에 그대로 녹아 들어가 있어서 모든 등장인물이 작가의 분신이다. 작가의 면면이 등장인물 각각의 개성이 된다. 등장인물들의 한마디 한마디가 작가를 대변한다. 『죄와 벌』을 읽든『악령Besi』을 읽든『카라마조프가의 형제들Brat' ya Karamazovy』을 읽든 도스토옙스키를 읽는다는 말로 충분하며, 「소설·알렉산드리아」를 읽든『관부연락선』을 읽든『행복어 사전』을 읽든 이병주를 읽는다는 한마디로 충분하다.

작년 여름, 이병주의『행복어 사전』을 처음 읽었다. 이전까지 어떤 작가인지도 모르다가 그래도 전집까지 나올 정도면 알아야 할 것 아닌가 하는 마음으로 골라 들었던 책이다. 전집에 포함된 많은 책 가운데 유난히 눈길을 끄는 제목이었다. 『행복어 사전』이라니. 이 작가, 궁금하다. 이 책, 읽고 싶다. 주저 없이 다섯 권을 한꺼번에 집었다.

> 모두들 그곳을 사막이라고 하고 자기들을 불시착한 사람들이라고 했다. 어떻게 내가 그 불시착한 사람들 틈에 끼어 그 사막에 살게 되었는지 이건 대단히 중요한 일이란 생각이 들면서도 그다지 중요한 일이 아닌 것 같기도 하다. 사람은 어디엔간 있어야 하는 법이다.
>
> —『행복어 사전』, 제1권, 한길사, 7쪽

첫 문단을 읽는데 가슴이 뛰었다. 소설을 읽으며, 우리나라 작가의 글을 읽으며 가슴이 뛰어본 것은 오랜만이었다. 문장을 곱씹어 보고 단어를 곱씹어 보고 다시 문단을 곱씹어 봤다. 어떻게 읽어도 읽을 때마다 문장, 단어, 음절 하나하나가 의미 있게 다가왔다. 되새겨 보면 허무하기도 하고 무책임하기도 한 첫머리가 오히려 더욱 진실하고 울림 있게 다가왔다. 허무하다고 해도 무라카미 하루키村上春樹처럼 감상적인 허무함이 아니라 현실을 날카롭게 직시한 뒤에 얻어낸 통찰과 같이 읽혔다. 이렇게 우연히 내게 불시착한 이병주는 강력한 힘을 발산했다. 가장 큰 놀라움은 우리에게도 이토록 에너지 넘치는 작가가 있다는 사실이었다.

시간이 지날수록 얻는 깨달음이란 자신이 낼 수 있는 에너지가 어느 정도인지 그 한계를 아는 것밖에 없다. 이겨낼 수 없는 상황에 부딪치며 자신의 한계를 알아가는 것이 바로 어른이 되는 과정이다. 나 역시 스스로 낼 수 있는 에너지가 얼마만큼인지 한계를 짓던 중이었다. 한계를 아는 건 그만큼 에너지가 줄어든다는 의미이기도 하다. 그러던 중 만난 이병주는 줄어드는 기운을 잠시 보류시켰다.

서재필이 '행복어 사전'을 만들어가는 동안 나 역시 나름대로 행복어 사전을 구상하며 그 완성을 소망했다. 서재필이 응당한 이유를 들먹이며 갈팡질팡하는 걸 보면서도, 주인공의 흐느적거림과는 달리 이를 그려가는 필체에 힘이 실려 있었기에 행복어 사전의 완성을 기대했던 것이다. 하지만 동시에 그 힘이 주는 무게가 점점 더해져 읽는 부담이 커졌다. 작가의 그림자가 점점 크게 드리워졌다. 좌파라고도 할 수 없고 우파라고도 할 수 없는, 겉으로만 봐선 신문사 교정부의 평범한 직원인 서재필이 간첩으로 몰리는 과정은 다분히 정치적인 이야기로만 다가와 잠시 책에서 손을 뗄 수밖에 없었다. 20세기 중반을 살아가는 서재필의 행복어 사전과 21세기 초반을 살아가는 사람의 행복어 사전의 차례와 항목은 다를 수밖에 없는 것일까.

애초에 필자가 『행복어 사전』을 두고 설렜던 것은 어설픈 낭만이었을지도 모른다. 정치적으로 암울하기만 했던 시절에 '행복'이라는 단어를 감각적으로 사용하는 작가가 있었다는 데 대한 어린 독자로서의 환상이었을까. 하지만 환상만 품고 읽기에 이병주가 겪은 세계는 광대하고 심원했다.

『행복어 사전』을 읽고 난 뒤 오랫동안 이병주를 찾지 않았다.

가슴 한구석에 이병주는 여전히 불시착해 있었지만 애써 들여다보려 하지 않았다. 머릿속을 가볍게 하기 위해 문학을 찾았지 일부러 무겁게 하려고 찾은 적은 없었다. 이병주라는 이름만 떠올려도 마음이 무거워져 더 그를 읽을 수가 없었다. 그때 몇 번이고 집었다 놓았던 책이 「소설·알렉산드리아」였다. 이 책은 사실 『행복어 사전』을 설레며 읽던 중에 샀던 책이다. 마흔이 넘어 뒤늦게 작가의 길로 들어선 사람의 첫 작품은 어떨까 궁금했다. 당시만 해도 『행복어 사전』을 중간 정도 읽던 중이었고 그 작품의 세련미에 빠져 있었기에 「소설·알렉산드리아」라는 이국적인 제목 앞에 역시 같은 기대감을 품을 수밖에 없었다.

> 고요한 천상의 성좌와 알렉산드리아란 이름의 요란한 가상의 성좌 사이에서 이제야 겨우 나는 나를 되찾은 느낌인데, 되찾은 꼴이라야 이탈해버린 에트랑제가 초라한 호텔의 다락방 창가에 앉아 있는 것이다.
>
> ─「소설·알렉산드리아」, 한길사, 7쪽

에트랑제etranger, 이방인이라는 뜻이 주는 허무함이 역시나 작품 첫머리에서 묻어났다. 마흔이 넘은 '아저씨'의 펜 끝에서 나오는 '에트랑제'라는 말이 자못 쓸쓸하고 가엾다. 하지만 이 작품 역시 21세기의 의식 없는 대학생이 읽기엔 정치적으로 너무 무거웠다. 아무 부담 없이 허무하게 만드는 작품이 낫지, 허무함을 가장한 채 의식의 날을 날카롭게 갈아세울 것을 압박하는 작가의 에두름은 감당하기 힘들었다.

체온 36도 5분으로써 육체의 빙화는 피한다고 해도 마음의
빙화까질 피하기란 어렵다. 그래 노상 책에다 눈을 쏟고 있는
판이지만 종이 위의 활자가 내 눈으로 전달되는 그 도중에서
얼어붙는 탓인지 중추신경에까진 이르지 못하고 만다. (중략)
내게 필요한 것은 잡스러워도 인간의 체취가 무럭무럭 풍기는
사상, 찐득찐득 실밥에 녹여 붙는 엿처럼 신경의 가닥가닥에
점착하는 그런 사상이다.

—「소설·알렉산드리아」, 한길사, 8쪽

　　화자 '나'는 정치범으로 몰려 서대문형무소에 갇힌 형의 꿈을
대신해 이집트 알렉산드리아에 왔다. 고대, 인간의 문명이 집약
된 그곳에서 화자는 나치 전범에게 복수하려는 독일 사람 한스
와 스페인 사람 사라를 만난다. 화자는 두 사람에게 형이 보낸
편지를 읽어주고, 이들은 권력 아래 비이성적으로 희생당한 경
험을 공유한다. 화자의 형과 한스와 사라, 이 세 사람이 각자 겪
은 경험은 알렉산드리아라는, 과거 경험과 전혀 무관한 곳에서
인간의 보편적인 역사로 승화한다. 개개인의 아픔이 모두의 아
픔으로 일반화되며 그 과정에서 한스와 사라, 두 사람 각자가
꿈꾸던 복수의 방식은 한 방향으로 모인다.

　　공간을 초월한 보편주의는 시간까지 초월하여 21세기를 사는
독자에게도 같은 역사의식을 지녀야 한다고 강조하는 듯했다.
이병주는 이국적인 분위기와 자조적인 어투로 분명한 태도를
취하는 데서 한발 물러난 자세를 취하지만, 그 밑에 깔린 역동
적인 역사의식은 결국 문체를 통해 드러났다. 이병주에게는 문

학이, 그 자체가 목적이 아닌 사상을 드러내기 위한 수단인 것처럼 보였다. 책을 읽으며 설득당한다는 기분이 들어 견딜 수 없었다. 그래서 책을 몇 번이고 들었다 놨다, 제대로 읽지 못한 것이다.

이렇게 이병주라는 이름을 떨쳐 내려고 애쓰면서도 해결해야 할 문제가 있었다. 불편하면서도 왜 때마다 이병주의 책을 찾으며 끝내 읽지도 못할 것을 붙드느냐 하는 것이었다. 이병주의 에너지가 부담스러우면서도, 남성 중심적인 문체가 불편하면서도 그 이름을 덮지 못하고 찾게 되니 모순이었다. 그러다 읽게 된 책이 『자아와 세계의 만남』이라는 이병주의 고백록이었다. 루쉰과 도스토옙스키, 사마천에 대한 작가의 소회를 담은 책이었다. 도스토옙스키에 대한 글을 찾다 우연히 접한 이 책에서 이병주가 문학을 할 수밖에 없었던 필연적인 이유와 그 진실성을 알게 되었다.

> 라스콜리니코프는 풀리지 않는 문제로서 내 가슴속에 아직도 남아 있다. 나는 내 나름대로 이 문제를 문학적으로 해결해 보고 싶은 의도를 가지고 있지만 언제 실현할 수 있을 것인지 목하 막연하다. (중략) 라스콜리니코프의 드라마가 그의 작품으로선 끝났지만 인생의 문제로서, 또는 사회의 문제로선 끝날 수가 없다는 의미로서 나는 그 사실을 받아들인다.
>
> ─『자아와 세계의 만남』, 기린원, 77~80쪽

이병주는 도스토옙스키가 『죄와 벌』에서 제기한 문제를 자신이 아직 해결하지 못했으며 실현할 수 있을지 막연하다고 했지만, 그의 작품들을 관통하는 소재가 있다면 바로 『죄와 벌』과 라스콜리니코프다. 『행복어 사전』 첫 장의 제목 '사막의 나폴레옹'은 라스콜리니코프라는 인간에 대한 오마주이며 「소설·알렉산드리아」에서 한스와 사라의 라스콜리니코프의 행동에 대한 오마주이다. 나아가 이병주에게는 『죄와 벌』이 루쉰의 『아Q정전阿Q正傳』과도 통하는 것으로 이해된다. 결국 이병주의 문학은 루쉰과 도스토옙스키라는 동서양 근대 문학의 거장들에게 그 뿌리를 두고 있는 것이다.

「소설·알렉산드리아」가 작가의 개인적 체험을 보편적인 역사로 인정받으려는 수단이라고 여겼는데, 그 보편성은 오랜 숙고에서 나온 진심이었다. 보편성을 통해 획일적인 공통점이 아닌 인간 개개인의 개별성을 인정하며 주체적인 인간상을 그린 것이었다. 이는 루쉰에 관한 글에서 더욱 확실해졌다. 이병주는 루쉰에 관한 논고에서 문학자를 '인간주의적 문학자'와 '혁명적 논객으로서의 문학자'로 나눈다.

> 인간주의적 문학자로서의 자질이 혁명적 논객으로서의 면목에 중후감을 주고, 혁명적 논객으로서의 포부가 인간주의적 문학자로서의 활동에 생동감을 주기도 하여, 루우신의 이미지는 그런대로 밸런스를 취하고 있는 것이지만, 그러니까 그의 문학을 혁명의 문학이라고 말할 순 없는 것이다. 그의 문학은 어디까지나 인간의 문학이었다. (중략) 혁명의 문학은 곧 혁명을 해야 한다는 대전제에 서서 혁명의 대의를 밝히는 한편, 혁명에

로 독자를 선동하는 방향으로 나가는 문학이다. (중략) 그런데 이렇게 하는 것만으론 문학일 수 없다는 생각이 있다. "원수를 쳐부숴라."고 하기에 앞서 "원수란 무엇이냐."를 생각하게 된다. "계급의 적을 없애라."고 하기 전에 "계급이란 무엇인가, 그 적이란 무엇인가."를 생각하게 된다. (중략) 인간의 문학은 제도의 개선을 바라면서도 제도만으론 어떻게 할 수 없는 인간의 문제를 중시한다. 이러한 망설임과 신중함이 반동이란 낙인을 찍혀 규탄당하기도 하지만 인간은 그 행복과 불행을 결국은 각기 개인이 감당해야 한다는 절실감에서 풀려나지 못한다.

—『자아와 세계의 만남』, 기린원, 24쪽

「소설·알렉산드리아」는 인간주의적 문학자로서 문학을 대하는 이병주의 문학관이 총체적으로 담긴, 이병주 문학의 시작이다. 에너지의 과잉이 다소 부담스럽더라도 그 진실성만큼은 외면할 수 없다. 탐정 소설과 법정 소설, 서간문 형식까지 다양한 기법을 짧은 중편에서 풀어낸 시도도 보다 확고하게 자신의 문학을 주지하려는 작가의 노력으로 볼 수 있다. 미숙한 첫 작품이라고 하기에 그 의식이 너무나 뚜렷하다. 책을 다시 들여다보니 예전에는 간과했던 문구들이 새로이 눈에 띄었다.

내게 있어선 내가 절대라는 것을 안 것이다. (중략) 흔히, 절대적 진리란 없고 상대적 진리밖엔 없다는 말을 듣는다. 역사라고 하는 불사의 눈으로써 보면 그럴지도 모른다. 일반론을 통하면 그런 귀결이 나올는지 모른다. 그러나 사람은 불사가 아니라 제한된 생명 속에 있는 것이다. 인간의 시간과 역사적 시간은 다르다. 인간은 절대적인 삶을 절대적으로 살고 있는 것이다. 그럴 때 어떻게 해서 절대적 진리가 없다고 말할 수 있는가. 역사의 눈을 빌려 모든 가치를 상대적으로 관찰할 수는 있을지 모른다. 그러나 동시에 거기에도 있고 이곳에도 있을 수는 없는 것이다. 같은 시간에 그 길도 가고 이 길도 갈 수는 없는 것이다.

—「소설·알렉산드리아」, 한길사, 58쪽

인간 생활이란 따지고 보면 문을 드나드는 행동에 불과하다. 인류는 살아오는 과정에서 무수한 문을 세웠다. 앞으로 살아가는 과정에서 또 무수한 문을 세울 것이다. 문 가운데 문을 세우고 또 그 문 속에 문을 세우는 문. 인생의 수를 무한하게 적분한 만큼의 수의 문을 드나들며, 무수한 다른 문은 다 제쳐놓고, 인생은 왜 하필이면 저 문으로 들어가야 하는가.

—「소설·알렉산드리아」, 한길사, 95쪽

이제는 내가 그만한 역사를 경험하지 못해 그의 작품을 이해할 수 없다는, 그저 후대 사람에겐 무거운 짐일 뿐이라는 생각은 하지 않게 되었다. 그에겐 그만의 역사가 있는 것이고 나에겐 나만의 역사가 있는 것이다. 그리고 이 두 역사는 '인간'이라는 이름으로 보편성을 찾을 수 있을 것이다. 둘 사이에 우열은 없다. 내가 겪은 역사가 초라하다는 열등감은 내가 겪은 역사를 절대적인 것으로 의미화하자는 의지로 바뀌었다. 스스로 인정하지 않으면 누구도 인정해 주지 않는 법이라고, 이병주가 허무함을 삶을 향한 의지로 발현한 것처럼 인간의 힘을 믿어야 한다고 나는 생각했다. 이로써 그동안 왜 이병주라는 이름 석 자를 뿌리치지 못했나 하는 의문은 풀렸다.

이병주는 말한다. 괴테Johann Goethe를 모르고 톨스토이를 모르고 베토벤을 모르고 사르트르를 모르고도 살 수 있지만 이미 학문이라는 혹은 사상이라는, 예술이라는 독기에 젖은 사람들에겐 이들 없이 살 보람이 있을 까닭이 없다고, 이들과 상관없는 행복이란 상상해 볼 수도 없다고. 그렇다면 난 이렇게 말하겠다. 이병주를 모르고도 살 수 있지만 삶의 허무함에서 강한 의지를 찾는, 그의 지극히 인간적인 진심에 젖은 사람들에겐 그의 작품 없이 살 보람이 있을 까닭이 없다고.

> 나는 내 나름대로의 목격자입니다. 목격자로서의 증언만을 해야죠. 말하자면 나는 그 증언을 기록하는 사람으로 자처하고 있습니다. 내가 아니면 기록할 수 없는 일, 그 일을 위해서 어떤 섭리의 작용이 나를 감옥에 보냈다고도 생각합니다.
> ─「겨울밤」, 『소설·알렉산드리아』, 한길사, 283쪽

이병주의 증언과 기록은 그에게 루쉰과 도스토옙스키가 그러했던 것처럼, 내게 '살 보람'을 줄 것이다. 길지 않은 시간 동안 많은 작품을 써준 작가가 고맙다. 아직 찾아 읽을 글이 많기에 행복하다.

# 이병주, 당신의 상식을 통해서 배우겠습니다

**서지희**이병주 소설 전국 독후감 경연대회 수상자

우리는 평소에 '상식'이라는 말을 사용하는 데 주저함이 없다. 상식이라는 용어를 기준으로, 당면한 과제를 판단하는 가치로 적용하고는 한다. 그러나 사실 공통적으로 보이는 그 '상식'은 생각해 보면 매우 불명확한 경계선이다. 지구라는 행성 아래에서 낱낱이 나뉘어져 있는 국가들은 저마다의 다른 상식을 사용하고 있고, 또 그마저도 시대의 흐름이라는 거부할 수 없는 시간적인 틀에서 자주 바뀌고는 한다.

물론 '살인'은 나쁜 것이라는 것처럼 절대적인 상식, 즉 '진리'가 존재한다고도 할 수 있을 것이다. 그러나 이 역시 결국 주어진 상황 안에서 변모할 수밖에 없는 인간의 나약한 잣대일 뿐이다. 만약 '전쟁'이라는 개념이 도입된다면 진리라고 생각되어지는 이 상식도 우리가 아무렇지도 않게 말하는 상식의 범위 안으로 포함될 수 있을까? 납득할 수 없는 논리가 상식이 되기까지, 그리고 진리에 이르기까지 우리는 얼마나 많은 오해와 섣부른 결정을 동반하는 것일까?

이병주의 소설은 우리의 기준선을 뒤흔드는 이야기이다. 한 번씩은 생각해 봐야 할, 그러나 그러지 못한 것들에 대한 이야기다. 특히 그의 소설 중에서『관부연락선』은 그런 면모를 더욱 잘 드러내는 작품이다. 소설 제목이기도 한 관부연락선의 정체를 소설 속에서 굳이 정의 내려야 한다면, 소설인지 수필인지 알 수 없는 원고 한 뭉치라고 할 수 있다. 그러나 이병주는『관부연락선』을 그저 그런 한 덩어리의 글에 불과하게 내버려 두지 않는다. 등장인물인 유태림의 수기에서 시작하듯 관부연락선은 당시 조선과 일본 자체를 의미한다.

영광과 굴욕의 길로 이어진 관부연락선. 갑판 위에 서는 것조차 허락하지 않는 3등 객실에 몸을 구겨 넣고, 그렇게까지 하면서도 허가를 받지 못해 처절하게 매달리는 한국인. 시모노세키에 도착해서도 인간 이하의 취급을 당하며 막노동을 해야 했다. 반면에 송병준 같은 매국노는 일등 빈객으로서 당당히 길을 건너고, 일본인들은 그가 펼쳐놓은 길을 필두로 일확천금의 꿈을 가지고 부산으로 건너온다. 이병주는 누군가에게는 영광이면서도 또 다른 이들에게는 굴욕의 길이었던 관부연락선의 통로를 철저하게, 면밀히 묘사한다. 특히 이병주는 주요 등장인물인 이 선생인 '나'와 유태림인 '나'의 시각을 적절히 교차시키고, 이와 동시에 시간을 넘나들며 짜여진 구도로 독자를 압도한다. 일본과 한국의 여름과 같이 적절한 비유를 섞는 감각도 잊지 않으면서 말이다. 호흡력이 긴 그의 작품을 당당하게 펼침으로써 해방 전후사를 길이 남을 대단원을 이끄는 것이다.

그의 표현력은 비단 한 작품에서만 드러나는 것이 아니다. 사람들의 시선과 마음마저 묶어두는 문체는 제목에서부터 드러난다.「그 테러리스트를 위한 만사」,『행복어 사전』과 같은 작품들은 제목만 봐도 가슴에 울림을 남긴다. "평생에 한 번쯤은 나도 누군가에겐가 꽃을 사 주고 싶었다"라는 문장처럼 그는 전달하고자 하는 것을 느끼게 해주는 문장력을 갖추고 있다. 또한 그의 소설「마술사」에서도 이와 비슷한 점이 있다. "갑자기 사람의 소리가 듣고 싶어졌다"라는 깔끔한 문장으로 깊은 곳을 찌르는 스타일은 단연 돋보일 수밖에 없다. 그의 다른 소설인『행복어 사전』에서도 역시 이런 부분이 발견된다. "신의 목적에는 인간을 행복하게 하는 것은 포함되어 있지 않다"라든가, "스스로를 불행으로 끌어들이는, 불행을 위한 무서운 사람"과 같은 문장들이 그러하다. 문장의 표현력은 물론 스토리 전개에 있어서의 담담한 서술력 또한 돋보인다.「그 테러리스트를 위한 만사」중에는, "테러리스트에게는 세계를 개조하여 행복하게 살겠다는 욕망이 없다. 신이 죽은 세계에서 테러리스트는 우주의 원한을 집행하는 영혼의 시인이 되고자 할 뿐이다"라며 테러리스트를 묘사하는 부분에서 자신이 생각하는 바를 있는 그대로 옮겨 전달하는 능력을 보이기도 한다.

이병주는 균형적 시각이라는 것은 불가능할 정도로 어려우며, 과연 절대성과 상대성은 무엇인가에 대해 말하고자 했다. "이성이 논리적으로만 정돈된 세계에 집착하면 그런 태도 자체가 불모인 광기의 포로가 된다"라고 파스칼Blaise Pascal이 말했듯이 이성적인 것과 감성적인 것의 절대성과 상대성, 허무주의

자와 마르크스가 끊임없이 격돌하며 정확히 이분법으로만 모든 것을 나누려고 하는 사회 안에서의 이념적 갈등을 언급했던 것이다. 『관부연락선』에서 유태림은 '살아 있는 중국인을 대상으로 창술 훈련을 했다'는 모 부대원들의 잠꼬대가 모두 '내가 나쁜 것이 아니다'라는 중얼거림이었다는 것을 떠올리며 상대적인 행복에 젖으며 알 수 없는 감정을 느끼기도 한다. 전쟁이라는 극한 상황 아래에서의 인간의 이성과 감성의 미묘함을 묘사한 것이다. 또한 유태림은 교사로 재직할 당시 '객관적' 판단 조명을 위해 교사로서의 신념을 발휘하려고 애쓴다. 그러나 누구에게든 '완전한 객관'이라는 것은 존재할 수 없는 법이다. 오히려 그는 그 어느 쪽에도 속하지 않는다며 회색분자로 몰리기까지 한다. 그것에 관해서는 어떤 완벽하고 객관적인 이론도 없다.

이러한 면은 「그 테러리스트를 위한 만사」에서도 드러난다. '나'는 경산 선생에게 "뭐니 뭐니해도 일본 놈이 나쁘죠?"라고 묻는다. '나'는 경산 선생의 동의를 구하고 싶어서 던진 말이었으나 그의 대답은 뜻밖이었다. 개개인에 대해서 물으면 나쁜 놈도 있고 좋은 놈도 있겠지만, 일본인은 훌륭한 민족이라고 답한다. 독립투사 중에서도 대표적으로 손꼽혔던 경산 선생의 말에, '나'는 충격과 혼란에 휩싸인다. 경산 선생은 강대한 나라는 침략 근성을 가지고 있다며 객관적 판단과 옹호는 다르다고 말한다. 그의 말에 판단 기준선을 잃어버린 '나'는 항일 민족 운동은 그럼 어떤 것이냐고 묻는다. 경산 선생은 단호하게, 일본인은 훌륭한 적이지만 훌륭하다고 그 사람의 노예가 될 수 없는 일이라고 항일 운동은 단지 생존권과 위신의 문제라고 언급한다. 이는 현재 한국과 일본의 상황에도 연결되는 일일 것이다.

우리는 인습인지 전통인지 모를 감정과 관계를 고스란히 물려받아 여전히 일본과의 관계에서 서로의 모든 것에 대해서 반발하고 있다. 역사 청산의 문제에서나 배타적 경제 수협에 관한 독도에서의 문제점을 포함해 모든 방면에서 상충하고 있다. 하지만 무조건적인 감정 대립만 하는 것보다 깊은 역사에서 비롯된 구조의 차이와 앞으로 나아가야 할 방향을 봐야 할 것이다. 우리에게 과거뿐만 아니라 현실을 다시 생각하게 되는 기회와 논리를 이병주의 소설은 제공하는 것이다. 이병주는 이와 같은 면에 대해서 직접적으로 말한 바도 있다. "나는 정의를 몰라. 하도 많은 정의를 보아왔기 때문에 정의는 묘하거든. 그걸 실현하려고 들면 그 순간 악으로 변하는 거야." 그는 수많은 정의들 중에서 절대성과 상대성, 다른 것과 틀린 것에 대해서 끊임없이 고뇌하며 작품들을 썼던 것이 아닐까.

특히 이병주는 역사 소설에서 두드러진 역량을 발휘한다. 그는 『지리산』을 집필하면서 "나는 우리나라에서 문학이 가능하려면 역사의 그물로 파악하지 못한 민족의 슬픔을 모색하며 슬퍼해 보는 데 있다고 믿는다. 나는 최선을 다해 나의 문학에 대한 신념을 『지리산』에 순교할 각오다. 역사는 산맥을 기록하고 나의 문학은 골짜기를 기록한다"라고 했다. 참으로 역사 소설의 거장다운 태도라 할 수 있다. 하지만 그 역사는 이병주가 말했듯이 '믿을 수 없는 것'이다. 종이에 써져 있을 뿐인 역사는 진실인지 아닌지 구분하기도 어려울뿐더러 설사 그것이 사실이라고 해도 어떤 관점에서 서술되고 어떤 면을 부각시켰는지, 몇 가지는 은폐되거나 왜곡되었는지도 모르는 일이다. 역사도 불명확한 상식의 일선에 놓여 있을 뿐이다. 이 점을 그의 소설은 명백하게 깨우쳐주는 것이다.

이러한 점들이 있음에도 불구하고 이병주에게 아쉬움이 남는 것은 그의 대표작 『지리산』을 포함해 미완성으로 남아 있는 소설들이 많다는 것이다. 마흔네 살 늦은 나이에 문학을 시작해 그의 사고력을 충분히 펼치지 못했기 때문일까. 그는 다작으로 유명한 작가이지만 시작한 이야기를 끝맺지 못하는 우를 범하고 말았다. 그러나 독자가 생각할 틈을 남겨둔, 열린 결말의 즐거움을 누릴 수 있다고 말한다면 그의 안타까움을 덮어주기 위한 변명이 되는 것일까.

무엇보다도 확고하게 말할 수 있는 것은 이병주의 소설을 읽으면, 이토록 치열한 젊음의 고뇌를 한 적이 있는가 하는 의문을 스스로에게 제기할 수 있다는 것이다. 끔찍한 휴전선의 허리 아래서 대학생이라고 불리는 지식인에 속하면서도, 단 한 번이라도 나를 벗어나 조국과 민족의 문제에 가슴 터진 적이 있었는가. 나에게는 나만의 지식인의 패턴이라는 것이 존재하는가. 이병주의 언급처럼 자신의 존재를 증명하고, 자아에 있어서의 에트랑제 발견을 위해 에트랑제로서의 나를 정착시키는 그 무엇이 과연 있었는가. 나는 다만 부끄러울 뿐이다.

역사 소설의 거장답게 『관부연락선』에서 이병주는 "프라이드 지탱을 위해서, 역사는 모르는 것이 약이다"라고 단호하게 발언한다. 그렇지만 이제는 아니다. 우리는 알아야 하고, 또 알면서 나아가야만 한다. 과거는 과거일 뿐이지만, 그렇다고 해서 과거가 남긴 모든 그늘을 무시할 수는 없는 것이다. 앞으로 그러한 그늘이 없기 위해서라도 말이다.

나아갈 방향을 역사에서 찾느냐, 나에게서 찾느냐. 그것은 매사에 심각하면서도 또한 진지했던 쇼펜하우어Arthur Schopenhauer와 매사에 낙관적이었지만 깊이는 다소 부족했던 헤겔Georg Hegel처럼 어둡고 진실한 면을 볼 것이냐, 밝고 얕은 부분을 볼 것이냐 하는 문제와 같다. 어느 한쪽만 취한다는 것이 아니라 이 같은 점을 명심하고 깊이 있게 역사를 대해야 한다는 것이다. 그러나 사관조차도 그 역사를 바라보는 하나의 지도일 뿐이다. 실패했거나 가공했거나 사실로써 살아 있다면 그 이상이 역사인 것처럼 우리는 역사를 바라보는 관점을 재정비해야 할 뿐만 아니라 역사의 행간을 읽어내야 한다. 누르스름하게 변색된 채 남은 역사 책에서 숨겨진 행간을 읽어냄으로써 살과 피의 교차를 느껴야 하는 것이다.

우리가 권태 속에 지쳐 있다고 해서 세계의 역사마저 정체하지는 않는다. 인류는 해결할 수 있는 문제만을 문제로 삼아야만 한다고 마르크스는 말했지만, 인간은 궁극적으로 유토피아를 꿈꾸는 존재다. 지나간 가능성이 묻힌다는 것을 알아야 하고, 앞으로 그럴 일이 없도록 더욱 분발해야 하는 것이 인간의 의무이자 도리인 것이다. 현재가 하나의 미미한 역사의 점으로 남게 될 때까지 우리는 역사를 바른 사관을 통해서, 또한 계속해서 유토피아를 추구해 나아가야 하는 것이다.

이병주의 소설은 바로 이러한 점을 예리하게 꿰뚫고 그 깨달음에 한 발짝 먼저 나아가 있으며 우리를 이끈다. 완전한 인간이 아니라 부족한 인간을 통해서, 사실을 말하지만 사실 이상의 숨어 있는 역사의 의미까지도 종이 위에 펼쳐놓으면서 말이다. 과거와 현재와 미래의 이유 있는 조합들이라고 할 수 있겠다. 그래서 그의 책은 계속 읽혀져야 하고 기념되어야 한다. 처음으로 돌아가 이번에는 수정된 질문을 던지고 싶어진다. 당신은, 당신이 알고 있는 혹은 알고 있다고 믿어왔던 그 '상식'을 믿는가? 그에 대한 대답과 근거를 앞으로는 이병주의 소설에서 찾기를 바라는 강렬한 소망을 담아본다.

# 학병 세대의 내면 탐구

**김윤식** 서울대 명예교수, 문학평론가, 이병주기념사업회 공동대표

## 자존심의 근거

몇 번인가 이병주 씨를 만나긴 했지만, 인간적 문제나 삶의 속살의 언저리에 접한 적은 없다. 기껏해야 그의 작품에 대한 이런저런 비판에 지나지 않았다. 비판이라 하나, 지금의 처지에서 보면 사소한 말꼬리 잡기, 용어 문제 등 트집 잡기에 지나지 않는 것들이었다. 그럴 적마다 이병주 씨는 작가답게 다만 야릇한 미소를 지을 뿐이었다. 그런데 어느 대목에서 매우 당황해하는 순간을 나는 놓치지 않았다. 그 대목이란 『지리산』의 주역인 이규의 학력에 관한 것이다. 이규를 경도京都, 교토삼고三高생으로 설정한 것까지는 상관없겠으나, 삼고의 인기 교수로 구와바라 다케오桑原武夫 씨를 내세웠던 것이다. 내가 조사한 바에 의하면 그는 그 무렵 신설 대판大阪, 오사카고등학교 선생이었다. 잠시 침묵이 흘렀다. 영문을 알 수 없어 멍하니 있던 내 귀에 이런 목소리가 들려왔다.

"김 교수, 본격적으로 이병주론을 한번 써 보지 그래?"

이 말이 내 가슴 한구석에 오래 남아 있었다. 이 부탁이랄까 야유랄까 타이름을 근자에야 가까스로 이룰 수 있었다.『일제말기 한국인 학병 세대의 체험적 글쓰기론』(서울대출판부, 2007)이 그것이다. 이 책을 쓰면서 어째서 그때 이병주 씨가 '당황스러운 표정'을 지었던가를 확연히 깨달을 수 있었다. 결코 함부로 입을 놀려서는 안 되는 성스러운 대목, 이병주 씨의 가장 아픈 대목을 건드렸던 것이다.

모두가 아는 바 이병주 씨의 삼부작은『관부연락선』,『지리산』,『별이 차가운 밤이면』이다. 이 삼부작의 대업을 이루어낸 원동력은 무엇이었을까. 이병주는 식민지의 변두리 진주 농고생이었다. 모종의 사건으로 퇴학당했고, 혼자 경도의 거리를 헤매며 고학으로 전검專檢 시험에 합격하기까지의 악전고투 속에서 키워진 자존심이야말로 삼부작을 이루어낸 원동력이었다. 어쩌면 삼고생이거나 대판고교생이 될 수도 있었던 이병주의 이 성소聖所를 누가 감히 함부로 입을 놀릴 수 있으랴. 이 삼부작에 일관된 중심축은 이른바 '인민전선' 이후 일본 고등교육의 '교양주의'이다. 이는 경도 체험과 분리되지 않는다. 이 '교양주의'가 학병 문제에 부딪치고 증폭되어 이루어진 것이 대형 작가 이병주 문학이다. 이 글은 이병주 씨의 자존심의 근거와 그것이 어떻게 작품화되었는가를 엿보기 위해 씌어진다.

## 비평가와 작가의 어색한 만남

1989년 이병주 씨의 장편 『비창』이 간행되었을 때, MBC 신간 소개 프로에서 이를 문제 삼은 바 있다. 사회를 맡았던 나는 프로가 끝난 뒤 잠시 환담하는 자리에서, 작품 수준이 매우 얕다는 것을 제법 날카롭게 지적한답시고 이런저런 흠을 내세웠다. 가령 주인공인 중년 술집 마담이 일관성 없고 변덕스러운 것은 문학적으로 실패한 증거가 아니겠느냐는 따위였다. 이병주 씨는 다만 조용히 미소 지었다. 그때만 해도 젊은 비평가를 자처한 터라 나는 멈추지 않고, 성격의 문제뿐 아니라 구성의 문제까지 언급했다. 이병주 씨가 여전히 미소를 머금은 채 이렇게 대답했다.

"김 교수, 나이 60이 된 사나이들도 갈팡질팡하며 사는 것이 인생인데, 한갓 아녀자가 그것도 40대 여인이 변덕스럽지 않고 어떠해야 한단 말인가."

낮고 부드러운 경상도 억양이었다. 살아오면서 내가 자주 이 대목을 떠올리고 있음은 물론이다. 문학사상사에서 시행하는 '이상문학상' 심사위원의 말석에 자주 앉아 있을 기회가 내게 있었다. 심사위원으로 이병주 씨와 마주 대한 것은 1987년도(이문열의 『우리들의 일그러진 영웅』)와 1988년도 두 차례가 아니었던가 기억된다. 1988년도의 경우, 임철우의 「붉은 방」과 한승원의 「해변의 길손」이 막상막하여서 결정이 나지 않았다. 이때 누군가가 두 작품을 공동 수상으로 하면 어떻겠느냐는 제안을 했다. 이병주 씨는 흔쾌히 찬성했다. 내가 반대했음은 새삼 말할 것도 없다. 상의 권위가 떨어진다는 것, 어느 한쪽도 만족하지 못한다면 수상자들도 좋아하지 않으리라는 것, 상금을 반분하기의 문제점 등등을 내세웠다. 이렇게 제법 논리적인 듯한 방식으로 주장하는 나를 이병주 씨가 안경 너머로 내려다보는 것이었다. 아무 말도 없이.

'문학이란 무엇이겠는가. 그것이 과학이라든가 학문이라든가 비평과 관련이 있을지는 모르나 그런 것보다 윗길에 놓이는 것. 그러니까 마음의 흐름만큼 자연스럽고 감동적인 것이 따로 있겠느냐, 이런 자리에서 문학을 보아야 하지 않겠는가'라고 이병주 씨가 무언 속에서 나를 비판하고 있었던 것이 아니었을까.

'지리산智異山이라 쓰고 지리산으로 읽는다'라는 부제를 단 『지리산』(《세대》, 1972년 9월~1977년 8월)을 나는 이병주 씨의 대표작이라고 생각한다. 이 거대하고도 기이한 대하소설을 쓰는 마당에 작가는 다음과 같은 발언을 서슴지 않았다. "나는 실패할 각오로 이 작품을 쓴다"라고. 또 "나의 문학에의 신념을 지리산에 순교할 각오"라고 했다. 『지리산』이 단순한 대하소설이 아니고 '실록 대하소설'이라는 것, 『관부연락선』(1972)과 「소설·알렉산드리아」(1965)는 이를 위한 준비 작업에 불과하다는 것, 그러니까 『지리산』은 지금까지 자기의 문학적 순교 작업이라는 것이었다. 실패할 각오로 쓰기 시작한 작품, 문학적 순교를 각오하고 쓴 『지리산』이 완성되었을 때 내 딴에 매우 비판적 안목으로 「지리산의 사상」(1987)이라는 제목의 평론(『한국문학의 근대성과 이데올로기 비판』, 서울대출판부, 1987에 수록되어 있음)을 쓴 바 있다.

## 미완의 장편 『별이 차가운 밤이면』

작가 이병주 씨의 마지막 작품은 미완의 『별이 차가운 밤이면』(《민족과 문학》, 1989년 겨울호~1992년 봄호 연재)이다. 이 작품은 노비 출신의 박달세가 자신의 신분과 가난을 극복, 일본으로 유학 가서 고학하며 마침내 출세랄까 문명권에 나아가는 과정을 그린 장편 소설이다. 나는 이 작품을 한 회도 빠뜨리지 않고 읽었는데, 박달세의 성장 과정이 1930년대에서 1940년대에 걸치는 일본의 학생 생활을 다루고 있는 것에 깊은 흥미를 느꼈기 때문이다. 나는 우리 근대 문학의 그 근대성이 현해탄을 사이에 둔 유학생의 학습 과정, 학습 분위기, 학습의 방향성에 알게 모르게 관여되었다고 믿는다. 실상 『관부연락선』의 흥미의 원천도 여기에 있다. 『지리산』의 두 주역인 하준규와 이규의 의식을 지배하는 것은 이른바 일본 자유 지식인 계층을 휩쓴 스페인 '인민전선'의 분위기였던 것이다.

『별이 차가운 밤이면』에서 내가 흥미롭게 지켜본 것은 『지리산』과의 비교였다. 곧 『지리산』의 주역인 학병 세대의 하준규와 이규, 『별이 차가운 밤이면』의 학병 세대인 박달세와의 비교가 그것이다. 『별이 차가운 밤이면』에서는 오직 박달세만 등장한다. 박달세의 일대기인 셈인데, 특징적인 것은 노비의 자식이 고학으로 출세했다는 점에 있다. 박달세가 왜 일본에서 유학해야 하며 출세해야 하느냐고 스스로 묻고 스스로 대답한 것은 '원수 갚기'였다.

공자는 천하를 위해 학문에 뜻을 둔 것이지만 나는 원수를

갚기 위해 공부를 하려는 것이니까, 원수가 누구냐. 첫째가 최
순영이고, 둘째가 최 진사 부인이고, 셋째가 막둥이다. 최 진사
부인과 별로 문제 될 것이 없으나 내 원수는 단 하나이다. 그
이름은 최순영.

—제3회분, 246쪽

박달세는 실상 최 진사의 서자이나 최씨 집안 노비의 자식으
로 만들었던 것이다. 곧 박달세의 모가 종년이었던 것이다. 박
달세는 자신과 동갑인 순영에게 미움을 받으며 소학교 시절부
터 형언할 수 없는 멸시와 천대 속에서 자랐다. 이를 모면하는
길은 일본 유학의 출세하는 길뿐이었다. 이러한 박달세의 입신
출세주의는『지리산』의 주인공들에 비하면 참으로 낯선 것이라
하지 않을 수 없다.『지리산』의 하준규나 이규는 훌륭한 집안의
핏줄을 타고났거니와, 적어도 원수를 갚기 위한 일본 유학은 아
니었던 것이다.

어느 쪽이든 학병 세대를 작품 중심부를 삼았음에는『별이 차
가운 밤이면』과『지리산』은 쌍둥이가 아닐 수 없다. 작자의 '마
음의 흐름'이 이 지대인 까닭이다. 작가의 붓이 경쾌하고 막힘
없는 것이 그 증거가 아닐까. 그러나 '원수 갚기'의 학병 세대인
박달세는 부잣집 도령들이 여유 있고 거만스럽고 또 그 때문에
가능한 순수한 관념 형태인 자유주의에로 치달아 '인민전선'에
흥분하고 그 연장선에서 학병으로 나아가는 것을 고민하는 것
과는 달리, 학병조차도 어디까지나 출세의 도구랄까 방편으로
삼을 수밖에 없었다. 박달세가 작품 후반에 와서 상하이의 일본

군 특무기관의 엔도 중위로 변신, 출세한다. 스스로를 『아리랑』 (님 웨일스)에 나오는 주인공 김산(본명은 장지락)과 비교하면서 이렇게 자조함이 어찌 이상할까.

> 그럴 수밖에 없지 않았던가. 나는 노비의 아들이었다. 세상
> 이야 어떻든 나는 나와 어머니를 지켜야 했다. 인생을 엄격하
> 게 살아야 하는 것도 그 때문이다.
>
> —제7회분, 141쪽

이러한 인물형의 창조, 그리고 이러한 인물이 학병 세대의 중심부에 놓여 있다는 것은 무엇인가. 참으로 궁금한 것은 이러한 원수 갚기의 학병 세대가 해방 공간에서는 어떤 삶의 태도를 취할 것인가에 있다. 그는 빨치산 두목이 될 것인가, 경찰 두목이 될 것인가. 장사꾼으로 변모할 것인가, 모리배가 될 것인가. 이러한 것들을 알 수 없으나 분명한 것은 '인생을 엄격하게 살아갈 것' 만은 틀림없는 일이다. 이병주 문학의 새로운 가능성이 이 점에 있지 않았던가. 그러나 아직 해방되기 전, 상하이 일본군 특무대에 박달세를 세워둔 채 작가는 세상을 뜨고 말았다. 누가 이 작품을 완결할 것인가. 이 물음은 참으로 안타까운 것이 아닐 수 없다.

## 『지리산』의 이규와 하준규
학병 세대가 낳은 대형 작가 이 땅, 이 나라 지배층의 정신적인  흐름을 정확히 대변하던 거인의 자리를 메울 자가 있을 것

인가. 그의 빈자리는 그대로 빈자리로 남을 수밖에 없다. 물론 이러한 소리를 내가 할 처지는 아닐 터이다. 한국문학사가 이러한 평가를 내릴 권한을 갖고 있다고 믿기 때문이다. 내가 할 수 있는 것은 다음 두 가지인데 하나는 개인적인 감회이고, 다른 하나는 조금 역사적인 것이다.

앞에서 나는 『지리산』의 이규를 언급한 바 있다. 구와바라 교수가 삼고 교수가 아니라 대판고등학교 선생이라는 사실에 관한 것이다. 『별이 차가운 밤이면』에서 작가는 주인공 박달세를 대판에서 고학하게 하고, 마침내 대판고등학교 문과에 입학시키고 있지 않겠는가.

> 나는 무난히 대판고등학교의 입학시험에 합격할 수 있었다. …… 나는 대판고등학교가 일고―高와 삼고三高에 비하면 통념에 따른 격이 약간 떨어지지만 내실에 있어선 결코 손색이 없는 학교라는 것을 알고 있었지만, 입학시험에 합격한 것만으로 이렇게 융숭한 치하를 받을 수 있는 높은 성가를 지닌 학교란 것까지 알지 못했다. 사실을 말하면 대판시민들은 늦게 개교한 이 학교가 동경에 있는 일고나 경도에 있는 삼고를 능가할 수 있도록 염원하는 마음으로 각별히 대판고등학교를 소중히 여기고 있었던 것이다.
>
> ─제4회분, 185쪽

이 대판고등학교 선생이 구와바라였던 것인데 어째서 작가는 『지리산』에서의 착오를 여기서는 범하지 않았을까. 어째서 박달세를 경도삼고로 보내지 않고 격이 떨어지는 대판고등학교에 입학시켰을까. 이 점이 내 개인적 감회이다.

그렇다면 조금 역사적인 것이란 무엇인가 하면 『지리산』의 주인공 하준규에 관한 것이다. 『지리산』에서 중심인물, 그러니까 진짜 주인공은 누구인가. 이 물음에 대한 답은 명쾌하게 할 수 있는데, 하준규가 진짜 주인공이다. 이규는 실상 작가 이병주 자신이다. 이규를 표준으로 보면, 남재희·이병주의 대담에서 남재희가 지적했듯이 '반자전적' 소설이겠지만(「회색군상의 논리」, 《세대》, 1974년 5월), 그는 하준규를 빛내기 위한 몫을 하고 있을 뿐이다. 하준규로 말해지는 '실록'이 『지리산』을 낳는 원동력이다. 만일 하준규의 실록이 없었더라면 『지리산』은 결코 씌어질 수 없었고 설사 씌어졌더라도 지리산만큼의 높이와 무게를 가질 수 없었을 것이다.

이 작품에 등장하는 주역인 이규, 박태영, 하영근 등이 하준규에 의해 비로소 빛을 발하는 인물들에 지나지 않는다 해도 결코 지나친 말은 아닐 것이다. 말하자면 하준규는 발광체였다. 발광체가 실록의 수준에 있었다는 사실이야말로 『지리산』이 씌어질 수 있는 결정적인 계기였다. 이 실록 부분을 뺀 나머지가 모두 허구에 지나지 않는다는 뜻이 아니라, 이 실록 부분 때문에 허구가 만들어질 수 있었다는 뜻이다. 지리산 자체가 실록이라는 뜻이 아니고 지리산에 이르는 통로로써 실록이 있었던 것이다. 그렇다면 대체 하준규는 누구인가. 이 물음의 해답은 『지리산』 바깥에 있고, 그 이전에 있다. 사람들은 「신판 임꺽정 – 학병 거부자의 수기」를 기억할 것이다.

아직 나이 어리고 세상풍파에 부닥기지 못한 그들이 학병되기를 거부하고 일본 관헌의 눈을 피하여 장차 몇 해가 걸릴런지 알 수 없는 생활을 계속한다는 것은 자못 비참한 일이었다. 그러면 그들은 왜 학병되기를 거부하였던가. 목숨이 아까와서였던가. 그렇다면 왜 목숨을 걸어놓고 피해 다녔을까. 이글은 순진하고도 굳세인 조선의 젊은 장정이 열과 피로써 얽어놓은 산 하나의 인간기록이다.

　　　　　　　　　　　　　　—『신천지』, 제1권 3호, 20쪽

이 글을 실으면서 편집자가 해설한 문구이다. 주목되는 것은 학병 거부가 목숨을 건 도피였다는 지적이다. 이 수기의 필자가 바로 하준규의 모델인 하준수이다. 3회에 걸쳐 연재된 이 수기(실록)가 『지리산』의 중심체이다. 학병 거부자인 하준수의 수기 일절은 이러하다.

　　백운산에서 겨울을 난 우리들은 1945년 3월에 괘관산으로 들어가 그곳에다 큰 집을 짓고 화전을 시작하는 한편 동지 73명으로 보광당을 조직하고 일본이 전쟁을 계속 못 하도록 될 수 있는 대로 방해할 것과 당원을 훈련하여 연합군 남선 상륙시에 응할 수 있도록 제반태세를 갖추는 것이 우리들의 행동목표였다. 그리하여 우리들은 화전을 일어서 우리의 식량문제를 해결코자, 일을 하는 시간 외에는 나머지 시간을 전부 군사훈련에 충당시켰다. 우리는 무기를 매입하였고 일방으로 염초, 황, 제렴 등으로 엽총제조도 하였다. …… 우리들은 간혹 아래

동리로 몸 날쌘 당원들로 작패하여 가지고 내려가선 주재소를 습격하였다. …… 그래서 얻은 총이 대여섯 자루는 되었는데 7월달에 들어선 산청군 경관대 10여 명이 패관산으로 습격 왔다가 우리들의 우세함과 산길이 험해서 저희들 수효로는 도저히 감당할 수 없음을 깨닫고……

——『신천지』, 제1권 4호, 165쪽

이와 같은 수기에서 우리가 알아낼 수 있는 것은 학병 문제를 둘러싼 당시의 지적·정신적 분위기와 역사 속에서의 진행 과정이다.

### 본명 하준수인 남도부

역사 속에 드러난 하준수는 과연 어떠했던가. 그의 삶과 죽음은 이러했다.

(가) 제3병단은 49년 8월 초 김달삼을 사령관으로, 부사령관 남도부, 나훈, 성동구 등 3백여 명이 경북 안동, 영덕 경계선에서 갖은 만행을 자행했다. 이때의 제3병단 부사령관 남도부는 6·25 때 동해안 주문진으로 상륙한 766부대의 부대장이었다. 그의 본명은 하준수로 진주중학을 거쳐 일본의 중앙대학 법학부 3년 중퇴, 학병을 피하여 지리산에 입산했었다. 해방 뒤 함양 건준위원과 공산당 간부로 있었다. 1948년 8월 해주 인민대표자대회에 참가, 대의원으로 선출되지 못하고, 강동정치 학원에 입교, 이 학원의 군사 교관으로 있다가 인민유격대 제3병단

부사령관으로 남한에 침투했다.

　(나) 김달삼과 남도부가 지휘하던 인민유격대 제3병단은 50년 3월 20일께 월북하여 4월 3일께 양양에 도착한 바 있다. …… 김달삼과 남도부는 평양에 가서 이승엽을 만나고 박헌영, 서덕원 …… 등과 어울려 남한에서의 유격투쟁 전개에 대한 토의를 했다. 그 뒤 남도부는 4월 15일부터 5월까지 맹장수술 때문에 금화적십자병원에 입원하고 있었는데, 박헌영과 이승엽은 그를 중앙당으로 소환하여 14호실에 남한유격대 총책의 임무를 주었다. …… 7백 66명으로 구성된 남도부 부대는 1950년 6월 25일 아침 9시께 강원도 주문진에 상륙하였다.

　　　　　　　　　　―김남식, 『남로당연구』, 돌베개, 1984, 413쪽

　(다) 남도부 부대는 51년 11월 30일 3시경 중앙당으로부터 부산지구공작 사명을 띠고 남하한 정지림과 합작하여 부산 조병창 방화를 했는데, 이 방화 공작에 성공했다 하여 당시 최고인민위원회 상임위원회의에서는 52년 2월 8일 남도부에 자유독립훈장 1급을 수여했다.

　　　　　　　　　　―김남식, 『남로당연구』, 돌베개, 1984, 443쪽

　신불산을 거점으로 한 남도부南道富가 체포된 것은 1953년 1월 15일 대구에서였다. 서울로 압송되어 처형됐다. 『지리산』 제7권, 이 작품의 마지막 부분은 남도부의 체포를 알리는 김 서방(덕유산 화전민)의 딸 순이의 울음소리로 이루어져 있다. 그것은

남도부의 유언이기도 했다.

두령님이 서울로 압송되는 것을 보고 박 도령을 찾았어요.
지난 겨울 두령님의 말씀이 있었거던예. 해동하면 순이는 지리
산에 가서 박 도령을 데리고 오라고예. 그런데 이젠 박 도령을
데리고 갈 수도 없어예. 두령님은 서울로 가고 그것 유격대는
해체되어 버렸구요.

—제7권, 354쪽

이렇게 볼 때 『지리산』은 '실록'으로서의 면모를 크게 부각시
키고 있음이 판명된다. 학병 출신의 하준수가 보이지 않는 곳에
서 소설의 중심부에 놓여 있음을 부인할 수 없기 때문이다. 말
을 바꾸면 『지리산』에 등장하는 하준규는 어디까지나 학병 출신
의 책임감 강하고 얼굴이 희고 눈썹이 가느다란 공수 4단의 청
년이다. 결코 빨치산 두목인 이승엽의 부하, 남조선 빨치산 부
사령관 남도부가 아니었다.

『지리산』은 빨치산 소설인가. 그렇다고 말할 수도 있을 것이
다. 남부군 총사령관 이현상도 등신대等身大로 등장하기 때문이
다. 이 소설의 어떤 대목, 가령 빨치산들의 생활 모습 묘사에서
작가 이병주는 '이태의 수기에서'라는 단서까지 삽입해 놓고 있
다. 이태 씨의 『남부군』이 출간되었을 때 이런저런 시비가 이태,
이병주 두 분 사이에서 오고 갔으나 수기를 도용했다는 것은 일
종의 조그만 오해가 아닐까. 이병주는 이렇게 말하고 있다. "나
는 이 씨의 수기를 이용 또는 인용한 사실이나…… 사전에 승낙

을 구했고, 나 자신 이 씨의 집이 있는 봉천동에까지 가서 승낙을 얻었다."(《동아일보》, 1988년 8월 16일) 그러나 만일 『지리산』을 빨치산 소설 범주에만 유폐시킨다면, 『남부군』이라든가 『태백산맥』, 『빨치산의 딸』 등이 씌어진 이 마당에서 그것은 무슨 의미를 띠는 것일까.

반공이 국시로 엄존하던 시절, 작가 이병주가 『지리산』을 쓴 것은 용기이기에 앞서 일종의 운명이고 필연이 아니었을까. 그 때문에 나는 『지리산』을 빨치산 소설(무협지) 범주에서 해방시켜 학병 소설이라 규정한다. 그것은 곧 이병주의 '반자전적 소설'인 까닭이다. 이규라는 인물은 실상 작가 이병주 자신이었을 것이다. 『별이 차가운 밤이면』에서 박달세가 바로 이규의 참모습인 까닭이다. 부호이자 괴짜인 허수아비 하영근이 만들어낸 허수아비격인 박태영과 이규가 실상은 학병 세대의 내면 풍경 속의 인물이었던 것이다. 하영근으로 말해지는 사상적 분위기 바로 그것이 학병 세대의 정신적 산실이었던 것이다. 이 때문에 나는 『지리산』의 학병 세대적 사고방식이 하준규를 규정하고 있다고 믿는다. 하준수를 알고 있는 사람들이 작가 이병주를 보고 "이게 어째 하준수일까 보냐, 이 인물은 너지"(《세대》, 1974년 5월, 245쪽)라고 말했음을 작가 자신이 실토하고 있음은 인상적이라 할 것이다.

2/3는 허구이고, 1/3만이 실록 자체라고 작가가 『지리산』을 두고 거침없이 말할 정도로 이 작품은 학병 세대만이 가질 수 있는 내면의 탐구이다. 작가 이병주, 그만이 해낼 수 있는 자질이자 역량이다. 우리 근대화의 재보가 아닐 수 없다. 왜냐하면

우리 근대사의 '나라 찾기'에서 '나라 만들기'의 과정 동안 그들이 주역을 맡았기 때문이다.

## '인민전선'과 회색의 사상

학병 세대, 과연 그것은 무엇일까. 나는 그것이 근대성에 관련된 과제라고 믿고 있다. 『관부연락선』을 비롯, 최후작 『별이 차가운 밤이면』에 이르기까지 그의 대표작이 한결같이 학교와 관련되어 있다는 것이 이를 뒷받침한다. 일제 강점기에서 한국인의 출셋길 또는 신분 상승의 기회란 상급 학교 가기가 아니었던가. 가난하지만 머리가 좋고 열심히만 하면 바늘구멍만 한 출세의 길이 있었다. 관비로 되어 있는 사범학교와 육군사관학교가 있었다. 고학도 할 수 있고, 학생이라는 신분이 그 정결성을 보장받는 사회적 풍토가 만연한 시대였다. 이른바 다이쇼大正 시대의 교양주의 교육이 지배하던 시대, 젊은이가 나갈 수 있는 이 길에 들어선 자들이 바로 학병 세대였다. 임화는 이 세대의 이념을 두고 이렇게 읊었다.

> 비록 청춘의 즐거움과 희망을
> 모두 다 땅속 깊이 파묻는
> 비통한 매장의 날일지라도
> 한번 현해탄은 청년들의 눈앞에
> 검은 상장을 내린 일은 없었다.
> ......
> 청년들아!

그대들은 조약돌보다 가볍게

현해탄의 큰 물결을 건어찼다.

……

오오! 어느 날,

먼 먼 앞의 어느 날,

우리들의 괴로운 역사와 더불어

그대들의 불행한 생애와 숨은 이름이

커다랗게 기록될 것을 나는 안다.

……

모든 것이 과거로 돌아간

폐허의 거칠고 큰 비석 위

새벽별이 그대들의 이름을 비칠 때

현해탄의 물결은

우리들이 어려서

고기떼를 쫓던 실내처럼

그대들의 일생을

아름다운 전설 가운데 속삭이리라.

—임화, 『현해탄』, 동광당서점, 1938, 222~224쪽

　학병 세대를 두고 현해탄의 사상에 관련짓는 것은 이 때문이다. 현해탄에 출세의 도구로서의 사상이 손짓하고 있었던 것이다. 그 사상이란 근대성을 내포하고 근대성을 끊임없이 묻고 있었던 것으로 요약된다. 그 때문에 나는 『지리산』에서 이규를 매료하고 있는 사상의 실체가 무엇인지 묻고, 작가 이병주가 내세

운 다음 대목을 사랑한다. 이병주의 시인 까닭이다.

> 어디에서 죽고 싶으냐고 물으면 카타로니아서 죽고 싶다고 말
> 할 밖에 없다.
> 어느 때 죽고 싶으냐고 물으면 별들만이 노래하고 지상엔 모든
> 음향이 일제히 정지했을 때라고 대답할 밖에 없다.
> 유언이 없느냐고 물으면
> 나의 무덤에 꽃을 심지 말라고 부탁할 밖에 없다.
>
> ─제6권, 39쪽

이를 두고 스페인 내란 때 죽은 시인 로르카Federico Garcia Lorca의 시라고 할 필요가 없다. 작가 이병주의 창작시라고 볼 수 있는 충분한 이유가 있기 때문이다. 학병 세대, 그 내면의 순수성은 무엇인가. 자유주의 지식인이 그것이다. 이상주의에 불타는 서구 자유주의 지식인의 방향성은 무엇이었겠는가. 공산주의의 사상적 장단점이 만천하에 드러난 스페인의 '인민전선'의 이념이 가장 잘 말해 주는 것이 아닐까. 작가 이병주는 이를 두고 '회색의 사상'이라 불렀다. 자유주의 지식이란 무엇인가 스스로 묻고, '회색군상'이라 불렀던 것이다.

> 우리가 15~16세 때 스페인 내란이 일어났다가 종식되었는
> 데 당시 앙드레 지드, 토마스 만 등 세계적 작가들은 그 내란에
> 대해 뭔가 행동을 했으며 …… 그리고 그것이 우리에게 온 느
> 낌은 세계의 사조에는 좌우익의 흐름이 있구나, 그중에서도 좌

익에는 여러 각도의 흐름이 내재라고 있구나 하는 것이었습니다. 이런 것은 스페인의 인민전선 구성을 보고 느끼게 된 거죠. 그래서 그 영향으로 우리에게 기존했던 가치 체계에 뭔가 여러 갈래의 방향이 있다는 것을 의식하게 되었고, 그때부터 우리 세대의 내부의식 속에 가치관의 혼란이 오게 되는 문제가 생겨났습니다.

—《세대》, 1974년 5월, 240쪽

가치 체계의 혼란, 그것이 학병 세대 내면 풍경의 중심부이`다. 그것은 '흑백 논리'와 정면 대결된다. 회색의 논리인 까닭이다. 지리산에서의 죽음을 흑백 논리의 소산이라고 할 수 없을까, 작가 이병주는 안타까워하고 있었다. 그는 이를 극복하기 위해『지리산』이라는 대작을 쓰지 않았을까. "회색의 사상을 가진 사람이 어떤 행위를 하여 그 결과가 처참한 것이 되거나 또는 보람된 결과가 되거나 하는 측면을 구체적인 관점에서 파악하여 나는 그것을『지리산』을 통해 꼭 표현하여야 되겠다"(위의 책, 242쪽)라고 그가 단호히 말한 것이 그 증거일 터이다.

그렇다면 이 회색의 사상을 무엇이라 부를 것인가. 인민전선에서 체득한 학병 세대의 사상이 아니겠는가. 또 그것은 자유주의 지식인의 고유한 사상적 존립 방식이라 할 수 없을까. 지리산 기슭에서 태어나 진주의 중학을 다니며 밤낮으로 지리산 천왕봉을 바라보면서 세계로 향한 야망을 키우던 한 소년이 있었다. 이 이병주 소년이 이규가 되어, 박태영이 되어, 하준규가 되어, 박달세가 되어 현해탄을 건넜고 마침내 학병으로 그 꿈이 좌절되었다. 그렇지만 그들이 체득한 인민전선에의 사상의 씨앗이 자라나서 흑백 논리가 가져오는 온갖 죽음의 질곡과 맞서고자 했다.

그는 지리산을 보면서 '회색이 되라, 회색이 되라'라고 쉴 새 없이 외쳤다. 이리하여 마침내 소설『지리산』이 이루어진 것이다.

## 지리산 천왕봉에 선 이병주

나는 어느 날 TV에서 그가 지리산 천왕봉에 등산복 차림으로 오른 모습을 보았다. 배낭을 메지 않은 것으로 보아 혹시 헬리콥터로 오르지 않았겠느냐고 내 멋대로 생각했다. 만나면 물어보리라 다짐하면서. 그로부터 몇 달이 지나지 않아 그는 백옥루의 주민이 되고야 말았다. 경제학의 원서로 가득 채워진 그의 서재를 구경하는 일도, 헬리콥터에 관한 질문도 이제 영영 불가능하게 되고 말았다. 그렇지만 나는 그가 창조해 낸 가장 소중한 것을 나의 것으로 가질 수 있다. 3부작『관부연락선』, 『지리산』, 『별이 차가운 밤이면』이 그것이다. (이 글은 이병주 선생의 작고 직후에 씌어진 것으로 다시 손보고 또 보태었다.)

# 참을 탐구하는 흥미로운 궤적

김인환 고려대 교수, 문학평론가

작가 이병주 개인에 대하여 흥미를 느낀 것이 나림 선생을 만나게 된 계기가 되었다. 나림 선생은 메이지와 와세다 대학에서 공부했고 학병에 끌려갔다 돌아와 진주농과대학과 해인대학에서 영어, 불어, 문학, 철학을 가르쳤다. 해방 후 험난한 시대에 오스카 와일드Oscar Wilde를 학생들에게 공연하게 했다는 이야기를 진주 시절의 제자 이형기 선생에게 들었다. 나림 선생은 30대에 학교를 그만두고 《국제신보》 주필이 되었다. 4·19 직후에 북한의 남한화나 남한의 북한화보다는 중립 통일이 차선이지 않겠느냐는 글을 썼다는 이유로 감옥에서 3년을 보냈다. 감옥에서 나와 《세대》 1965년 6월호에 「소설·알렉산드리아」를 발표한 이후 타계하기까지 27년 동안 80여 권의 작품집을 남겼다.

대학 시절 소설을 습작한 경험이 있는 나에게 마흔네 살에 작가로 출발해 매달 원고지 1천 장씩을 쓰고 해마다 만년필을 몇 개씩 갈았다는 나림 선생의 일화는 커다란 흥미를 불러일으켰다. 지금은 환갑, 진갑 다 넘어 포기하고 말았지만 쉰이 다 될 무렵까지만 해도 나는 평론 대신에 소설을 쓰겠다는 희망을 갖고 있었다. 문학·역사·철학과 영어·독어·불어를 공부해야 한다는 집념도 내가 나림 선생과 공유하는 것이었다. 요즈음은 모두 영어 하나만 공부하지만, 1960년대에는 손명현 선생이나 강성욱 선생처럼 영어·독어·불어를 다 하는 교수들이 여럿 계셨다. 국문과의 구자균 선생도 영어와 독어를 아주 잘하셨다. 그러나 결국 나는 소설을 쓰지 못하고 말았다. 나에게는 나림을 나림으로 만든 학병 체험과 전쟁 체험이 없었기 때문이었다. 아버지가 교원노조 사건에 말려들어 폐인이 되셨다는 이야기를 듣고 큰 나는 데모 한번 제대로 하지 못하고 대학을 마쳤다. 나림 선생처럼 철저하게 시대를 겪어보지 못한 나 같은 반거충이가 소설을 쓴다고 생각했다는 것 자체가 황당한 일이라고 아니할 수 없을 것 같다.

"왜 청산에 사느냐고 묻기에 웃으면서 대답하지 아니하니 마음이 스스로 한가롭다"는 이태백李太白의 시가 있지만, 나림 선생의 소설을 왜 읽느냐고 묻는다면 나는 그저 "재미있어서"라고 대답할 수밖에 없다. 논문을 쓰기 위해서 또는 강의를 하기 위해서 소설을 읽는 것은 노동 같은 생각이 들어서 여간 피곤한 것이 아니다. 강의나 논문과 무관한 소설을 읽을 때에 기쁨을 느낀다. 나는 『겐지 이야기源氏物語』나 『홍루몽紅樓夢』 같은 소설은 여러 번 읽었다. 읽을 때마다 새로운 재미를 느끼지만 그것들에 대해 글을 쓰고 싶지는 않다. 글을 쓰려고 하면 재미가 달아나 버릴 것 같기 때문이다. 버지니아 울프Virginia Woolf의 『등대로To the Lighthouse』도 여러 번 읽은 소설이고 읽을 때마다 시처럼 아름답다는 생각을 하지만, 나는 그것에 대해 글을 써본 적이 없다. 내게 평론은 직업이고 독서는 취미이다. 청탁을 받으면 재미없는 소설에 대해서도 글을 쓰는 경우가 있다. 그러나 재미있는 소설은 가능하면 쓰지 않고 그냥 읽기만 하고 싶은 것이 나의 소망이다. 몇 해 후에 정년퇴직을 하면 쓰는 일은 그만두고 느릿느릿 재미있는 책을 읽기만 하면서 살고 싶다.

문학이란, 말을 특별한 방법으로 적어놓은 것이다. 문학을 공부하는 것은 말을 특별하게 사용하는 방법을 훈련하는 것이다. 비평가들이 간혹 작품의 어떤 부분을 두고 법석을 떨 때가 있는데, 작가에게 "왜 그렇게 썼느냐"고 물어보면 대부분의 작가는 "재미있어서"라는 단답 이외에 다른 말을 하지 못하는 경우가 많다. "봄 여름 가을"이라고 하지 않고 왜 "갈봄여름"이라고 했느냐고 물어볼 때 김소월이 평론가들처럼 야단스러운 이론을 꾸며내지는 않을 것 같다. 프랑스의 미학자 에티엔 수리오Etienne Sourian는 예술의 본질을 라비스망ravissement이라고 했다. 라비스망을 느끼지 못한다면 그림은 하나의 물건에 지나지 않게 되고 음악은 하나의 소리에 지나지 않게 된다는 것이다. 라비스망은 '기쁘다', '재미있다'는 의미와 함께 '강탈한다', '폭행한다'는 의미를 가지고 있는 단어이다. 소설을 읽을 때 어느 순간 소설 속에 완전히 빠져들어 주변 환경을 의식하지 않게 되었을 때의 마음 상태가 바로 라비스망이다. 소설을 개념으로 정리하는 것은 소설을 철학 책으로 만드는 것이다. 우리는 이러한 라비스망의 능력을 함양하기 위해서 소설을 읽어야 한다.

나림 선생은 유례없이 박학한 작가이다. 나는 나림 선생의 용산에 있는 서재에 가서 2만 권이 넘는 장서를 둘러본 적이 있다. 술을 마시고 들어와서도 이를 닦고 세수하고 책을 읽었다는 것은 널리 알려진 일화이다. 책을 많이 읽었을 뿐 아니라 나림 선생은 소설 속에 읽은 책들을 과시하는 습관이 있다. 나림 선생은 마르크스Karl Marx와 프루스트Marcel Proust같이 유명한 사람들만이 아니라 안젤라 데이비스Angela Davis나 오카무라 야스지岡村寧次 같이 별로 유명하지 않은 사람들도 태연하게 인용했다. 나림 선생의 소설에는 이국 취향이 짙게 깔려 있다. 형은 감옥에 갇혀 있고 동생은 알렉산드리아의 카바레에서 악사로 일한다는 설정부터가 이국적이다. 그러한 이국 취향의 종점은 스웨덴의 민주 사회주의로 연결된다.

　　나에게는 이러한 것들이 박학의 과시로 보이지 않고 오히려 재미있게 읽힌다. 사상들과 관념들이 아무렇지도 않게 쏟아져 나오기 때문에 읽는 데 지장이 없기 때문이기도 하고, 그 시대의 특수한 사건들을 초시대적 철학 문제와 연결해 보려는 시도가 흥미롭기 때문이기도 하다. 작가를 반영하는 서술자 또는 초점자는 많은 경우에 관찰자이면서 동시에 주석자이다. 그는 관념을 말하면서도 관념에 내재하기 쉬운 교조주의와 엄숙주의, 권위주위와 물신주의를 비판적으로 바라본다. 서술자 또는 초점자는 좌·우·중을 설정하고 좌도 우도, 북한에 대해서도 남한에 대해서도 비판자와 옹호자와 중간자를 골고루 배치해 어느 일방에 기울어지지 않도록 배려한다. 「겨울밤」에서 이광렬은 우이고 박창학은 좌이고 유태림은 중이다. 『지리산』에서는 같은 좌 가운

데에서도 만철 조사부에 재직하면서 사상운동에 가담했다 전향하는 권창혁, 12년 옥살이를 하고 나와 제도로서의 공산주의 이외에는 아무것도 믿지 않는 이현상, 경도삼고 – 동경제대 출신의 이규, 고리키Maksim Gor'kii 전집으로 독학한 박태영이 구별된다. 말로의 『인간의 조건La Condition humaine』에서 조직을 믿는 기요Kyo와 개인의 결단을 믿는 첸Tchen이 구별되는 것과 같다. 하준규가 영도하는 지리산의 산사람들도 조직과 개인의 분열상을 피할 수는 없었던 것이다. 소설의 어느 부분에서는 학술 논문 수준의 논리를 전개하기도 한다. 이러한 관념 제시를 나쁘다고 한다면 역사 철학 논문으로 가득 채워져 있는 『전쟁과 평화Voina i mir』를 나쁜 소설이라고 해야 할 것이다.

평범한 사람들은 사는 것으로 족하지 왜 그들을 소설에까지 등장시켜야 하느냐고 말한 것은 앙드레 말로였던가? 나림 선생의 소설을 읽는 재미는 특출한 천재들을 만나는 데도 있다. 작가가 그렇게 되고 싶었던 남자들과 지적이고 아름다운 여자들이 풍성하게 등장하는 것은 한없이 왜소해져 가는 다른 소설들과 비교해 나림 선생의 소설을 재미있게 하는 요소가 된다. 나림 선생은 아름다운 여자들을 만들어내고 칭찬하는 데 남다른 기쁨을 느낀 듯하다. 생활에서도 나림 선생은 여자들의 장점들을 발견하고 그것을 치켜세워 주는 것을 좋아했다. 여자들을 묘사할 때 소설의 문장은 시적이고 낭만적인 풍격이 두드러진다. 여자들 속에서 단점은 보지 않고 장점만 보고, 여자를 언제나 아름답게 묘사하는 것은 모든 여자가 아름답다는 믿음이 있었기 때문에 가능한 것이었다. 작가가 실제로 믿지 않는 것을 독자에게 설득할 수는 없다.

나림 선생의 소설은 소설이 원래 이야기라는 사실을 분명하게 증명해 준다. 서술자 또는 초점자는 사건으로부터 확고하게 거리를 유지하면서 시치미를 떼고 무슨 이야기든지 진지하지 않게 전달한다. 무거운 사건과 가벼운 어조가 나림 선생의 소설이 가지고 있는 공통된 특질이다.

다시 누가 나림 선생의 소설을 왜 읽느냐고 묻는다면 나는 선생의 소설 속에는 참을 탐구하는 궤적이 그려져 있기 때문이라고 대답하겠다. 소설이란 꾸며낸 이야기이고 소설의 등장인물에게는 신용 카드 번호가 없지만 참과의 관계를 단절할 수 없는 것이 소설의 운명이다. 문예 사조는 모두 참에 대한 주장을 포함하고 있다. 낭만주의는 합리가 아니라 신비에 참이 있다는 주장이고 모더니즘은 중세가 아니라 현대에 참이 있다는 주장이다. 리얼리즘은 관념이 아니라 현실에 참이 있다는 주장이다. 소설에는 개인의 판단으로 끌고 당길 수 없는 사실성이 포함되어 있어야 한다. 사실성에는 다른 세상에 대한 꿈도 포함된다. 인간은 어떠한 상황에서도 다른 삶better life에 대한 희망을 포기하지 못하는 동물이다. 나림 선생의 소설은 작가의 자전적 체험을 중심에 두고 그 주위에 다른 세상에 대한 희망을 지키려고 고투하는 인물들을 겹겹이 배치해 놓는다. 서술자 또는 초점자는 별 볼일 없는 의지박약한 인물로 나타나지만 그것은 투쟁과 고투를 잘 보이는 곳에 놓으려는 전략이다.

『바람과 구름과 비』, 『관부연락선』, 『지리산』, 『남로당』, 『산하』, 『그해 오월』 같은 장편들을 이어놓으면 어떤 역사책보다

더 재미있는 한국 현대사가 된다. 나림 선생에게 역사책은 믿을
수 없는 책이었다. 중학교 국사책에 두세 줄로 나오는 의병 기
록은 수만 명의 피와 땀과 먼지를 감추고 있다. 역사책의 행간
에 감춰져 있는 상처와 신음을 기록한 것이 나림 선생의 소설이
다. 나림 선생은 소설을 역사라고 생각했고 작가를 기록자이며
증언자라고 생각했다. 나림 선생은 역사책의 그물에 잡히지 않
는 역사를 기록하다가 순교할 각오로 소설을 썼다. 소설의 가벼
운 문체가 생사를 건 신념의 산물이었던 것이다. 나림 선생의
소설을 읽는 것은 나 자신의 기억을 찾아가는 흥미로운 여행이
된다. 그것은 역사 지식을 늘리는 것과는 아무런 관계도 없다.

　일본 육사를 나온 조선인 엘리트 장교 히로카와는 동료 일본
장교에게 조선인은 믿을 수 없으니 경계해야 한다고 충고하고
조선인 밀정 장명준은 한 조선 청년을 밀고하여 죽게 한다. 장
명준은 해방 후에 독립운동가로 위장하여 잘나가는 정치가가
된다. 해방 직후의 좌우 갈등 상황에서 교사와 학생들은 기회주
의적 편 가르기에 열중한다. 지리산에서 남한의 반역자로 죽은
사람들을 북한은 미국의 앞잡이라고 부관참시한다. 이승만에게
거금을 바쳐 국회의원이 된 노름꾼 이종문은 씨름꾼 이정재에
게 밀려나 이승만이 믿는 기독교식으로 장례를 치러달라고 유
언하고 죽는다. 인간은 죽어서 산하가 된다는 의미에서 인간에
게 최후까지 남는 것은 산하가 있을 뿐이다. 월등하게 운이 좋
은 상황에 있지 않는 한 대부분의 사람은 판단과 선택조차 운명
에 구속된다. 사람은 운명의 이름 아래서 죽는 것이다. 1961년
부터 1979년까지의 18년을 나림 선생은 철저하게 자료에 근거

하여 정리했다. 시간적 거리가 짧기 때문에 역사로 정리하기는 너무 이르다는 것이 그 이유였다. 그러나 신빙성 있는 자료의 사이사이에 개입되어 있는 작가 주석은 날카롭기 그지없다. 주석자는 헌정을 유린한 사람들이 도의를 논하는 사회에서는 교육이 불가능하다고 논평한다.

이런 역사에도 낙관적 진보주의가 가능할 것인가? 나림 선생의 대답은 부정적이다. 발터 베냐민Valter Benjamin도 진보라는 말을 싫어했다. 가능한 것은 진보가 아니라 역사 속으로 침잠하는 것이다. 역사 속에 가라앉아 계급이니 민족이니 인종이니 하는 개념 이전의 흐름에 몸을 내맡겨야 한다는 것이 베냐민의 생각이었다. 국가 통계로는 파악할 수 없는 분자적 주체를 변화의 동력으로 설정한 알랭 바디우Alain Badiau도 그렇게 생각했다.

# 문학과 역사의식

**김종회** 경희대 교수, 문학평론가

## 문학과 역사의 겹쳐 보기, 또는 역사 소설

"태양에 바래지면 역사가 되고 월광에 물들면 신화가 된다."
이 선언적이고 고색창연해 보이는 수사는 나림 이병주 선생의
문학관, 소설관을 잘 반영하고 있다. 이 문장은 선생의 역사 소
설 『산하』의 첫 장에 기록된 경구이다. 실제적 삶의 집적으로서
의 '역사'에 비추어 그 배면에 잠복한 진실을 들추어보는 '문
학'의 존재 양식, 지위에 대한 인식을 간결하고 명료하게 요약
하고 있는 셈이다.

선생이 타계하기 수년 전 어느 오후. 선생의 고정적인 자리였
던 코리아나호텔 커피숍에서 필자는 선생에게 매우 무모하고
무례한 질문을 던진 적이 있었다.

"선생님, 역사란 무엇입니까?"

역사란 무엇이냐라니! 도대체 이 따위 대책 없는 선문답류의
질문이 어디 있단 말인가. 그러나 문학의 의미와 본질에 대해,
특히 역사 소설에 대해 이런저런 생각을 끌어안고 선생을 만난

필자로서는 꼭 해야 할 질문이었다. 선생의 답변은 의외로 짧았고, 역시 선문답적인 것이었다.

"역사란 믿을 수 없는 것일세."

역사란 믿을 수 없는 것이라니! 당시는 '운동 개념으로서의 문학'이 시대를 풍미해 민족, 조국, 역사 등등의 언사가 그 이름만으로도 서슬이 시퍼렇던 시절이었다. 그러나 선생의 어조는 단호하고 명쾌했으며, 필자는 거기에다 감히 추가의 질문을 덧붙이지 못했다. 선생이 유명을 달리한 해가 1992년이니 그로부터 18년이 지난 지금, 그 말씀은 아직 필자의 귓전에 힘 있게 살아있다. 그간의 신통치 않은 문학 공부를 통해 필자는 왜 선생이 그렇게 말씀하셨으며 그것이 무엇을 뜻했는가를 부족한 대로나마 깨우칠 수 있었기 때문이다.

선생에게 있어 기록된 사실로서의 역사는 사람들이 살아온 삶의 실체를 정면에서 파악하는 데 그칠 뿐, 삶의 가치와 진실에 대해서는 무방비했다. 그런 만큼 선생의 답변은 역사의 그물망이 놓치고 간 진실을 소설을 통해 건져낸다는, 선생의 문학관을 대변한 요지부동의 언표이기도 했다. 역사적 상상력의 범주를 확장한 그 신화문학론적 논리를, 필자는 대학에서 문학을 가르치면서 자주 인용하곤 한다. 더욱이 그 역사적 상상력은 극적인 구조와 방대한 스케일을 가지고 있다. 일찍이 필자의 선배인 드라마 작가 신봉승 선생이 들려주었던, "나림 선생이 드라마를 썼으면 우리는 설 자리가 없었을 것이다"라는 우스갯소리는 결코 웃고 지나갈 얘기는 아니었던 것으로 기억된다.

선생의 역사와 문학에 대한 인식은, 역사 소설로써 일목요연하게 정리되어 있었던 것으로 보인다. 비록 선생이 말씀으로는 역사의 위상을 문학의 층하에 두었다 할지라도 소설 작품에 있어서는 역사적 사실과 문학적 상상력을 이야기 구조 아래 함께 작용시킬 수밖에 없었다. 기실 역사와 문학을 바라보는 변증법적 통합이야말로 역사 소설의 운명인 까닭이다.

가장 다양하고 깊이 있는 근대사의 체험, 그 체험의 웅혼하고 활달한 문학적 표현이 선생의 몫이었고 그 점이 오늘 우리로 하여금 선생의 문학을 기리며 기념하게 하는 이유이다. 또 있다. 산하의 아들이요 정예였던 선생이 향토를 아끼고 사랑하며 문학 처처에 향토의 형상을 펼쳤던 것처럼 우리도 선생의 뜻을, 그 문학을 뜻깊게 받아들이고 교훈으로 삼는 것이 참으로 마땅한 일일 것이다.

### 이병주의 생애와 그 문학의 역사적 의미

지금까지 알려져 있는 그의 삶은 몇 편의 장대한 소설로 쓰여질 만한 것이다. 이러한 객관적 정황을 외면하지 않고 그는 탁발한 글쓰기의 능력을 발휘하여, 이른바 우리 근대사에 기반을 둔 역사 소설들을 썼다. 그런 만큼 그가 쓴 소설들은 상당 부분 자전적인 체험과 세계 인식의 기록으로 채워져 있다.

우리는 그의 데뷔작 「소설·알렉산드리아」를 읽고 놀란 여러 사람의 글을 볼 수 있다. 그로부터 40여 년이 지난 오늘에 그 작품을 다시 읽어보아도 한 작가에게서 그만한 재능과 역량이 발견되기는 참으로 쉽지 않은 일이다. 산뜻하면서도 품위 있게 진행되는 이야기의 구조, 이국적 정서를 작품 속으로 끌어들여 누구든 쉽게 접근할 수 있도록 하는 힘, 부분적인 단락들이 전체적인 얼개와 잘 조화되는 등 작가로서는 아직 무명인 그의 이름을 접한 이들이 놀라는 것도 무리가 아니었을 것이다.

작가는 자신의 문학적 초상에 관해 서술한 글에서 「소설·알렉산드리아」를 두고 '소설의 정형'을 벗어난 것이지만 자신의 소설가로서의 자질을 가늠할 수 있었다고 밝혔다. 아닌 게 아니라 그 이후에 계속해서 발표된 「마술사」, 「예낭풍물지」, 「쥘부채」 등에서는 소설적 정형을 갖추면서도 오히려 그것의 고정성을 넘어서는 창작 방식을 보여주기 시작했다. 이러한 초기의 작품들에는 문약한 골격에 정신의 부피는 방대한 문학청년이 등장하며, 거의 모든 작품에서 소위 '감옥 콤플렉스'가 나타나고 있다. 이는 작가의 체험이 반영된 범례이며 향후 그의 소설을 간섭하는 하나의 원형이 된다.

이 초기의 단편에서 장편으로 넘어가는 시기에 작가는『관부연락선』을 썼다. 일제 말기의 5년과 해방 공간의 5년을 소설의 무대로 하고 한 세기에 걸친 한일 관계의 팽팽한 긴장을 배경으로 깔았다. 무엇보다도 일제 치하의 일본 유학과 학병 동원, 교유 관계 등 작가 자신이 걸어온 핍진한 삶의 족적을 함께 담았다.『관부연락선』은 장차 그의 문필과 더불어 호방하게 전개될 역사 소설들의 중요한 이정표가 된다.『산하』와『지리산』같은 대하소설들이 그 나름의 확고한 입지를 가질 수 있었던 것은,『관부연락선』에서부터 보이기 시작한 역사적인 사실과 문학의 미학적 가치가 서로 교직했기 때문이다. 이러한 구조를 통해 그는 역사를 보는 문학의 시각과 문학 속에 변용된 역사의 의미를 동시에 걷어 올릴 수 있었던 것이다.

특히 역사와 문학의 상관성에 대한 그의 통찰은 남다른 데가 있어 역사의 그물로 포획할 수 없는 삶의 진실을 문학이 표현한다는 확고한 시각을 정립했다. 이는 앞에서 필자가 그에게 역사적 기록의 신빙성에 대해 질문했던 바로 그 문제를 말한다. 기록에 남은 사실과 통계로는 시대적 삶의 실상과 노정한 질곡, 그 가운데 스민 사람들의 뼈아픈 사연들을 제대로 반영할 수 없다는 논리였던 것이다. 그런데 문제는 그가 남겨놓은 유수한 작품들과 문학적 성취에도 불구하고, 당대 문단에서 그에 대해 적잖이 인색했으며 또한 그의 작품 세계를 정석적 방식으로 평가하지 않았다는 데 있다. 물론 거기에는 그 나름의 사유가 있다.

그가 활발하게 장편 소설을 쓰기 시작하면서 역사 소설과는 다른 맥락으로 현대 사회의 애정 문제를 다룬 소설을 또 하나의 중심축으로 삼았는데, 이 부분에서 발생한 부정적 작용이 결국은 다른 부분의 납득할 만한 성과마저 중화하는 현상으로 나타난 것으로 여겨진다. 말하자면 지나치게 대중적인 성격이 강화되고 문학 작품이 지켜야 할 기본적인 양식을 무너뜨리는 경우를 유발했던 것이다.

그러나 이러한 부정적 측면을 제하고 살펴보면, 우리는 그에게 부여되었던 '한국의 발자크'라는 별호가 결코 허명이 아니었음을 수긍할 수밖에 없다. 일찍이 대학에서 문학을 공부하던 시절, 그는 자신의 책상 앞에 "나폴레옹 앞엔 알프스가 있고, 내 앞엔 발자크가 있다"라고 써 붙여두었다고 술회한 바 있다. 이 오연한 기개는 극적인 재미와 박진감 넘치는 구성, 등장인물의 생동감과 장대한 스케일, 그의 소설 처처에서 드러나는 세계 해석의 논리와 사상성 등에 의해 뒷받침된다. 그는 우리 문학사가 배태한 유별난 작가였으며, 누보 로망nouveau roman의 작가이자 이론가인 알랭 로브그리예Alain Robbe-Grillet가 토로한 바 "소설을 쓴다고 하는 행위는 문학사가 포용하고 있는 초상화 전시장에 몇 개의 새로운 초상을 부가하는 것이다"라는 명제의 수사에 여실히 부합하는 작가라 할 수 있겠다.

## 작품 세계의 전개와 다양성, 평가의 명암

이병주의 첫 작품은 1965년에 발표된 「소설·알렉산드리아」로 알려져 있다. 작가 자신도 이 작품을 데뷔작으로 치부했다. 하지만 실제에 있어서 첫 작품은 1954년 《부산일보》에 연재되었던 『내일 없는 그날』이었다. 이를 통해 그는 자신이 오랫동안 심중에 품어왔던 작가로서의 길이 합당한지 어떤지를 시험해 본 것 같다. 물론 그 시험에 대한 자평이 어떤 결과였든지간에, 그 이후의 작품 활동으로 보아 그의 내부에서 불붙기 시작한 문학에의 열망을 사그라뜨릴 수는 없었을 것이다.

무엇보다도 그는 많은 분량의 작품을 썼다. 문학 창작을 기업 경영의 차원으로 확장한 마쓰모토 세이초 같은 작가와는 경우가 다르겠지만, 그래도 우리나라 작가 가운데 가장 유사한 사례를 찾는다면 아마도 이병주가 아닐까 싶다. 그만큼 그의 소설의 주제는 그야말로 백화난만한 화원처럼 다양하다. 『예낭풍물지』나 『철학적 살인』같은 창작집에 수록되어 있는 초기 작품의 실험성 짙은 분위기와 관념적 탐색의 정신, 앞서 언급한 바와 마찬가지로 시대성과 역사 소재의 작품에서 볼 수 있는 숨겨진 사실들의 진정성에 대한 추적과 문학적 변용, 현대 사회에서의 다기한 삶의 절목節目들과 그에 대한 구체적 형상들을 금방이라도 나열할 수 있다.

더욱이 현대 사회의 여러 현상을 주된 바탕으로 하는 작품들에서는 천차만별의 창작 유형들을 만날 수 있다. 『행복어 사전』, 『무지개 연구』 등은 사회 성격에 따른 인물의 반응을 부각시켰다. 『미완의 극』과 같이 추리 소설의 기법을 도입해 시사성 있는 사건에 접근한 것도 있다. 『허상과 장미』, 『풍설』, 『배신의 강』, 『황백의 문』, 『서울 버마재비』, 『여로의 끝』 등 애정 문제와 사회 윤리의 상관성에 초점을 두기도 했다. 『여인의 백야』, 『낙엽』, 『인과의 화원』, 『꽃의 이름을 물었더니』 등 여인의 정서와 의지 및 애정의 균형 감각을 살펴보기도 했다. 『저 은하에 내 별이』, 『지오콘다의 미소』 등 젊은 세대의 의식을 추적하거나 『니르바나의 꽃』과 같이 종교적 환각의 체험을 극대화한 경우, 『강변이야기』와 같이 해외에까지 연장된 삶의 고난과 맞서는 모습 등을 표현한 작품들도 있다.

1980년대에는 『허망의 정열』, 『그 테러리스트를 위한 만사』 등의 창작집에서 역사적 사건과 현실이 연계된 중편이나 함축성 있는 단편들을 볼 수 있다. 여기까지 이르면 이미 그의 작품에는 세상을 입체적으로 바라보는 원숙한 관점과 잡다한 일상사에서 초탈한 달관의 의식이 깃들어 있다. 그런가 하면 『청사에 얽힌 홍사』, 『성-그 빛과 그늘』, 『사랑을 위한 독백』, 『나 모두 용서하리라』, 『바람소리, 발소리, 목소리』, 『사상의 빛과 그늘』 등의 수필집을 통해 소설에서 기술하지 못한 담화들을 표현하기도 했다.

이병주는 분량이 많지 않은 작품을 정교한 짜임새로 구성하는 능력이 뛰어난 작가지만, 그보다 강력하게 인식되기로는 대하소설을 유연하게 펼쳐나가는 데 탁월한 작가라는 점이다. 일찍이 그가 도스토옙스키의 『죄와 벌』을 읽고 그 마력에 사로잡혔다고 고백한 것도 이 점에 견주어볼 때 자못 의미심장해 보이기도 한다. 『산하』, 『행복어 사전』, 『바람과 구름과 비』, 『지리산』 등이 구체적인 사례에 속하는 작품들인데, 이는 단순히 작품의 분량이 엄청나다는 외형적 사실에 그치는 것이 아니다. 그속에 도도히 흐르는 역사적 현실과 그것에 총체적인 형상력을 부여할 때 얻어지는 사상과 철학까지 다양한 면모를 보인다.

『산하』는 남한에서의 단독정부 수립으로 이승만 정권이 들어서고 3·15부정선거와 4·19혁명에 의해 그 정권이 끝날 때까지 이와 더불어 부침한 인물을 주인공으로 했다. 우리는 이종문이라는 인물을 통해 인간의 내부에서 일어날 수 있는 거의 모든 것을 목도하고 당대의 풍속 및 시대적 의미를 가늠하는 일을 할 수 있다.

『행복어 사전』은 모범 답안을 추구하며 생존 경쟁에서 이기려는 사람들 틈에서 내면적으로 충일한 것으로 삶을 채우려는 젊은이를 그렸다. 교열 기자에서 작가가 되려는 서재필이라는 유다른 주인공을 통해서 삶의 배면에 있는 여러 형태의 인식을, 예컨대 정신적 성숙의 단계에서 세련된 교양을 접하게 된다. 어쩌면 이는 우등생의 삶의 방식을 추단하는 것보다 어려운 작업

일지 모른다. 노사크Hans Nosssack가 『문학과 사회Die schwache position der literatur』에서 주장한 바 "등장인물은 작가에게 자기 자신의 행위에 대한 설명을 요구한다"고 한 인물 형상화의 어려움이 어떻게 자연스러운 형태로 소설적 구조와 악수하는가를 짐작하게 한다.

『바람과 구름과 비』는 구한말의 내우외환 속에서 중인 신분의 야심가가 어떻게 세상의 경영을 꿈꾸는가라는, 대단히 의욕적인 상황을 설정했다. 이를 위한 주도면밀한 계획과 추진 및 관련된 여러 가지 이야기를 다루었다. 치밀하고 치열한 최천중이라는 인물의 행동을 통해 우리는 하나의 세계를 부피 있게 기획하고 이를 극채색으로 치장해 나가는 작가의 배포와 기량을 읽을 수 있다.

『지리산』은 어느 모로 보나 이병주의 대표적인 작품이라 할 수 있겠다. 남북간의 이데올로기 문제를 정면에서 다루면서 지리산을 중심으로 집단생활을 한 빨치산을 조명한 점과 7권의 분량에 달하는 소설의 규모만 보더라도 알 수 있다. 이 소설에 등장하는 주요 인물들, 작가가 특별한 애정을 갖고 묘사하고 있는 박태영이나 하준규, 그리고 해설자인 이규는 일제 말기의 학병과 연관된 공통점을 가지고 있다. 그 '치욕스런 신상'과 한반도의 걷잡을 수 없는 풍운이 마주쳤을 때 이들의 삶이 어떤 궤적을 그려나가는가를 뒤쫓고 있다.

이병주의 역사 소설을 통틀어 우리가 주목해야 하는 것은 『지리산』에서의 이규와 같은 해설자다. 이름만 바뀔 뿐 다른 작품들에서도 거의 유사하게 나타난다. 예컨대 『관부연락선』에서 이

군 또는 이 선생으로 불리는 인물, 『산하』에서 이동식으로 불리는 인물, 「쥘부채」 같은 초기 작품에 나오는 대학생 동식이라는 인물도 모두 본질이 동일한 '이 선생'이다.

작가는 해설자에게 시대와 사회를 바라보고 판단하고 평가하는 자신의 시각을 투영했으며, 그런 만큼 해설자의 작중 지위는 작가의 전기적 행적과 상당히 일치하는 특성을 나타낸다. 만약 해설자가 불학무식이거나 당대의 한반도 현실에 대해 사상적·철학적 사유를 할 수 없는 인물로 그려지면, 작가는 스스로의 심중에 맺혀서 울혈이 된 이야기들을 풀어낼 수가 없는 것이다. 조정래의 불학무식한 부역자를 주인공으로 한 『불놀이』와 좌파 지식인을 주인공으로 한 『태백산맥』이 동일한 작가의 작품이면서도 역사와 현실을 읽는 수준에서 현저한 차이를 드러내는 것은 좋은 보기가 될 것이다.

이병주가 너무 많은 작품을 간단없이 제작해 낸 관계로 곳곳에 비슷한 정황이 중첩되거나 중·단편의 내용이 장편의 한 부분에 편입되어 있는 양상도 적잖이 발견된다. 이러한 측면은 한 사람의 작가로서 그를 아끼고, 가능할 수도 있었던 한국의 '발자크적 신화'를 아쉬워하는 이들에게 만만치 않은 안타까움을 남긴다. 그가 미학적 가치와 사회적 의의를 갖는 주제를 택해 힘을 분산하지 않고 집중했더라면 빼어난 문필력과 유례를 찾아보기 어려운 극적인 체험들로써, 그 자신이 마력적이라고 언급한 도스토옙스키의 『죄와 벌』 같은 웅장한 작품을 생산할 수도 있지 않았을까 하는 안타까움인 것이다.

「그 테러리스트를 위한 만사」에서 노 독립투사 정람 선생에게 작가 이 선생이 '재능의 낭비가 아닌가'라고 회의하는 대목이 나온다. 정람이 동서고금을 섭렵하는 박람강기한 지식을 자랑하며 곰, 사자, 호랑이에 이르기까지 수준 이상의 박식을 피력하자 그러한 감상을 내보인 것인데, 아마도 작가는 자신의 작품을 읽는 독자들이 작가 자신을 두고 그러한 감회를 가질지도 모른다는 생각은 하지 못했던 것 같다.

타계 후 이병주는 《월간 조선》 1994년 6월호에서 박윤규라는 문필가를 통해 빨치산이었다는 충격적인 시비에 휘말렸다. 그러자 곧바로 작가의 외아들인 이권기 교수가 이를 반박하는 내용을 인터뷰해 앞의 불을 진화하는 사건이 있었다. 근본적으로 그가 교전 중에 해인사에서 납치되어 지리산에서 부역을 할 수밖에 없었는지 아닌지 정확하게 확인하기는 어렵다. 또한 오늘날에 와서 어느 것이 사실이었는지는 그렇게 중요하지 않을지도 모른다. 문제는 이 땅에 살았던 한 사람의 지식인이 당면할 수밖에 없었던 사태, 광란하듯 춤추던 역사의 회오리바람과 어떻게 대응해야 했는가라는 사실일 것이다. 이를 제대로 설명하기 위해 이병주는 1972년부터 약 15년에 걸쳐 『지리산』을 썼고 그보다 한 단계 앞선 시대를 배경으로, 그의 장편 시대 개화를 예고하는 문제작 『관부연락선』을 썼다고 할 수 있겠다.

### 소설 『관부연락선』에 비추어본 역사의식

『지리산』이 그러하듯 『관부연락선』 또한 거대한 좌절의 기록이다. 일제 시대에서 해방 공간에 걸쳐 살았던 젊은 지식인 유태림의 좌절감을 기록한 것이 아니라, 그가 대표하는 젊은 지식인과 그 배경에 있는 우리 민족 전체의 좌절을 기록한 것이다. 앞서 언급한 바 있지만 이 소설의 시간적 무대는 1945년 해방을 전후한 5년간, 도합 10년간이다. 그러나 이야기의 내포적 공간은 한일 관계사 전반 조망하는 100여 년에 걸쳐져 있다. 작가는 이 넓은 공간을 자유롭게 활용하면서 역사적 사실을 문학적 시각으로 조망한다.

중학교 역사책에 보면 의병을 기록한 부분은 두세 줄밖에 되지 않는다. 그 두세 줄의 행간에 수만 명의 고통과 임리한 피가 응결되어 있는 것이다.

『관부연락선』의 주인공 유태림이 의병대장 이인영의 기록을 읽으며 역사의 무게를 새삼스럽게 느끼는 대목이다. 작가는 바로 이러한 정신, 역사의 행간을 생동하는 인물들의 사고와 행동, 살과 피로 메우는 정신으로 소설을 썼다. 그것은 곧 그가 독특한 표식으로 내세운 역사와 문학의 상관관계이기도 하다.

『관부연락선』은 도쿄 유학생 시절 유태림이 관부연락선에 대한 조사를 벌이면서 작성한 기록과 해방 공간에서 교사 생활을 함께한 이 선생이 유태림의 삶을 관찰한 기록으로 나누어져 있다. 이 두 기록이 교차하면서 진행되는데, 하나의 장이 이 선생인 '나'의 기록이면 다음 장은 유태림인 '나'의 기록이다.

유태림의 조사를 통해 관부연락선의 상징적 의미는 물론 한일 양국의 관계가 드러난다. 이 선생의 회고를 통해 유태림의 가계와 고향에서의 교직 생활, 만주에서 학병 생활을 하던 지점까지 관찰이 확장된다. 때에 따라 이 선생의 시점이 관찰자의 수준을 넘어 전지적 시점으로 과도하게 진입하는 경우가 적지 않다. 유태림에게서 들은 얘기를 종합했다는 태도를 취하면서 실상은 유태림 자신이 아니면 설명할 수 없는 부분도 간간이 눈에 띈다. 또한 이야기의 내용에 있어서도 사건은 픽션인데 각주를 달고 각주의 내용은 실제 그대로여서 소설의 지위 자체를 혼란스럽게 만드는 대목도 있다. 이는 아마도『관부연락선』의 내용이 작가 자신의 사고이며 자전적 기록이기 때문인 것으로 보인다. 사실과 픽션에 대한 구분 자체가 모호해진 결과가 아닌가 싶다. 어쩌면 작가는 소설의 전체적인 메시지 외의 세부 내용을 중요하게 생각하지 않은 것이 아닌가 싶다.

작가가『관부연락선』을 통해 전달하고자 한 것은, 소설의 본문에서 기록한 바와 같이 "당시의 답답한 정세 속에서도 가능한 한 양심적이며 학구적인 태도를 가지고 살아가려고 한 진지한 한국 청년의 모습"이다. 능력과 의욕을 갖고 있으면서도 유태림이나 우익의 이광열, 좌익의 박창학이 이러지도 저러지도 못하기는 모두 마찬가지였다.

일제 시대를 지나 해방 공간의 갈등 속에서 교사와 학생들이 어떻게 처신해야 옳았는지, 신탁통치 문제가 제기되었을 때 어떻게 하는 것이 올바른 선택이었는지, 좌우익 양쪽 모두의 권력에서 적대시될 때 어떻게 처신해야 옳았는지를 작가가 질문하는 셈이다. 어느 누구도 절대적으로 적절한 답변은 할 수 없을 것이다. 작가는 이를 당대 젊은 지식인들의 비극적인 삶의 마감—유태림의 실종 및 다른 인물들의 죽음을 통해 제시하고 있을 뿐이다.

"한국의 지식인이 그 당시 그렇게 살려고 애썼을 경우, 월등하게 좋은 환경에 있지 않는 한 거개 유태림과 같은 운명을 당하지 않았을까 하는 생각"이라거나 "유태림의 비극은 6·25동란에 휩쓸려 희생된 수많은 사람들의 비극과 통분되는 부분도 있지만, 일본에서 식민지 교육을 받은 식민지 청년의 하나의 유형"이라는 기술들은 상황 논리의 거대한 물결에 침몰할 수밖에 없는 인간의 인식과 소통된다. 유태림의 관부연락선에 대한 연구는 바로 이러한 상황 논리의 발생론적 구조에 대한 탐색이었다. 제국주의 통치국과 식민지 피지배국을 잇는 연락선이 그것을 극명하게 상징하고 있다고 할 수 있다.

유태림이 관부연락선을 도버와 칼레 간의 배, 즉 사우샘프턴과 르아브르 간의 배에 비할 때 영락없는 수인선이라고 해도 과언이 아니라고 적으면서도 이를 맹목적 국수주의의 차원으로 몰아가지 않았다. 그중 80%는 조선의 책임이라고 수긍한 것은, 을사조약에서 한일병합에 이르는 역사적 과정에 있어서의 민족적 과오의 반성을 병렬시키고 있기 때문이다. 이와 같은 역사적 관점의 정립과 더불어 작가는 매우 비판적이고 분석적인 어조로 당대의, 특히 좌익 이데올로기의 허실을 다룬다. 아마도 이 분야에 관한 한 논의의 전문성이나 구체성에 있어 우리 문학에 이병주만 한 작가를 찾기는 어려울 것이다. 예컨대 "여순반란사건이 대한민국 정부를 위해서는 꼭 필요했던 시련"이라는 언술이 있는데, 이와 같은 수사는 여간한 확신과 논리적인 자기 정리 없이는 쓸 수 없을 것이다.

이병주는 남한에서의 단독정부 수립과 이승만 정권의 제1공화국 성립이 필수불가결한 일이었다고 변호하고 이성적인 논리를 앞세워 이를 차근차근 설명한다. 험난한 이데올로기 문제에 이만한 토론의 수준을 마련한 작가는 드물 것이라는 감상과 더불어, 그의 주장이 보수 우익의 보호와는 차원이 다르다는 사실을 인정하지 않을 수 없다. 말하자면 그는 한국 문학의 지평 위에서 소설을 통해 심도 있는 정치 토론을 유발한 거의 유일한 작가이다. 그러기에 그가 계속해서 내보이는 여운형, 이승만, 김구 등 당대 정치 지도자에 대한 인물평에는 우리 시대의 정치사에 대한 새로운 개안을 가능하게 하는 힘이 있다. 특히 그는 몽양 여운형의 암살 사건에 대하여, 몽양의 좌절은 이 나라 지식인의 좌절이며 몽양과 더불어 상정해 볼 수 있었던 모든 가능성의 말살이라고 개탄했다.

혼돈하는 세태 속에서 유태림과 그의 동류들은, 역사의 파고가 높고 험한 만큼 가혹한 운명적 시련과 부딪칠 수밖에 없었다. 유태림이 실종되기 전 그가 좌익 기관에도 잡히고 대한민국 검찰에도 걸려든 사실에 적잖은 충격을 받는 대목이 나오는데, 이는 당대의 젊은 지식인들이 회피할 수 없었던 구조적 질곡을 실감 있게 드러낸다. 『관부연락선』의 마지막, 「유태림의 수기 (5)」는 이렇게 끝맺고 있다.

운명…… 그 이름 아래서만이 사람은 죽을 수 있는 것이다.

다른 소설들에서 '운명'이라는 단어가 등장하면 토론은 종결이라고 하던 작가가 유태림의 비극을 운명의 이름으로 결론을 내렸다. 거기에는 도도한 역사의 유량에 밀려 부서진 개인의 삶에 대한 깊은 조상이 함유되어 있다. 운명의 작용을 인식하고서 그 비극의 답안을 발견했다는 어투도 된다.

작가는 「작자부기」에서 "소설이라는 각도에서 볼 때 『관부연락선』은 다시 달리 씌어져야 하는 것이다"라고 적었다. 송지영 씨가 「발문」에서 "어떠한 '소설 관부연락선'도 그 규모에 있어서 그 내용의 넓이와 깊이에 있어서 이처럼 감동적일 수는 없을 것이라는 결론에 이르렀다"고 반박했다. 소설의 문학적 형틀이 완숙해야 한다는 측면에서 작가의 말은 틀리지 않다. 그러나 소설 전체의 박진감과 감동에 있어서 송지영 씨의 표현 또한 틀리지 않다.

우리 역사에는 너무도 많은 유태림이 있으며 그들의 아픔과 비극이 오늘날 우리 삶과 맞닿아 있다. 이 명료한 사실을 구체적 실상으로 확인하게 해준 것은 오로지 이병주의 공로이다.

## 이병주 문학의 재조명과 기림을 위하여

나림 이병주 선생의 10주기부터 기념사업회가 결성되고 국제문학제 개최, 국제문학상 시상 등의 뜻있는 행사들이 줄을 잇고 있다. 출중한 재능과 극적인 체험을 조합해 우리 문학의 새로운 영역을 열어 보인 이 작가에 대해 체계적인 재조명이 계속해서 이루어져야 옳다. 유례없는 문학적 역사의식에 대한 평가, 대중적 통속성을 가진 작품에 대한 비판을 모두 포괄하여 격동의 근대사를 온몸으로 부딪치며 살았던 작가를 새롭게 되돌아보아야 할 시기에 이른 것이다.

　일찍이 『백경Herman Melville』을 쓴 허먼 멜빌Herman Melville에 대한 재평가가 그의 탄신 100주년을 기념하는 자리에서 새로이 시작된 바 있다. 그러나 우리는 그렇게 한가하고 여유롭지 못하다. 우선 이 자리에 마음을 모은 선생의 동배同輩와 후진이 모두 선생을 존경하고 사랑하는 마음에 깊이 경도되어 있는 형편이 그러하다. 그뿐만 아니라 경남 하동 지역 평사리의 『토지』 기념행사가 그러했듯 선생과 선생의 문학은 한 지역의 대표적 정신 운동으로 떠오를 만한 충분한 가치가 있다. 선생을 지속적으로 기리는 일은 지역 사회 문화적 활동의 큰 걸음을 내딛는 계기가 될 것이다.

# 의식을 맑게 하는 지리산

고영진 EBS 자문위원장, 전 경상남도 교육감

나는 산을 오를 때 행복하다. 산을 오르다 보면 마치 내가 산이 된 듯한 순간을 맛볼 때가 있다. 그때는 내가 하나의 산이 되어 이 산 저 산의 봉우리에 친구 대하듯 손을 내민다. 그리고 산이 내 속에 들어와서 내가 된다. 산이 나의 숨을 쉬고, 산이 나의 생각을 하고, 산이 나의 말을 한다. 나는 산에서 언제나 행복하다. 내가 이처럼 산을 사랑하는 것은, 내가 산을 좋아해서가 아니라 산이 나를 좋아해서 그렇게 된 것이 아닌가 하는 생각을 할 때가 많다. 어느 지인이 정색을 하고 물은 적이 있다.

"해마다 80여 봉을 오른다고 하는데, 그것이 사실이냐?"

사실이다. 나는 매년 70~80회 등산을 한다. 산이 나를 좋아하지 않고서야 거의 대부분의 주말과 휴일을 산으로 가겠는가?

나는 산을 좋아하지만, 전문 등산가는 아니다. 그렇지만 나의 등산에도 나름의 원칙과 방식이 있다. 그것은 산을 차별하지 않는다는 원칙과 우리 둘레의 산부터 오른다는 방식이다. 봉우리가 낮은 산은 낮은 대로 인정하고, 높은 산은 그 나름으로 존중하면서 우리 고장의 산을 즐겨 찾는다.

등산을 하다 보면 어떤 산은 단번에 마음에 들기도 하고, 어떤 산은 조금은 시들해지기도 한다. 그러나 이러한 생각을 섣불리 표현하면 나 자신이 용렬하다는 느낌이 들어서 그날의 등산은 뒤끝이 개운하지 않다. 이와 마찬가지로 사람에 대한 호불호도 함부로 표현하면 안 된다. 상호 간에 마음의 문을 열고 좋은 만남을 만들어서 대화로 신뢰를 쌓으면 인간관계도 발전하고 사회와 국가도 발전한다고 믿는다. 등산을 하면서 깨달은 인생관이며 교육 철학이다.

내가 산을 좋아하듯이 또 하나 좋아하는 것이 있는데, 그것은 바로 독서이다. 나는 한때 독서가 나의 모든 것이라고 여길 정도로 책 속에 푹 빠진 적이 있었다. 일주일에 서너 권의 책을 읽었고, 독서로 날을 지새운 적이 한두 번이 아니다. 독서를 통해 새로운 세계에 눈을 뜨고 새로운 세상을 여행하는 기쁨은 그 무엇으로도 표현할 수 없을 정도였다. 이러한 경험이 나의 사상의 얼개가 되고 사람들을 만나 서로 다른 생각들을 통합하고 조정하는, 지혜의 원천이 되고 있다.

어느 날, 나는 등산과 독서가 상통하는 것이 많다는 것을 깨달았다. 이야기의 전개가 굽이굽이 이어지는 것은 산을 오르는 것과 진배없고 책 속에서 진리를 깨달았을 때 산의 정상에 올라 집착을 버림으로써 채워지는 기쁨을 맛보게 되는 것과도 맥이 통한다. 등산과 독서는 마음이 맞는, 참 좋은 친구 같다는 생각이다. 그런데 얼마 전에 나는 산을 무대로 한 책을 만났다. 나름

이병주의 소설 『지리산』이 바로 그것이다.

소설 『지리산』은 등산과 독서의 재미를 함께 맛볼 수 있을 것 같아서 읽게 되었다. 책장을 넘기는 순간 아주 특별한 감동을 주는 책이라는 느낌이 들었다. 『지리산』은 작가의 개성이 강하게 드러나는 책이다. 그것은 작가 이병주의 다양한 이력과 폭넓은 경험, 그리고 작가 자신의 독특한 개성과 능력에서 비롯된 것이 아닌가 한다. 또한 『지리산』은 독자의 의식을 깨우는 책이다. 소설의 형식을 빌려 이 땅의 사람들에게 하고 싶은 말을 담은 책이라는 생각이 든다. 그래서 작중 인물보다는 오히려 작가에 대해 더 많은 생각을 하는 책이다. 소설의 화자를 통해 이광수를 평하는 구절은 작가 이병주의 인물 됨됨이를 가늠할 수 있다.

> 이광수란 본래 그런 사람이다. 허명만 있고 알맹이는 없다. 허장성세와 미사여구의 나열밖에, 단 한 줄의 씨알머리 있는 게 없다.

이광수를 친일파로 매도하면 그의 문학적 업적과 상황 논리로 이해하고 옹호하는 말들도 하게 마련인데, 이병주는 이러한 논쟁 자체를 용납하지 않는다. 그리고 이 말을 곰곰이 씹어보면, 친일 행적도 문제지만 친일파를 매도하는 그 사람들에게도 자신을 되돌아보게 하는 지적이라는 느낌도 든다. 결국은 인간 됨됨이의 문제인 것이다. 이병주는 이 소설에 등장하는 많은 사람들의 사상과 사건은 궁극적으로 그 사람의 됨됨이에서 비롯되는 것임을 말하려는 것 같다.

> 인간이란 천체와 비등할 정도로 거창하기도 하면서 곤충처럼 왜소하기 짝이 없는 존재이기도 하다. 나는 너희들의 자중자애를 바라는데 그 자중자애의 내용은 곤충처럼 오만하고 천체처럼 겸손하라는 것이다.

이 말이 『지리산』을 읽는 동안 끊임없이 따라다녔다. 인간 됨됨이를 강조하기 위해 이병주는 『지리산』 1권의 무대를 학교로 시작했다. 청소년기의 치열한 삶이 일생에 걸쳐 가장 중요하다는 것을 말하기 위해서였을 것이다. 교육자인 나의 마음을 단번에 사로잡은 부분이기도 하다. 그런데 오늘날 우리 교육 현장에는 민족과 나라의 진운을 건 고뇌도 없고 밤을 새우는 토론도 없으며 어른과 선배로부터 받는 감동의 기회도 없다. 나는 우리나라와 민족의 앞날이 불안하다. 우리의 학교를 꿈의 용광로가 되도록 해야 한다. 순도 높은 꿈을 걸러내는 배움터로 만들어야 하는 것이다.

'지리산의 학교'에서는 모든 것을 객관화하려는 노력이 있다. 일본을 폄훼하거나 악랄한 집단으로 매도하지 않는다. 일본에 대한 피해 의식과 편협한 국수주의자의 입장에서 보면 미화한 것이 아닐까 하는 생각이 들 정도로 훌륭한 일본인을 들추기도 한다. 이병주가 그릇이 큰 지성인이라는 것을 알게 하는 장면이다. 소설에서 인용한 도쿠가와 이에야스德川家康의 말을 들어보면 더욱 자세히 알 것이다.

나는 앞을 못 보는 사람은 싫어. 지나치게 결백증이 있는 사람도 싫어.

오늘의 우리 사회에게 들으라는 말일 것이다. 소설을 빌려 이병주가 한 다음 말을 곱씹어 볼 때다.

"성을 만드는 노력은 역사겠지만, 타서 없어진 성 자체의 목적은 없어졌는데, 복원한다는 건 역사도 아니고 문화도 아네요. 난 그런 것은 경멸한답니다."
"복원이 어떻게 유물이 되죠? 유물은 폐허예요. 폐허가 남아야 하는 거예요. 역사의 과정에서 없어진 것을 억지로 만들어내는 건 역사의 역행이에요. 아무리 잘 되어도 그런 건 불결해요."

포퓰리즘은 국민의 의식을 발달시키지 못한다. 그러나 오늘날 우리 사회는 이런 지적을 순수하게 받아들일 수 있을까? 아마도 이런 말을 했다간 다른 쪽으로부터 음해와 비난을 받아 한순간에 망가질지도 모른다. 이 때문에 옳은 말을 하지 않는 지성인이 많은데 이것도 문제이다. 작중 인물의 다음 말은 시퍼런 칼날처럼 예리하다.

학문하는 태도는 통설에 현혹되지 말아야 하는 태도를 말한다. 케케묵은 상식인이 피상적인 생활의 표면을 보고 손쉽게 찍은 낙인을 통설인양 퍼뜨릴 때, 학자는 진실을 캐내어 통설의 어리석음을 정정해야 한다.

나는 그동안 지리산을 열 번도 넘게 올랐다. 지리산에 오를 때마다 지리산의 위대함을 발견하게 된다. 지리산은 과연 산 중의 산이다. 이병주는 지리산을 이렇게 표현했다.

헤아릴 수 없이 무수한 지맥들이 각각 능선을 이루고 사방으로 뻗쳐 있는 중심부의 천왕봉은 기려한 모습으로 옷깃을 여미게 한다. 사방으로 탁 트인 절묘한 조망과 산정의 늠름한 대기는 그것만으로도 위대한 감동이 아닐 수 없다.

지리산에 오르면 사람들은 스스로가 조금은 우쭐해짐을 느낄 것이다. 한번은 초등학교 어린이들을 천왕봉에서 만났다. 경남 교육청은 모든 학교가 한 가지의 특색적인 교육 활동을 하는데, 그 어린이들의 학교는 '지리산 오르기'를 특색 과제로 설정했다고 한다. 그런데 이 '지리산 오르기'가 아이들을 알게 모르게 변화시키고 발전시킨다고 교장은 설명했다. 지리산을 오를 때마다 아이들은 우쭐대면서 꿈을 키우고, 친구를 사귀는 것이 어른스러워지더라는 것이다.

오늘날 우리 사회는 뜻을 세워 우쭐댈 줄 아는 청소년이 많아야 한다. 다시 말하면 청년 지사를 대망하는 것이다. 대학 진학이 고민의 끝이 아니라, 대학에서 어떤 학문을 공부하여 뜻을 펼 것인가를 가지고 고민하는 젊은이가 많아야만 건강한 사회가 될 것이다. 이런 의미에서 이병주는 청년 지사를 찾고 있는 것이다. 그런데 『지리산』을 읽고 있으면 이병주, 그가 곧 지사라는 느낌을 지울 수 없다. 소설의 대목을 인용해 보자.

나는, 일본놈들이 우리를 정복한 것이 아니라, 우리 스스로가 그들의 노예 되기를 자청한 것이라고 판단한다. 그 노예근성을 없애지 않는 한, (일본이 망하더라도) 절대로 독립은 불가능할 것이다.

역사의 물결에 휘말려 허덕이는 것보다, 그 행방을 미리 짐작하고 준비한다는 것이 얼마나 영광스러운 일이겠나.

사람은 시간마다 날마다 승리해야 한다.

사람에겐 인격이란 것이 있고, 사상엔 지조라는 것이 있다. 설명을 해야만 상대방을 이해시킬 수 있는 인격은 인격이 아니고, 변명해야만 이해시킬 수 있는 사상은 지조의 사상이 아니다.

소인은 남의 일을 걱정하고, 남을 위해서 봉사하고 노력해야 하지만, 대인은 자기 일만 걱정하고 자기를 위해서만 노력해야 한다. 대인은 그 존재만으로도 충분히 의미가 있기 때문이다.

비범한 빛깔은 저절로 광채를 발휘하는 법이다. 자기 자신을 지키며 세상 따라 산다. 그게 최고의 지혜이다.

이와 같이 독자의 폐부를 찌르는 금언으로 『지리산』은 소설이라기보다는 일종의 교과서라는 느낌마저 든다. 이병주는 독자들로 하여금 스스로를 격려하게 만든다. 그래서 『지리산』은 소설이라는 형식을 빌렸지만, 허황된 이야기가 아니다. 대부분의 소설이 유려한 문장으로 독자를 감동시키려고 노력하는 데 비해 『지리산』은 '앎'을 깨닫게 하려는 책이다. 때문에 극적 반전을 꾀하는 장면을 만들 법한 상황에서도 오히려 사실적인 말을 사용해 덜 허구적인 분위기를 느끼게 한다.

이병주는 세상을 읽는 형안과 균형 잡힌 감각으로 나라와 민족의 진정한 발전을 추구하는 지도자를 찾고 있는 것 같다. 이러한 지도자는 교육으로 길러진다. 이병주는 교육을 통해 바른 가치관을 내면화하지 않은 혁명가는 매우 위험하다는 것을 작중 인물의 삶을 통해 말한다. 설령 좌익이라 할지라도 신념이 있는 사람이라면 마지막까지 그를 이해하려는 것이 이병주 소설의 참된 가치이다.

옳은 교육을 하자는 게 아니라, 가능한 교육을 하려는 거지.

일제하에서 당장 일제에 항거하는 교육이 옳은 교육이지만, 그럴 수 없는 형편과 환경을 알고 궁극적인 목표 달성을 위해 현재 상황에서의 가능한 방법과 내용의 교육도 옳은 교육에 못지않다는 뜻일 것이다. 그리고 이 말은 오늘의 우리 교육에도 적용될 것이다.

소설의 무대는 광복된 조국으로 옮겨 간다. 그러나 독립을 제대로 누리지 못하고, 오히려 민족의 분열을 초래한 것을 통탄하는 한숨이 곳곳에 스며 있다. 그래서 『지리산』의 곱이곱이마다 민중들에게 '자중자애'할 것을 당부하고 있다.

난세에 덜 된 지식인은 날뛴다. 이기심을 감춘 우리의 허장성세는 나라를 흔든다. 제대로 교육이 안 된 민족에겐 서투른 사상이 무섭다.

자중하고 자애하는 사람의 제대로 된 지식은 인격은 말할 것도 없고 한 나라의 국격을 높이지만, 자중자애하지 않는 자의 덜된 지식은 나라에 큰 해악을 끼친다. '경박은 악덕 이상의 결점'이다. 이처럼 덜된 지식의 경박을 어떻게 해야 할 것인가? 이병주는 작중 인물을 통하여 분통을 터뜨린다.

신문을 통해 일체의 가치를 마구 내리까는 거야. 그렇게 해서 진리의 전매특허를 얻은 것처럼 설치는 놈들의 사고의 취약함, 그 배후의 계교를 샅샅이 폭로하는 거지.

그러나 이것이 결코 간단치 않다는 것을 언론인이었던 그 스스로가 먼저 알았을 것이다. 그래서 더욱 속이 상했을 것이다. 숨을 고른 이병주는 작중 인물 하영근을 통하여 말한다.

나는 자네에게 내 재산을 맡기기에 앞서 내 희망을 맡기고 싶은 거라네.

힘들고 어렵지만 희망의 끈을 놓지 않으려는 이병주의 마음이 가슴에 와 닿는다.

나는 지난 연말과 연초에 교육 동지들과 함께 등산을 하며 해넘이와 해돋이를 보았다. 늦은 시간까지 교육에 관해 토론을 했고, 우리나라의 앞날에 대해 고민했다. 인간성의 상실과 가치관의 부조화, 지식 강국과 일류 국가를 이루어야 하는 국가적 과제를 생각할 때 교육의 역할과 책무가 가슴이 저리도록 절감되었다. 그리하여 '교육이 희망'이라는 결론을 얻었다.

『지리산』은 이병주가 정말 하고 싶었던 말로 막을 내린다. 이병주는 주인공 박태영을 통하여 공산주의의 이론적 모순과 실체적 진실을 보여주며 우리가 깨닫도록 한다. 박태영은 천재이며 신념에 찬 공산주의자이다. 그는 민족을 사랑했고 용기 있었으며 헌신하는 지도자였다. 그러나 그의 천재성은 철저하게 유린당했고, 그의 신념과 용기는 유물론적 사상 앞에서 힘을 잃게 된다. 지리산의 마지막, 빨치산 박태영이 스스로에게 총구를 겨누기 전에 한 말이 오래도록 맴돈다.

설혹 대한민국이 나를 용서한다고 해도 나는 나를 용서할 수 없다.

오늘도 우리 사회의 일각에서는 진보적 사상을 가지고 사회를 개혁하고자 하는 사람들이 많다. 그들의 진정성에 국민들이 믿음을 갖기 위해 그들은 말과 행동을 일치해야 할 것이다. 그리고 보수는 그들이 지키고 누리고자 하는 가치를 더 많은 사람들에게 베풀고 나누며 배려할 줄 알아야 할 것이다. 건전한 보수와 참된 진보의 적정한 균형이 요구된다. 이러한 사회에서는 사상과 이념이 다를지라도 서로를 이해할 수 있을 것이다. 『지리산』의 주인공 박태영을 미워할 수 없듯이……. 이병주의 책을 읽으면 의식이 맑아지는 것을 느낀다.

# 다시 이병주를 생각한다

**오홍근** 일본 역사기행 참가자

올해로 이병주가 세상을 떠난지 만 16년이 된다. 병환으로 생을 마감했으니 그에게 할당된 삶을 다했다고는 할 수 없겠다. 이병주의 생이 짧게 느껴지는 이유이기도 하다. 그의 예상되지 않았던 죽음은 야심 차게 준비 중이던 『제5공화국』과 세상을 떠나기 직전까지 집필 중이었다는 장편 소설 『카리브해』의 내용을 더욱 더 궁금하게 한다. 『바람과 구름과 비』로 시작되어 『관부연락선』, 『지리산』, 『산하』, 『그해 5월』 그리고 끝내 마무리하지 못한 『제5공화국』으로 이어지는 대서사시의 결말을 보지 못한 것이 못내 아쉽다.

그보다 개인적으로 아쉬운 점이 또 하나 있다면 그의 글은 물론이거니와 그가 평소에 읽었던 책으로 서재를 가득 채우려던 목표를 수정하지 않을 수 없게 되었다는 점이다. 내 서재에는 이병주의 『지리산』, 『바람과 구름과 비』, 『관부연락선』, 『행복어사전』, 『허망과 진실』 등의 초판본은 물론이거니와 『삐에로와 국화』, 『철학적 살인』 같은 단편집의 초판본과 여러 수필집의 초판본을 포함해 출판사와 판본을 달리하는 이병주의 책이 약 300여 권 정리되어 있다. 그중에는 장·단편집, 수필집, 평론집 등을 망라해 번역본과 이병주의 글이 실려 있는 잡지, 이병주의 글이 인용된 책들까지도 함께한다. 그가 세상을 떠난 지 15년이 지났지만 각종 신문의 칼럼이나, 글에서 빈번하게 그의 글이 인용되는 것은 시간과 공간을 초월한 작가 이병주의 탁월한 역사 이해와 시대를 꿰뚫어 보는 혜안을 엿볼 수 있는 방증이다.

나는 그와 같은 시대에 살았다는 것에 행복감을 느낀다. 그의 작품 『행복어 사전』이 연재되는 월간지 《문학사상》을, 『그해 5월』이 연재되는 《신동아》를 정기 구독하는 것에 즐거움을 느끼며 젊은 시절을 보냈다. 이병주의 작품 속 배경이 나의 일상과 시간적, 공간적 교집합을 이루는 곳을 만날 때면 그 행복감은 배로 늘어났다.

이병주는 대서사시보다도 거대한 한국 현대사를 그려냈다. 그가 겪은 처절한 경험은 체험적 소설을 표현하는 데 득得이 되기도 했고, 영어囹圄의 세월을 보내는 데 실失이 되기도 했다. 어떤 이는 이런 그의 인생을 빗대어, 그의 의식 세계를 1930년대식이라 단정하기도 했다. 이병주가 글 속에서 1930년대를, 종종 사용하던 편년체적 서술 방법으로 표현한 것을 인용하면 다음과 같다.

나라 밖의 1930년대는 대공황 이후의 사회의식이 팽배해져 있었고, 스페인에서는 내란이 일어나 공화파를 지지하며 의용

군이 지원하던 시대다. 문화적으로는 헤밍웨이, 피카소와 같은
이들의 등장이 있었다. 예술에 대한 검열이 가혹했고 참여예술
이 다양한 분야에서 분출되는 시기였고 리얼리즘이 각 분야의
예술에서 핵심적 주제로 떠오르던 시기였다.

국내는 신간회 학생부가 해체되며 일제의 탄압에 의해 학생
운동이 좌절되던 시대였다. 이 시기의 본질적인 부분에 있어서
는 이병주가 에세이 형식을 빌려 또는 소설의 형식을 빌려 여러
책들에서 서술한다. 특히 그가 '나의 문학적 편력'이라는 부제
를 달고 1979년에 쓴 『허망과 진실』은 그를 이해하는 데 있어서
매우 중요하다.

『허망과 진실』은 1983년에는 『이병주 고백록』이라는 제목으
로, 2002년에는 『동서양 고전탐사』라는 제목으로 재간행된다.
이렇듯 이병주의 책은 같은 내용임에도 판본이 바뀔 때마다 책
의 제목이 바뀌는 경우가 비일비재하다. 예를 들면 『허드슨 강
이 말하는 강변 이야기』(1982)는 『강물이 내 가슴을 쳐도』
(1985), 『낙엽』(1986)은 『달빛 서울』(1991), 『황백의 문』(1982)
은 『황금의 탑』(1988), 『풍설』(1981)은 『운명의 덫』(1992), 『허
상과 장미』(1978)는 『그대를 위한 종소리』(1990), 『여인의 백
야』(1979)는 『꽃이 핀 여인의 그늘에서』(1990), 『무지개 연구』
(1982)는 1985년에는 『무지개 사냥』으로, 1993년에는 『타인의
숲』으로 두 번이나 바뀐다.

제목의 변화는 수필집에서도 나타나는데, 말년의 작품인 『그
해 5월』(1984)도 『장군의 시대』(1989)로 바뀐다. 제목이 바뀌는

이유는 잘 모르겠지만 작품에 대해 무책임하다는 인상을 지울 수 없는 것은 사실이다.

『허망과 진실』은 그에게 영향을 미친 동서양의 인물을 다룬다. "그때 그 사람을, 또는 그 책을 만나지 않았더라면 오늘날 내가 이렇게 되어 있을 까닭이 없을 것"이라며 알퐁스 도데 Alphonse Dandet, 표도르 도스토옙스키, 프리드리히 니체, 루쉰魯迅, 정약용, 사마천司馬遷과의 만남을 평전의 형식으로 썼다. 나의 이병주에 대한 사랑과 집착은 여기서부터 시작되었다. 그때까지 이들에 대한 소개가 이보다 더 훌륭히 서술된 적은 없었다. 그들의 생애와 작품에 대한 짧고도 명쾌한 해설은 동서양을 고루 섭렵하는 데 전혀 부족하지 않았다. 이병주는 그들을 통해 허망을 보았으나 허망 자체에서 진실을 찾지는 않았다. 그는 사상가들을 통해 허망의 진실을 붙잡는 법을 알아냈다.

이병주의 소설은 거의가 체험, 혹은 반체험적인 내용으로 이루어졌다. 이병주를 평생 지배한 체험은 일제의 학병으로 중국에 끌려가 지냈던 일이다. 이병주는 1946년 2월에야 중국 상하이에서 귀국하게 된다. 적지 않은 영향을 미쳤을 그의 학병 체험은 『관부연락선』에서 문학적으로 훌륭히 표현된다. 필화 사건으로 보낸 영어의 경험은 그의 데뷔작 「소설·알렉산드리아」와 「어느 황제의 회상」에서 표현된다. 국회의원에 출마해 낙마했던 경험은 「빈영출」과 『산하』에서, 한국농약 사장으로서의 경험은 그의 현대 소설에서 사랑과 배신의 인간 굴레를 표현하는 데 유용하게 쓰인다.

이병주는 40대 중반의 나이에 시작한 소설가라고는 믿기지 않을 양量의 글을 썼다. 양도 양이거니와 살아생전 대표적 장편이라 할 수 있는『지리산』을 필두로 대하소설이라 불리는『바람과 구름과 비』,『산하』라는 훌륭한 소설을 썼다. 전 6권의『행복어 사전』을 비롯해 두 권 이상의 분량을 가진 장편 소설만도 스무 개가 넘고 단행본으로 만들어진 장편도 스무 개를 넘는다. 거기에 또 수십 개의 중단편 수상집과 평론집을 냈으며『삼국지연의三國志演義』를 번역하기도 했고, 야마사키 도요코山崎豊子의『불모시대不毛地帶』, 소소생笑笑生의『금병매金甁梅』를 번역하기도 했다.

그가 소설로 표현한 역사상 인물은 소설의 제목으로 겉에 나타난『장자』를 포함해,『포은 정몽주』,『허균』,『김대건』을 비롯하여 임진왜란 당시의 비운의 장군『홍계남』, 영화배우 최은희의 실종사건을 다룬『미완의 극』, 박정희의 여성 편력을 쓴『그를 버린 여인』등이 있다. 심지어 이완용, 송병준과 어깨를 나란히 한 이용구를 주인공으로『소설 이용구』를 쓰기도 했다.

작품의 중간 중간 보이는 해박한 지식은 우리가 이병주를 읽으며 얻는 덤이다. 물론 불쑥 튀어나오는『차라투스트라는 이렇게 말했다Also sprach Zarathustra』의 인용이나 톨스토이Lev Tolstoi, 고리키, 도스토옙스키에 이어 가르신Vsevolod Garshin이나 아르치바셰프Mikhail Arstybashev 같은 인물들을 등장시켜 우리를 당황시키거나 불쾌하게 하기도 한다.

이병주는 다양하고 많은 작품을 남겼다. 그러나 아쉽게도 나는 이병주가 많은 작품을 쓰고 훌륭한 작품을 썼음에도 불구하고 한국 문단의 한 줄기를 움켜쥐는 데는 실패했다고 생각한다. 다시 말하면 그는 성공한 소설가였지만, 훌륭한 작가는 아니었다는 생각을 떨쳐버릴 수 없다. 그 이유를 정치적, 사회적 의미에서 찾으려고 노력하는 이들도 있었다. 그러나 정확히 말하면 이병주는 문학적으로도 크게 성공했다고 말하기는 어렵다. 사람들은 이병주를 좋은 작품을 많이 쓴 훌륭한 작가라고 존경하는 반면에, 권력과 금력에 쉽게 흔들린 엷은 인간성을 지적하기도 한다. 이럴 때 나는 이병주의 사상을 '중용의 사상'이라며 애써 변명한다. 그리고 이병주의 단점 몇 가지를 내가 먼저 들춘다.

내가 꼽는 첫 번째 단점은 『관부연락선』을 제외하고 대다수의 작품들이 대하소설이라는 이름에 걸맞는 완벽한 글로써 종말을 이루지 못했다는 점이다. 그가 순교할 각오까지 하고 썼다는 『지리산』을 비롯하여 『바람과 구름과 비』, 『행복의 사전』 등이 그러하다. 두 번째는 대하소설에서 하층민들의 고통 받는 삶을 그려내는 것과 동시에 지배층에 대한 저항과 투쟁 의지를 구체화하고 있다는 것이다. 그러나 이러한 인물들은 『산하』의 이종문을 비롯해 대다수가 애정과 권력의 심층부에 흡수되고 만다. 흡수되는 것은 물론이거니와 죽어서도 그 곁을 떠나지 못한다(종문은 이승만 대통령이 믿은 기독교를 자기는 죽어서 믿고 싶으니 기독교 신자로서 묻어달라는 유언을 한 것이다). 역사 소설을 쓰는 소설가라면 독자들에게 최소한의 역사적 진실을 전달하는 매개체로서의 역할을 해야 한다고 생각한다. 역사에 대한 책임 의식이 그 어느 작가들보다 투철해야 하는 것이다.

이병주를 거론할 때면 빠지지 않고 등장하는 수식어가 있다. '회색인간'이 그것이다. 회색인간이라는 말을 듣는 것은 지식인에게 있어서는 다른 문제이다. 그가 지식인으로서의 책무를 소홀히 했다는 방증인 것이다. 역사의 그물에 걸리지 않은 민중의 삶과 진실을 표현하겠다는 그의 말은, 그물에 그 자신은 걸리지 않겠다는 말로도 들린다. 그의 그물에 걸린 이가 한둘이 아니라는 것은 이미 다 알고 있지만 그가 만들어낸 인물 중엔 이완용, 송병준과 어깨를 나란히 하는 이용구도 있다. 『소설 이용구』의 프롤로그로 쓴 글은 이렇다.

> 그를 용서할 수 없는 것은
> 내가 나를 용서할 수 없기 때문이다.
> 그를 욕할 수 없는 것은 내가 나를 욕할 수 없기 때문이다

좌우가 대립하는 격동의 현실에서 그가 터득해 낸 생존법칙이라고 할 수도 있겠다. 작가 이병주는 이러한 상황에서 앙드레 지드의 "하나의 견해를 선택하지 말라 – 하나의 사상을 선택하지 말라. 만일 네가 선택하면 너는 그 각도에서밖에 인생을 보지 못하게 된다"라는 말을 인용한다. 그리곤 "진리란 하나이다"라며 지드의 충고로 만족할 수 없다고 한다. 이병주는 "나는 마르크스를 택하기 위해 니체를 버릴 수 없었고 도스토옙스키를 반동이라고 하는 공산당적 사고에 승복할 수 없었다"라고 한다.

나는 이병주를 생각하면 프랑스의 노벨상 수상 작가 카뮈가 떠오른다. 알제리 독립전쟁 당시 휴전을 호소한 것이 카뮈Albert Camus를 회색분자로 부른 이유이다. 그러나 카뮈는 가난하고 억압받고 모욕받는 사람들의 정직성을 믿었다. 권력과 명성에 대

한 탐욕을 갖는 지식인들이 많다고 보았으며 애국심과 민족주의를 구분했다. 역사를 주제로 했으나 늘 그 경계가 모호했던 이병주와 비교되는 점이다.

나는 이병주의 다양한 인식 체계를 중용의 사상으로 바라보고자 하나, 그의 소설이나 수상집에는 예를 들 수 없을 정도로 많은 경계인境界人으로서의 표현이 나온다. 이 경계인적 상황은 소설이나 수상집의 주제와 소재뿐 아니라 종종 그의 글 속에서 주요한 표현 방식이 되기도 한다. 예를 들면 『지리산』의 초반부에서 하영근이 박태영에게 이렇게 충고한다.

…… 그리고 일본에 대한 미움이라고 하지만 미움의 대상이 그처럼 막연해 가지곤 한 발도 앞으로 전진할 수가 없을 게다. 일본인 가운데도 진정 미워해야 할 사람이 있고 미워해선 안 될 사람이 있다. 삼일 운동만 해도 그렇다. 진정 미워해야 할 부류는 우리 내부에 있을지 모른다. 직접 총을 쏘아 죽인 놈은 일본인이지만 일본으로 하여금 그런 짓을 하도록 우리 동족 가운데서 그렇게 만든 놈이 있다면 어떻게 할 것인가. 미워할 건 철저하게 미워해야 하지만 그러기 전에 미워해야 할 사람과 미워해선 안 될 사람을 구별할 필요가 있지 않을까. 그런데 이 구별이 그렇게 쉬운 일이 아니다. 세상일을 보다 정확하게 판단할 수 있을 때까지 그런 구별 자체를 보류해 두는 것이 나을 거라는 의견일 뿐이다.

1985년 발표한 『산하』에서는 일본 식민지 시절의 재계 인사들에게 한 여운형의 연설을 다음과 같이 인용한다.

소위 독립운동을 했다는 사람들의 힘으로 1946년 8월 15일
에 우리나라가 해방되었을 것을 1945년 8월 15일에 해방된 것
이 아니올시다. 마찬가지로 1944년 8월 15일에 우리나라가 해
방되었을 것을 여러분들 때문에 1945년 8월 15일에 해방된 것
이 아니올시다.

단편 「그 테러리스트를 위한 만사」에는 이런 대목도 있다.

레닌의 위대한 천재, 위대한 정력이 없었더라면 소련이라고
하는 범죄국가는 성립되지 못했을 것이다. 인류가 저지른 극악
의 상태를 만들어 내기 위해서 레닌과 같은 천재를 필요로 했
다는 것은 확실히 역사의 비극이다.

이런 식의 표현은 그의 소설이나 수필에서 빈번하게 나타난다.
나는 이병주를 바라보면 인생이 보인다. 이병주의 책을 읽으
면 세상이 보인다. 실제로 이병주의 글에는 수많은 인생이 있
고, 수많은 세계가 표현된다. 중국의 여러 도시 뉴욕, 파리는 물
론 소설의 제목으로도 유명한 이집트의 알렉산드리아를 비롯
『그해 5월』은 중미의 과테말라로부터 시작한다. 어떤 작품은 아
예 없는 지명을 만들어내기도 한다. 단편 「예낭풍물지」의 예낭
이 그중 하나이다.

이병주는 실제로 세계 여행을 자주 했다. 1946년 중국에서 돌

아온 지 26년이 지나 외국 여행의 기회를 갖게 된다. 그 여행의 결과물들은 『바람소리, 발소리, 목소리』로 정리되기도 했고 다른 작품 곳곳에 삽입되기도 했다.

문단 내에서는(정확히는 문단이라 할 수도 없겠지만) 작가 이병주를 아시아를 대표하는 세계적인 문호文豪로 만들어보자는 의견이 개진改進 중이란다. 그 시작으로 매년 4월 하동에서 열리는 이병주 문학제는 2007년부터 '이병주 국제문학제'로 변경되었다. 근래에 일본으로부터 시작된 동아시아 문학이 중국과 몽골, 필리핀, 베트남의 관심까지 덧붙여져 그 관심이 커지고 있는 터에 이병주의 문학이 동아시아를 대표하는 문학이 되기를 기대해 본다. 그러기 위해서는 지금의 평가를 넘어선 한 차원 높은 문단의 재평가 작업이 진행되어야만 할 것이다.

# 그러나, 그럼에도 불구하고

이병주는 소설가이기 이전에 기자였다. '무엇이기 이전에 무
엇이었다'라는 문장은 논리적으로 보이지만, 기실 비논리적이
다. 기자 생활을 마치고 소설을 쓴다고 해서 기자의 기질이 사
라지는 것은 아니기 때문이다. 한창때, 그것도 젊은 시절에 몸
에 밴 기자 체질은 쉽게 씻어내기 어렵다. 기자 출신은 언제나
기자다. 이병주의 문학의 높이와 크기에 대해 나는 말할 능력이
나 자격이 없다. 눈이 어두운 독자 가운데 하나일 따름이다. 다
만 나는, 내가 기자 출신이라는 이유 하나만으로 '기자 출신 이
병주'에 눈길을 주고 싶은 것이다. 그렇다고 내가 감히 이병주
와 동급의 기자였다는 것은 아니다. 나는 어리숙한, 그래서 동
년배 문인과 별 차이가 없던 '문화부 기자'였지만, 이병주는 전
후 엄혹한 시절과 정면으로 맞섰던 큰 언론인이었다.

이병주는 1955년부터 1961년까지 7년 동안 《국제신보》(현
《국제신문》)의 편집국장과 주필을 역임했다. 전쟁의 후폭풍이 가

시지 않은 데다 혁명과 쿠데타가 연이어 일어나던 시절, 언론인 이병주는 '중립 통일론'을 주창했다. 통일을 하되 영세중립국으로 나아가야 한다는 주장이었으니, 반공을 국시로 내세운 혁명 정부가 보기에 그는 앞서 가도 너무 앞서 간 것이었다. '조국이 부재不在한 조국'에서 '어떻게 해서든 통일을 해야 한다'는 논지의 글은 박정희 정권의 눈엣가시였을 것이었다. 당시 교원노조 고문이었던 언론인 이병주는 10년 형을 선고받고 2년 7개월을 복역했다.

형무소에서 나오면서 이병주는 소설가로 거듭났다. 그때 그의 나이 마흔넷이었다. 「소설·알렉산드리아」 이후 그는 27년간 매월 평균 원고지 1천 장을 메웠다. 그렇다고 그가 소설만 쓴 것은 아니었다. 남재희의 회고에 따르면 그는 여전히 언론인이었고, 이념적으로 어느 한곳에 치우치지 않는 자유인이었다. 이병주는 소설가의 '꾀죄죄한 생활'을 거부했다. 1960년대 후반 폭스바겐을 몰았으며 코냑과 베토벤을 즐겼다. 유신 정권하에서, 유신 정권에 저항하는 반골들 사이에서 그는 자유인이었다. '도덕, 무도덕, 비도덕, 부도덕의 모든 차원을 넘나드는' 자유인이었다.

기자가 동원할 수 있는 어휘는 한정되어 있다. 약간 과장해서 말한다면 기자가 쓸 수 있는 것은 고유 명사와 숫자, 그리고 접속사밖에 없다. 누가, 언제, 어디서, 무엇을, 어떻게. 왜(이 '왜'는 늘 사후적이다. 현장에서, 혹은 당대에서는 알 수 없을 때가 많다)를 연결하는 접속사인데, 그 접속사의 수가 많은 것도 아니다. '그래서'와 '그러나' 정도가 전부다. 내가 보기에, 기자 출신 이병주는 '그래서'와 '그러나'를 뛰어넘어 '그럼에도 불구하고'의 차원으로 올라섰다. '그래서'가 현실 추구주의라면, '그러나'는 현실을 부정하는 태도를 대표한다. '그래서'와 '그러나'는 2차원 평면이다. '그래서'와 '그러나'는 '그럼에도 불구하고'를 통해 3차원으로 승격한다. '그럼에도 불구하고'가 바로 포월抱越이다. 현실과 이상을 동시에 끌어안는 초월, 날개 없는 비상이 바로 포월이다.

1980년대 후반 이후 진행된 한국의 민주주의는 절차적 민주주의였다. 파출소와 동사무소의 문턱이 낮아졌다. 하지만 이 시기를 거치면서 언론인다운 언론인은 자취를 감추었다. '거대한 적'이 사라지자 무기력증에 빠졌다. 구제 금융 시기를 통과하면서 한국 언론은 급격하게 달라졌다. 언론사는 '주식회사'로 바뀌었고, 언론인은 '연봉 얼마짜리' 월급쟁이로 전락했다. 언론에게 역사와 시대는 사어死語였다. 자본의 논리라는 '칼' 앞에서 기자들은 '펜'에 잉크를 묻히지 않았다. 펜은 칼보다 약했다. 우연의 일치였을까. 같은 시기, 문학과 문학인들도 마찬가지였다. 문학은 거대담론을 폐기 처분했다. 시인과 작가는, 기자가 그랬듯이 더 이상 지사志士가 아니었다. 문학인은 스스로를 전문직 종사자라고 명명하기 시작했다. 문학 속의 현실은 실제 현실과 시차時差가 있었다. 문학은 모래를 그렸지만, 그 모래에는 우주가 담겨 있지 않았다.

전통적 의미에서 기자 출신 작가는 이제 나타나지 않을 것이다. 전통적 의미의 기자가 없어졌기 때문이다. 기자 출신 작가는 이병주에 이어, 대구《매일신문》출신인 이문열을 거쳐《한국일보》와 《시사저널》에서 잔뼈가 굵었던 김훈에서 끝날지도 모른다. '그럼에도 불구하고' 나는 기자 출신 작가가 많이 나오기를 바란다. 내가 기자 노릇도 제대로 못 했고, 시인 노릇도 제대로 못 하고 있어서 더욱 그런지도 모른다. 문학과 현실 사이가 너무 멀어졌다. 문학이 현실과 멀어지면 결국 인간에 대한 옹호가 사라진다. 민주주의의 적은 독재가 아니라 경제 논리라는 지적이 있다. 산업 문명의 엔진, 즉 경제 논리의 핵심은 반인간적이고 반생명적이고 반지구적이다. 경제 논리의 폐해를 지적하고, 그 대안을 모색할 수 있는 특권과 책임을 갖고 있는 것이 언론과 문학이다. 기자가 살아야 문학이 살고, 작가가 살아야 언론이 산다.

지구 온난화에서부터 에너지와 식량 위기, 문명 충돌, 빈부 격차(양극화), 공동체의 소멸, 정체성의 위기, 미래에 대한 과도한 집착……. 이 모든 사태의 원인이 경제 논리에 있다. "겁나는 건 무질서보다 전도된 질서"라고 밝힌 바 있는, 기자 출신 작가 이병주가 지금 여기에 있다면 무슨 글을 쓸 것인지 궁금하다.

# 이데올로기를 넘어서

노희준 소설가

내가 이병주를 처음 접한 것은 대학을 졸업하고 나서였다. 경희대학교에서 국어국문학과를 다닐 때만 해도 그는 나에게 문학사 책에 적혀 있는 이름 석 자에 지나지 않았다. 당시 나는 동시대의 문학 작품들을 읽어내느라 여념이 없었다. 프랑크푸르트학파, 마르크스, 그람시Antonio Gramsci 등의 이론가들에게 정신이 팔려 있었다. 러시아 고전들도 열심히 읽어야 했다.

1980년대의 민중 소설은 주로 비판의 대상이었으나 반드시 넘어야 할 산으로 여겨졌다. 반면 1960~1970년대 나는 상대적으로 서정적인 소설가들에게 푹 빠져 있었다. 이를테면 김승옥이나 오정희 같은. 한마디로 1950년대에서 1970년대에 속하는 작품들은 나의 독서 목록에는 아예 제외되어 있었다. 여기에는 교육의 영향도 컸는데, 1950~1960년대 소설이라면 왠지 암기하고 공부해야 하는 학력고사용 텍스트처럼 생각되었고, 1970년대 소설은 1980년대의 시각에서 보자면 지나치게 대중적인 작품이라는 선입견이 있었던 것이다.

1950~1970년대 소설 읽기에 착수한 것은 대학원 석사 과정에 진학하고 나서였다. 전공이 현대 소설인지라 해방 후 생산된 작품들을 섭렵해 보자는 의욕을 가졌다. 물론 소설가의 꿈을 가진 문청으로서 모든 작품을 다 거친다는 것은 불가능한 일이었지만 그래도 그 시절 나는 많은 작가들을 만났다. 그리고 그중 한 명이 바로 이병주였다.

내가 처음 읽은 이병주의 소설 『관부연락선』은 놀라운 작품이었다. 이 작품은 훌륭한 역사적 디테일을 갖고 있지만 결코 역사적이지 않다. 이 소설은 부르주아라고 할 수밖에 없는 유태림의 개인적인 이야기들을 썼지만 결코 개인적이지 않다. 한마디로 『관부연락선』은 당황스러운 작품이었다. 한국 문학에 대해 갖고 있었던 몇몇 관념들을 미묘하게 깨뜨리고 있었기 때문이다.

당시 한국 문학에 대한 나의 고정 관념 중 하나는 한국에는 건전한 부르주아 소설이 없었으며 앞으로도 없을 것이라는 것이었다. 『빌헬름 마이스터의 수업시대Wilhelm Meisters Lehrjahre』나 『마의 산Der Zauberberg』 같은 작품이 과연 한국에서 가능할까. 하늘 높은 줄 모르고 한참 건방졌던 20대 중반의 눈으로, 한국 문학은 덜떨어진 관념 소설이거나 한국어의 특수성에 기대고 있는 서정 소설의 반복으로만 보였던 것이다.

김산이 『아리랑』에서 술회했지만, 1920~1930년대 일본 유학생 중에는 '다마'라 불리는 청년들이 있었는데, 그들은 사회주의를 논하고 민족주의를 말하다가도 일상생활에서는 일본인 행색을 하려고 애썼다고 한다. 김승옥은 1960년대 초반의 대학 생활을 회상하면서 일부러 거지인 척하는 부잣집 도련님들에 대해 말하고 있다. 그들은 몇백 평짜리 양옥집에 사는 부호의 자식이면서도 가난한 촌놈 행세를 하며 '문학적'인 척 위장했다는 것이다.

그들은 자신의 대해 왜 솔직할 수 없었을까. 아마도 '문학을 하기 때문에 가난하다'를 '가난해야만 문학을 할 수 있다'로 전치된 의식이 존재했을 것이다. 일제 시대 문인의 '폐병신화'도 마찬가지다. 물론 그 시대 예술인 중에 실제로 폐병에 걸린 경우는 많았지만 폐병을 예술인의 고전적인 상징으로 생각하는 저변에는 '실제의 질병'이 아닌 '은유로서의 질병' 또한 존재하고 있는 것이다.

이병주 소설의 부르주아들은 개인사에 대해 투명하다는 점, 죄책감에서부터 촉발된 수동적인 사유가 아닌 삶의 경험에서 얻어지는 능동적인 사유를 보여준다는 점에서 염상섭류의 부르주아와 구별된다. 염상섭 『만세전』의 주인공은 말한다. 일본에서는 자신이 조선인이라는 것을 크게 자각하지 못했지만 조선에 오자 조선 민중들이 얼마나 억압받고 있었는가를 분명히 알게 되었다고. 하지만 그 시대 아나키스트들의 증언은 사뭇 다르다. 일본에서 고학하던 시절, 아무리 일본어를 유창하게 구사해도 어떤 일본인들은 자신들이 조선인임을 귀신같이 알아채고 침을 뱉거나 욕을 해댔다는 것이다. 그렇다면 우리는 일본인의 일거수일투족을 모방함으로써 그들의 차별을 회피하고자 했던 부르주아 지식인을 상상할 수도 있지 않겠는가.

물론 이병주의 작품 대부분은 1970~1980년대에 씌어진 것들이다. 하지만 상당수가 현재가 아닌 과거의 이야기를 기록하고 있다는 점에서 이병주는 전후 작가로서의 면모를 갖추었다고 할 것이다. 일제 시대의 작가들과는 사정이 다르지만 본인이 일제 시대를 겪었으며 또한 이데올로기로부터 자유로울 수 없는 시대를 살았다고 했을 때, 이데올로기에 대한 이병주 문학의 태도는 상당히 독특한 것이다.

이를테면 『지리산』의 하준규를 보자. 그는 중앙대학 법학부 출신으로 부르주아이며 작가 본인과 마찬가지로 학병 세대이다. 그는 학병을 거부하고 지리산으로 가 보광당을 조직한다. 이쯤 되면 그가 빨치산을 택했으리라고 쉽게 짐작할 수 있다. 하지만 그는 공산당에 가입하는 데 오랜 고민을 한다. 공산당원이 된 후에는 조직의 권위주의에 반발하면서 결국에는 탈당하고, 보광당에 복귀하지 않고 독립 부대를 이끌게 된다.

그는 좌파인가 우파인가. 단순히 그 어느 쪽도 아니라는 말만으로는 부족하다. 그는 '좌'와 '우'로 단순화된 경계들을 넘나들면서 개인적인 삶의 방식을 역사 속에서 실천하려는 지속적인 노력을 보이고 있기 때문이다. 역사는 개인의 관점으로 과거를 조망한다. 그 과정에서 이데올로기화되지 않은 개인의 삶은 역사의 그늘 속으로 사라지게 마련이다. 그런 점에서 역사의 저류에는 기록되지 않은 수많은 개인이 있다. 사실상 역사라는 것은 이러한 '기록으로서의 역사'와 '삶으로서의 역사' 사이의 끊이지 않는 갈등과 투쟁이라고 볼 수 있다. 그렇다면 하준규는 이러한 갈등과 투쟁을 몸소 보여주는 흔치 않은 인물이라고 하겠다. 그는 기록으로서의 '역사 밖'에 존재하는, 그러나 진정한 삶으로서의 '역사'를 보여주는 인물이기 때문이다.

이병주가 창조한 주인공들이 독특하다는 것은 그들이 자신의 한계를 인정하면서 동시에 한계를 뛰어넘기 위해 목숨을 바치는 열정적인 인물들이기 때문이다. 따라서 이병주의 문학은 최인훈의 『광장』 같은 이데올로기 문학과도 구별된다. 이병주는 이데올로기의 바깥을 '추구'하는 인물이 아닌 이데올로기의 경계를 '살아내는' 인물들을 소설 전면에 내세우고 있기 때문이다.

이와 관련하여 이병주 문학을 한층 풍부하고 매력 있게 만드는 것은 그의 소설에 등장하는 로맨스일 것이다. 10년 전이었다면 나는 아마도 이러한 로맨스를 이병주 문학의 가장 큰 단점으로 지적했을지도 모르겠다. 하지만 몇 년 전 처음으로 이병주 문학제에 참석하면서 나의 이런 생각은 상당 부분 바뀌었다. 만약 이병주가 자신이 살아내지 못한 농민 출신의 빨치산을 기록했다면 어땠을까. 자신의 계급과 삶을 드러내지 않는 방식으로 역사에 참여하고자 했다면 어땠을까.

이분법에 함몰되지 않는 그의 문학은 따라서 좌우 이데올로기에 한정되지 않고 보다 다층적이다. "역사는 산맥을 기록하고, 내 소설은 골짜기를 기록한다"고 했을 때 그는 골짜기에 해당하는 삶을 기록함에 있어서도 '민중'이라는 집단화된 개인보다는 '순수한 나'라는 역사 저변의 개인에 보다 충실하고자 했던 것이다.

최근 이병주 전집을 읽으며 나는 복잡해진다. '나'가 아닌

'타인'의 삶을 소설로 쓰고자 했던 사람이 바로 나이기 때문이다. 소설은 단순히 바라보는 자의 것이 아니라 살아내면서 바라보는 자의 것임을 나는 이제야 깨닫기 시작한 모양이다. 그런 의미에서 고 이병주 선생의 소설은 나의 글쓰기가 추구해야 할 어떤 희망을 보여주었다고 할까. 고개가 숙여지고 마음이 경건해진다.

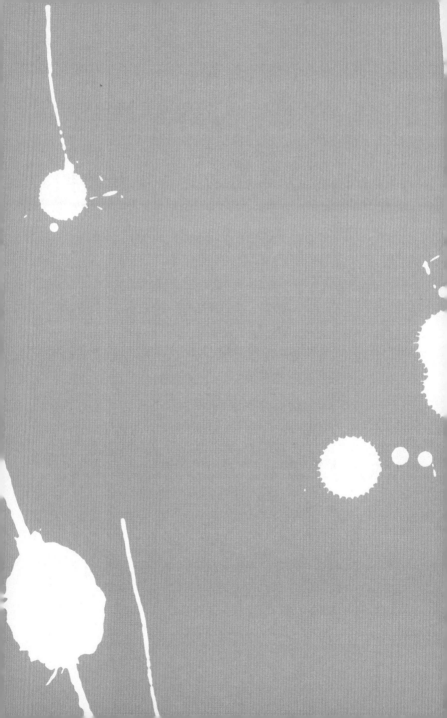

# Ⅱ. 우리에게 당신은 큰 산이었습니다

# 작가로서의 출발 시기에

박완서 소설가

이병주 선생님이 남기신 작품이 워낙 방대하기도 하거니와 거의가 유장한 대하소설이고, 전작으로 쓰신 게 아니라 잡지나 신문에 오랫동안 연재한 것들이어서 여러 작품을 접할 기회는 많았지만 완독한 작품은 없습니다. 아주 안 읽었다고도 못 하겠고, 다 읽었다고도 못 하겠는 입장이어서 작품에 대해서 뭐라고 말한다는 것은 장님이 코끼리 만지고 아는 척하는 것과 다름없어서 안 하고 싶었습니다.

그러나 이병주 선생님을 기리는 자리라면 일정한 역할을 해야 하는 게 아닐까 싶을 만큼 저는 선생님으로부터 큰 은혜를 입은 귀한 추억을 가지고 있습니다. 선생님은 제가 장편 『나목』으로 문단에 얼굴을 내밀고 나서 그 작품을 가지고 저에게 아는 척을 해준 최초의 기성 작가였습니다. 저는 문예지가 아닌 여성지를 통해 등단했는데 당선 소식이 신문에 나자 제일 먼저 축하 전화를 걸어준 건 동창이자 이미 문단에 나온 지 오래된 한말숙

작가였습니다. 그는 너는 언제고 글을 쓸 줄 알았다며 반기면서
도 이왕이면 문예지를 통해 나오지 여성지에 투고를 했냐며 아
쉬워했습니다. 그 소리를 듣고 의기소침해 있는 중에 시상식이
있었습니다. 저는 시상식에는 으레 심사위원들이 나올 줄 알았
는데 다섯 분이나 되는 심사위원 중 한 분도 참석하지 않았습니
다. 요즘처럼 거창한 시상식이 유행할 때가 아니어서 《동아일
보》 사장실에서 거행한 조촐한 시상식은 그런대로 제격에 맞는
다고 생각했지만 심사위원을 한 분도 알현할 수 없다는 건 여간
섭섭한 일이 아니었습니다. 그 후 전해 들은 바로는 신문사에서
그분들을 초대하지 않아서 못 왔다는 것이었지만, 저를 뽑아준
선배 문인으로부터 따뜻한 격려의 말을 직접 듣고 싶었던 저는
얼마나 실망스러웠는지 모릅니다.

　그 후 제 처녀작 『나목』은 《여성동아》 부록으로 나왔고, 《여성
동아》에 실린 심사평을 볼 수 있었습니다. 뽑아준 분들이니까
좋은 평을 해주었지만 작가가 특수한 자기 경험을 형상화했기
때문에 일회적인 작가가 될 것 같다는 게 공통된 의견이었습니
다. 저는 그때 앞으로 쓰고 싶은 이야기들이 머릿속에서 엉키고
들끓고 있을 때여서 처녀작이 마지막 작품이 될 것 같다는 우려
는 최악의 불길한 예언이었습니다. 예언이 들어맞으려는지 등
단만 하고 원고 청탁 한 번 못 받아봤을 때 이병주 선생님이 인
편으로 저에게 전갈을 해오셨습니다. 『나목』을 정말 좋게 읽었
다면서 앞으로 잘 쓸 것 같다는 격려의 말씀을 이웃에 살고 있
던 동아방송 성우를 통해 전해 주셨던 것입니다. 이웃이었을 뿐
만 아니라 친구로 절친하게 지내던 그 성우는 이병주 선생님의

칭찬이 대단하니 만나 뵙고 싶으면 주선을 해주겠다고 했지만 사양했습니다. 칭찬을 해줬다고 허둥지둥하기에는 그때 저는 나이가 많았고 나이에 비해 수줍음도 많이 타는 변변치 못한 성격이었습니다.

문예지에 한두 번 지면을 얻게 된 후 우연히 선생님을 만나 뵐 기회가 생겼습니다. 그 자리에서도 『나목』을 극구 칭찬해 주셨고 앞으로 잘 쓸 거라는 덕담도 해주셨습니다. 『나목』을 일본의 여류 작가가 쓴 『만가挽歌』라는 소설과 비유해 말씀하신 것도 생각이 나는데 지금 저는 그 일본 작가의 이름을 잊어버렸고 『만가』를 구해 읽지도 못했습니다.

여성지 부록으로 나온 제 소설까지 읽어 주셔서가 아니라 이병주 선생님은 제가 아는 어떤 작가보다도 책을 많이 읽는 작가였다고 기억됩니다. 늘 티 안 나게 문고본 책을 뒷주머니에 찔러 넣고 다니셨고 동서의 고전뿐 아니라 당시의 화제작, 문학·철학·사회·과학의 최신 해외 이론서에도 해박하여 어떤 고담준론의 자리에서도 막힘이 없으셨습니다. 그러면서도 날카롭지 않고 무던하셔서 그분 곁에서는 저처럼 아는 것이 편협하고 얕은 사람도 열등감을 느낄 필요 없이 편안했습니다.

그 후 뵐 기회가 자주 생겼는데 제가 등단 5년 만에 《동아일보》와 《문학사상》에 동시에 연재를 시작하여 바쁜 작가가 되었을 때인데, 그분도 저하고 같은 시기에 《문학사상》에 『행복어 사전』을 연재에 들어갔기 때문입니다. 1970년대 중반이니까 원고 쓰는 일은 누구나 수작업이었고, 원고를 잡지사에 건네는 일도 작가가 직접 가든지 누구를 시키든지 간에 사람의 품이 드는 일이었습니다. 자연히 문예지 편집실은 문인들의 사랑방 같은 구실을 했고 이병주 선생과 저도 간혹 마주쳤습니다. 당시의 이어령 주간으로부터 점심을 대접받거나 문학 강연 같은 데 같이 불려 다니기도 했습니다. 그래도 친구처럼 흉허물 없이 지내진 못했습니다. 문인으로서는 드물게 통이 크고 대범해 보이는 풍모가 오히려 후배가 기어오를 수 없는 거리감을 유지시켜 주었기 때문이라고 생각합니다.

그때가 답답하기 그지없는 유신 시대여서 그랬는지 모르지만 문학이 지금보다 대중들의 사랑을 많이 누렸던 것 같습니다. 《문학사상》뿐 아니라 유수한 문예지가 다달이 몇만 부씩 나가면서 전성기를 누릴 때였습니다. 덕택에 저도 많은 독자에게 읽히는 작가가 되었고, 같은 지면에서 역시 대중적인 사랑을 누린 『행복어 사전』도 거의 빠지지 않고 읽었습니다. 같은 시기에 《세대》에 연재하시던 『지리산』도 띄엄띄엄이지만 잡지가 손에 들어올 때마다 빼놓지 않고 흥미롭게 읽었습니다. 오래되어 자세한 줄거리는 잊어버렸지만 기억난다 해도 전문 비평가들이 즐비한 자리에서 작품론이나 하다못해 독후감 비슷한 말이라도 할 엄두를 어떻게 내겠습니까.

다만 『행복어 사전』과 관련해서 잊히지 않는 몇 구절은 짚고 넘어가고 싶습니다. 주인공이 대기자의 꿈을 가지고 입사한 신문사에서 배정받은 부서가 하필 교정부였다는 걸로 시작되는 소설인데, 교정부를 7포인트 활자 크기의 모래알이 끝간 데 없이 깔린 망망한 사막으로 표현하고 있고, 무미건조한 사막의 이미지는 자주 반복됩니다. 비단 교정부원이 아니라도 자신이 쓴 소설을 교정봐야 할 일이 생길 때면 번번이 느끼는 거지만, 정확하게 교정을 보려면 감정 이입을 안 해야 오자가 눈에 들어옵니다. 감정 이입 없이 읽는 활자는 작가가 아무리 피를 짜내듯이 쓴 글이라 해도 사막의 모래알과 다름이 없습니다. 사는 게 하도 재미가 없어서 위로받으려고, 그러니까 감정 이입을 하고 읽어도 무슨 소리인지 잘 몰라 소설 속에 들어가는 것조차 거부당할 때면 이게 바로 활자의 사막이라는 거로구나 막막해지면서 자신의 소설 쓰기에 대해서도 심각한 회의를 하게 됩니다. 저 역시 남 말 하고 있을 처지가 아닌 동업자의 입장에서 이런 얘기를 하기가 민망하지만 소설의 위기가 풍문이 아니라 실제 상황이라는 걸 실감하게 됩니다. 이런 틈새를 외국의 통속 소설이 파고들어 상당 부분을 점유하고 있다는 소리를 들으면 모멸감마저 느낍니다.

그러면서 이병주 선생님은 엄청난 다작을 하고, 한 달에도 몇 개의 지면에 연재를 하면서도 인물들을 헷갈리거나 뒤바뀌지 않고 살아 있게 한 비결은 무엇이었을까 생각해 봅니다. 현시점에서도 아무 데나 들추고 읽어도 역시 읽힙니다. 소설이 읽힌다는 것만으로 신기하고 경의를 표하고 싶어집니다. 그 까닭을 제 나름으로 생각해 보았습니다. 다독하고 유식한 분이 덜 떨어진 지식 자랑이나 지적 유희로 독자를 피곤하게 하는 일이 없었다는 것, 적재적소에 배치한 성적 담론이나 음담패설이 독자를 쉬어가게 했다는 것, 자신의 파란만장한 경험에 상상력의 피를 통하게 해서 그의 소설 안에는 시대와 인간이 있었다는 것 등입니다. 그중에서도 물론 시대와 인간이 핵심이겠지요. 그건 사막에는 없는 것이고 소설의 본령에 충실했다는 뜻도 되니까요.

　마지막으로 일화를 또 하나 소개하고자 합니다. 1970년대였으니까 저도 자유실천문인회의와 같은 진보적 문인 단체에 이름을 올린 걸 은근히 으쓱하게 생각했고 유신 정책에 반대하는 문인들의 서명에도 열심히 동참했습니다. 그때 무슨 말끝엔가 그런 운동과는 거리를 두고 사시는 것 같은 이병주 선생에게 제가 좀 비꼬는 말을 했던 것 같습니다. 그때 그분의 대답이, 당신은 끌려가서 심문이나 고문을 당하고도 무너지지 않을 만한 강한 체력과 신념이 없다는 뜻의 말씀을 덤덤하게 하셨습니다. 대강 그런 뜻이라고 기억하고 있지만 사실은 반박할 수 없을 만큼 더 멋있게 말씀하셨는데 정확하게 옮길 수가 없습니다. 아마 좀 현학적이지 않았나 싶습니다. '잘도 빠져나가시네' 하고 그분 말씀을 속으로 삐딱하게 받아들였으니까요.

　지금 생각해 보니 그 이전에 그분은 충분히, 아니 과도하게 역사의 격랑 한가운데 있지 않았나 싶습니다. 역사는 시대의 격랑 한가운데서 희생당하거나 견인차 역할을 하는 투사도 필요하지만 그 와중에서 한 발짝 물러나 전체가 보이는 위치에서 바라보고 기억하고 증언하는 시선도 필요한 게 아닐까 싶습니다. 시대의 민감한 문제와 일정한 거리를 유지했기 때문에 오히려 서로 상호 작용하는 시대와 인간을 총체적으로 그릴 수 있었을 것이라고 생각합니다. 풍부한 상상력에서 우러난 소설적 재미도 재미이거니와 편견과 오해에 가려진 근세사의 진실을 목격자로서 증언하는, 실록에 가까운 진술 방법의 매력도 이병주 소설만의 아무도 흉내 낼 수 없는 미덕이라고 생각합니다.

# 시대를 온몸으로 살고 쓰고

**남재희**대한언론인회 발전기획위원회 위원, 전 노동부 장관

왕성한 작품 활동 시기의 나림의 일과는 오후 늦게 조선일보사 근처에 있던 일식집 '신원新園'의 카운터에서 시작되는 듯했다. 밤새워 글을 쓰고 늦잠을 잔 그는 부스스한 얼굴로 나타나 대개 손세일, 이종구, 이종호 씨 등 재주 있는 신문사 후배를 하나쯤 불러내어 생선회와 청주로 시동을 건다. 그러고는 맥줏집이나 살롱으로 행차다. 지나고 생각하니 그때 나눴던 이야기들이 그에게는 소설에 쓰인 대화의 연습이었던 것 같다. 나는 취하도록 마셨지만 그는 항상 적당히만 마셨다.

맥줏집 같은 데서 재기 넘치는 이야기꽃을 피우고 즐긴 그는 집에 가서 새벽까지 원고지에 글을 썼다. 그는 몽브랑 대형 만년필을 애용했다. 큼직해서 손이 덜 피로하고 줄줄 속도감 있게 써진다고 했다. 한 평론가의 글에 의하면 그는 한 달에 200자 원고지로 1천 장쯤 썼다고 한다. 하루에 30장 넘게 쓴 것이니 과연 글재주다.

그가 문인들과 술을 마시는 것은 거의 보지 못했다. 신문인이 대부분이고 고향 친구 아니면 사귀는 미모의 여인들이었다. 소설가 이병주에게 문단이란 의미가 없었다. 그 점이 다른 문인들에 비해 특이했다. 그랬기 때문에 끼리끼리가 관습인 문단에서 푸대접을 받은 것인지도 모르겠다. 그는 문단을 맴도는 화제성에서 벗어나 시대 문제를 다루었다. 스케일이 큰 작가였다.

문단의 교제가 얼마나 소원했나 하는 것은 서울대학병원 영안실에서 치러진 영결식에 문인들의 얼굴이 거의 안 보였다는 것만 해도 알 수 있다. 조사를 할 사람이 마땅치 않아 문인이 아닌 경찰 간부 출신의 학병동지회 친구 문학동 씨와, 역시 문인이 아닌 내가 그 역할을 맡은 데서도 짐작할 수 있을 것이다. 나는 준비된 원고도 없이 영구를 향해 그를 떠나보내는 아쉬운 심정을 토로했다.

나림을 처음 만난 것은 《조선일보》 문화부장으로 있던 1965년이었다. 시인 신동문 형이 찾아와 월간 《세대》에 이병주의 「소설·알렉산드리아」가 실렸는데 대단한 작품이니 관심을 가져달라고 했다. 《세대》에 나림을 추천한 사람도 신동문 시인이었다. 작품을 읽으니 드물게 보던 지성적 소설로, 스페인 내란 당시 프랑코Francisco Franco에 대항하여 싸우던 어니스트 헤밍웨이Ernest Hemingway, 앙드레 말로Andre Malraux, 조지 오웰George Orwell 등과 사상적 또는 심정적 맥을 같이 하고 있다는 느낌이 들었다.

당시 공주대학교 사범대학 교수로 있던 문학 평론가 유종호 씨에게 부탁하니 흔쾌히 평을 써주겠다고 했다. 대담하게도 문화면의 반 이상을 차지하는 길이의 평을 실었다. 그 무렵의 《조선일보》 문화면으로서는 박경리 씨의 『시장과 전장』을 크게 다룬 다음으로 두 번째 파격이었을 것이다. 그런 연유로 해서 《세대》의 편집장 이광훈 씨와 나는 나림과 아주 친한 사이가 됐다.

그 후 나림은 좋은 작품을 발표하기 시작했다. 빨치산 이야기인 장편 소설 『지리산』을 비롯해 『관부연락선』, 『산하』와 같은 작품으로 명성을 얻었다. 나도 그의 소설에 빠져들어서 연재되고 있던 『지리산』을 읽고는 같은 무렵 연재되던 선우휘 씨의 『사도행전』과 비교하면서 어줍잖은 평을 《신아일보》에 써주기도 했다. 그리고 「쥘부채」를 낼 때 글을 써 달라기에 아마추어 소설평을 써주었다. 그는 악법이라 일컫는 사회안전법의 해당자로서 느끼는 심정을 「내 마음은 돌이 아니다」라는 단편을 통해 드러냈다.

명성을 얻은 나림은 지나치게 다작을 했다. 일본 작가 마쓰모토 세이초松本淸張는 문하생들에게 작품을 대필하게 한다는 이야기가 있었다. 나림에게도 비슷한 소문이 나돌았다. 1970년대 중반 나는 그에게 외람되게도 충고를 했다. 다작보다는 몇 편을 쓰더라도 문학사에 남을 만한 작품을 쓰라고 말이다. 황순원 씨의 경우를 예로 들었던 것 같다. 그때 그의 답변은 "회갑을 지나면 그러마"였다. 그러나 어찌 된 일인지 나림은 다작을 계속했고 나중에는 소설에, 시사 평론에, 글을 지나치게 남발한다는 느낌마저 주었다. 물론 대단한 글재주이기에 어느 정도의 수준은 유지했지만 말이다.

그는 사치가 심했다. 빨간색 양말을 신는 등 몸치장이 사치스러웠다. 술도 코냑 등 고급으로 마셨다. 그가 막걸리나 소주를 마시는 것을 본 적이 없다. 1970년대에 스웨덴제 볼보 자동차는 귀했다. 그런 차를 기사를 두고 타고 다니며 스피드를 냈다. 한 번은 내가 정색을 하고 왜 그렇게 사치를 하느냐고 물었다. "형무소 생활을 하면서 출옥하면 사치하며 살겠다고 다짐했다"는 것이 그의 답변이었다. 부잣집 아들에게 2년여의 감옥 생활은 엄청난 고통이었을 것이다.

"태양에 바래지면 역사가 되고, 월광에 물들면 신화가 된다."
나림이 즐기는 구절이다. 또한 많은 독자들이 좋아하고 기억하고 있는 명문구다. 달빛과 신화를 연결한 구절은 서양의 글에서도 읽은 바 있어 나림의 독창은 아닌 것 같다. 그러나 햇볕과 역사를 관련시켜 그럴듯하게 만든 것은 나림일 것이다.
그의 소설을 읽으면 좋은 문장을 자주 만나게 된다. 일상의 대화에서도 서구적인 세련미가 있는 말솜씨를 접하게 된다. 내가 좋아하는 말은 "책을 쓰는 것은 독자만을 위한 것이 아니라 자신을 정리한다는 뜻에서 자기 자신을 위한 것이기도 하다"라는 말이다. 한번은 나림의 말솜씨가 유감없이 발휘된 적이 있다. 나림은 샹바르Roger Chambard 주한 프랑스 대사에게 1년 국비 유학을 부탁했다. 대사가 왜 프랑스로 가려고 하는지 묻자 나림은 "그 유명한 센 강에 오줌을 한번 갈기는 쾌감을 위해"라고 답변했다. 유머를 좋아하는 프랑스인인지라 샹바르 대사는 자기가 들은 것 중에 가장 그럴듯한 이유라며 즉각 승낙했다. 그렇게 따낸 유학을 나림은 당초 속셈대로 《조선일보》의 이종호 부장에게 넘겼다.

나림은 경남 하동에서 양조장을 경영하던 부잣집의 아들이었다. 일제 말기에 조혼한 후 일본으로 유학을 가서 메이지明治와 와세다早稻田 두 대학에서 프랑스 문학을 공부했다. 출세하기 위해 법학을 전공하는 일이 흔했던 당시에 프랑스 문학이라니, 그 것만으로도 벌써 멋이 있다. 전쟁 말기에는 학병으로 중국 대륙으로 끌려갔다. 가끔 "쉬저우 쉬저우 군바가 이꾸소(서주徐州 서주 군마는 간다)"라는 군가를 감상에 젖어 흥얼거리는 것을 보면 중국 중부 전선에 참전한 것 같다.

해방 후 그는 진주에서 교편을 잡았다. 해인 대학에 출강했다고 한다. 그리고 6·25 때 인민군이 진주까지 점령한 상황에서 부역을 한 것 같다. 그는 "6·25 때 인민군의 문화공작대가 되어 〈살로메〉 연극을 연출하기도 했지"라고 말하면서 전란 중에 신약 성경에 나오는 〈살로메〉를 연출한 것을 재밌어했다. 6·25 때의 아픈 상처를 좀 더 자세히 알아두었더라면 좋았을 것을 후회스럽다. 그는 진보 사상을 갖고 있었던 만큼 문화공작대가 되는데 큰 저항을 느끼지 않았을지도 모른다. 오히려 미지의 체제에 대해 호기심을 느꼈을 수도 있겠다 싶다.

그는 지리산 일대의 공산군 활동에 관해 『지리산』에서 보여주었듯이 아는 것이 많다. 신문에 표절 시비가 나기도 했지만 이태의 빨치산 부대 실록 『남부군』의 원고를 사전에 받아보고 그것을 참고로 삼았다. 표절 시비를 설명하자면, 이태는 『남부군』의 머리말에서 "어떤 경위로 한 문인에 의해 기록의 일부가 소설 속에 표절되기도 했고……"라고 썼다. 나림은 『지리산』 후기에서 "이 소설의 마지막 부분은 등장인물의 한 사람인 '이태'의 수기가 없었다면 가능하지 않았을 것이다"라고 밝히고 있다.

근래의 믿을 만한 언론계 간부의 수소문에 의하면 나림이 전란에서 무사한 데에는 김종삼 시인이 관련되어 있다고 한다. 나림의 부친이 김 시인에게 구명을 호소하여 해결했다는 것이다. 김 시인의 형은 지리산 토벌을 맡았던 김종문 사령관으로 그럴 듯한 이야기다.

최근 어느 신문에 나림이 '빨치산'이었다는 칼럼이 실렸다. 말은 하기에 달렸다. 지리산 일대의 일이기에 더욱 그렇다. 나는 지리산 자락 출신 어느 정치인의 부친이 '빨치산' 운운하는 비방을 하기에 이런 해석을 들려주었다. "서울에서 활동했더라면 사상가로 불렸을 것이고, 여타 지방에서면 빨갱이로 낙인찍혔을 것이다. 그러니 지리산에 있었으면 빨치산으로 지칭되는 게 아닌가." 진보 경제학자인 고 박현채 교수가 빨치산 경력이 있다는 것은 본인도 밝힌 바 있다. 그것도 그가 지리산 자락에서 태어나서 그런 것이고 다른 곳에서 자랐다면 그냥 좌익했다고 알려졌을 것이다. 어감에서는 대단한 차이가 난다.

지리산에서 총 들고 싸우는 이미지인 빨치산과 나림은 맞지 않는다. 더구나 3대와 5대 국회위원 선거에서 두 번이나 고향인 하동에서 출마까지 했을 정도가 아닌가. 아마도 가벼운 부역 정도로 처리되었기에 출마가 가능했던 것이라고 본다.

나림은 국회의원에 출마 낙선한 일을 한사코 숨겼다. 내가 운을 떼면 질색을 하고 바로 화제를 바꾸어버렸다. 하동에서 11대 국회의원을 지낸 이수종 의원의 말에 의하면 3대 때 나림이 무소속으로 출마했는데 경쟁자 측에서 꽹과리를 치며 "이병주는 빨갱이" 운운하는 전단을 뿌려 선거에 결정적인 타격을 입혔다는 것이다. 당선자 9,584표에 비해 3등인 나림은 5,836표를 얻었다. 5대 때에는 참의원, 민의원으로 나뉘었고, 그는 민의원으로 출마했다. 4·19 후의 격동 속에서 그는 무소속이지만 진보 노선을 표방하며 출마했는데 당선자의 1만 2,935표에 비해 나림은 비록 3등이지만 8,434표라는 엄청난 득표를 했다. 선거를 해본 사람들은 짐작하겠지만 당선권이었다. 그 후 나림은 정치는 아예 단념했던 것 같다. 얼마 있어 5·16군사정변이 나고 나림은 혁신계로 몰려 2년여의 형무소 생활을 하게 됐다. 《국제신보》에 쓴 중립화에 기운 통일 관계 글들이 문제가 되었다. 그 무렵 그는 "우리에겐 조국이 없다. 다만 산하가 있을 뿐이다"라는 그럴듯한 함축의 멋진 이야기를 했다. 옥중에서 구상한 것이 「소설·알렉산드리아」였다. 그 전에 쓴 소설이 있기는 하지만 중앙 문단에는 알려지지 않아 그것이 데뷔작으로 간주됐다.

그가 세상을 하직한 후 북한산 양지바른 언덕에 그의 어록비가 세워졌다. 의정부 방면에서 올라가는 국립공원 초입에 위치하고 있는데 두뇌 회전이 빠른 사람이 기념비나 문학비가 아니고 어록비라는 아이디어를 낸 것 같다. 나림의 수필에 북한산에 관한 것이 있는데, 북한산을 알고 난 후 자기의 인생이 달라졌을 정도로 북한산에 매료되었다는 찬미다. 그러니 국립공원 관리공단에서 흔쾌히 어록비를 허락할 수밖에.

어록비의 제막식에 가보니 참석한 사람들은 혁신 정객인 송

남헌, 통일 운동가로 알려진 박진목, 작가 한운사, 그리고 같은 동네 출신인 여배우 최지희 씨 등 단출했다. 그래도 자연석에 각자한 훌륭한 어록비여서 다행이다 싶었다. 나림의 행운이다.

나림의 문학 세계에 대한 평가는 전문 문학 평론가에게 미룰 수밖에 없다. 그러나 그이만큼 독서의 폭과 체험의 양이 많은 작가, 격동의 시대를 몸으로 살아내고 큰 스케일로 기록한 소설가를 나는 알지 못한다. 발자크Honoré de Balzac를 거의 따라잡았다고나 할까. 그의 소설들은 비교적 균형 잡힌 우리 시대와 닮았다. 한반도에 국한되지 않는 국제적 차원의 안목이고 맥락이다.

나는 알게 모르게 나림에게서 많은 영향을 받았다. 프랑스 문화의 영향을 많이 받은 그와의 교류를 통해 감각적인 면에 있어서 촌티를 좀 벗었다고 할까. 지식의 양이나 글재주는 턱없이 모자라고 여자 문제는 그가 자주 쓰는 어법대로 '뿐도 없다'는 낙제점이지만 말이다.

나는 호남대에서 객원 교수로 정치사를 강의하며 해방 전후와 6·25를 잘 모르는 학생들에게 그 시대를 실감 있게 이해하기 위해서는 약간 오른쪽 소설로는 「불꽃」 등의 선우휘, 약간 왼쪽으로는 『태백산맥』 등의 조정래, 그리고 비교적 중도로는 『지리산』 등의 이병주를 읽으라고 권고했다. 아주 최근에는 나림의 소설 모두를 완독했다는 한 신문사의 논설위원을 만나 나림의 영향력을 새삼 실감했다.

서울대학교 법과대학 학장을 지낸 안경환 교수는 본격적인 문학 평론가는 아니지만 그의 수준은 대단히 높아 『법과 문학 사이』라는 책도 펴냈다. 거기에서 그는 '다시 읽고 싶은 명작—

이병주 「소설·알렉산드리아」 라는 제목의 글을 썼다. 참고로 일부를 소개하면 다음과 같다.

3·1운동 직후 탄생했기에 짧은 기간 동안에 엄청난 폭과 깊이의 체험을 할 수 있었던 축복받은(?) 세대에 속하는 그는, 개인적으로도 고관대작에서 깡패·작부에 이르기까지 각계각층의 '친구'를 가졌던 사람이다. 특히 사상범으로서의 그 자신의 옥중 체험이 법제도에 대한 본격적 성찰에 깊이와 폭을 더해 주었음은 물론이다.

# 풍류와 멋의 작가

이광훈 《경향신문》 고문

## 일식집 '신원'과 기꼬만 간장

짙은 감색紺色 또는 검은 순모 정장에 자색 넥타이와 자색 양말. 한쪽 손에는 일본이나 프랑스의 원전 문고판을 들고 있는 경우가 많다. 서울 광화문이나 청진동 근처에서 자주 볼 수 있었던 나림 이병주의 모습이다. 그의 하루는 그런 정장 패션과 함께 오후 서너 시부터 시작된다. 태평로 조선일보사 뒤 편에 있었던 '알리스' 다방이나 코리아나 호텔 2층 커피숍이 나림이 그날 하루의 일정을 보내면서 친구도 만나고 '업무'도 처리하는 단골 장소였다.

오랫동안 관찰한 바에 따르면 공식적인 업무나 별도의 의전儀典이 필요한 사람은 코리아나 호텔 커피숍에서, 스스럼없는 술친구들이나 특별한 용건 없이 담소하는 문우들과는 주로 알리스 다방에서 만나곤 했다. 나림의 하루 일과가 오후 서너 시경에 시작되는 것은 거의 매일 저녁 술자리를 순례하는 데다 집에 들어가서 늦게까지, 때로는 새벽까지 집필을 하느라 오전 시간은 대부분 잠을 보충하거나 휴식 시간으로 할애하기 때문이다.

다방에서 친구들과 담소하며 시간을 보내다가 해가 기웃해질 쯤이면 역시 같은 골목에 있는 일식집 '신원'으로 자리를 옮긴다. 신원이 30년 넘는 단골집이다 보니 미국 뉴욕에 장기체류할 때도 서울에 오면 반드시 이 집에 들리곤 했다. 물론 나림의 술자리는 관철동이나 청진동, 무교동 등 자리를 가리지 않았지만 술집 순례의 출발은 대개 광화문에 있는 신원에서 시작하곤 했다.

이처럼 술집 순례의 베이스캠프로 삼아주는 나림에 대한 감사의 뜻으로 신원에서는 해마다 연말이면 일본에서 수입한 '기꼬만 간장' 한 병을 따로 준비했다가 슬며시 건네주곤 했다. 요즘이야 기꼬만 간장도 백화점이나 대형할인점에서 1리터짜리 한 병에 4~5천 원에 살 수 있는 세상이 되었지만 그때만 해도 유명 일식집에서나 맛볼 수 있는 참으로 귀한 간장이었다. 지금도 횟집이나 일식집에서 기꼬만 간장을 보면 유난히 그 간장을 좋아하던 나림을 떠올리곤 한다.

### 「소설·알렉산드리아」의 사연

나림 이병주를 처음 만난 것은 1965년 초여름, 그의 데뷔 작품 「소설·알렉산드리아」가 실린 《세대》 6월호가 나온 직후였다. 원고료도 받고 자신의 데뷔 작품을 게재한 잡지 편집팀과 인사도 할 겸 당시 북창동 서울 시경 뒤에 있던 《세대》 사무실로 찾아온 것이다. 마침 이병주의 작품을 처음으로 소개한 편집위원 신동문도 사무실에 나와 있었다.

신동문 시인은 이병주의 작품을 내게 처음 소개한 분이다. "내가 잘 아는 언론인이 있다. 5·16군사정변 직후 잡혀가서 3년 옥고를 치르고 나온 사람인데 옥중에서 소설을 썼다길래 가져와 보라고 했는데 한번 보겠느냐"며 「소설·알렉산드리아」를 소개한 것이다. 처음에는 기껏 옥중기 정도겠지 하는 생각으로 원고를 받아서 한쪽에 밀쳐두었다. 그러나 어느 날 원고 첫 장을 읽기 시작하면서 500장 규모의 소설에 그대로 빠져들었다. 이병주의 소설은 그만큼 독자를 끌어들이는 흡인력이 있었다.

소설을 읽은 뒤에는 한동안 멍한 채로 앉아 있었다. 무엇보다 화려한 문체에다 탄탄한 구성, 한번 빠져든 독자를 끝까지 놓지 않는 강한 흡인력 등 '우리나라에도 이런 작가가 있었구나' 하는 충격 때문이었다. 6월호에 실을 몇 편의 소설이 있었지만 그 작품들을 모두 미루고 「소설·알렉산드리아」 한 편만 싣기로 했다.

나림이 보내온 작품의 원제목은 「알렉산드리아」였다. 그 앞에 '소설'이라는 두 글자를 집어넣기로 한 것은 내 고집이었다. 제목만 보고 자칫 알렉산드리아를 소개한 여행 안내서나 기행문으로 착각하기 쉽다는 일부 의견이 있었던 데다 우리 문단과 독자들에게 '이런 작품이 바로 소설'이라고 뻐기고 싶은 욕심도 있었다. 게다가 중앙 문단에 처음 소개하는 작품의 포장을 좀 그럴듯하게 하고 싶은 욕심도 있었던 터라 제목 앞에 '소설' 두 글자를 얹은 것이 지금까지 「소설·알렉산드리아」로 굳어지고 말았다.

나림도 제목 앞에 소설 두 글자를 붙인 것이 오히려 돋보인다며 좋아했다. 활자 크기도 종래 소설에 쓰던 8포인트 활자 대신 9포인트로 키우고 초교初校에서 강판降版까지 모든 공정을 내 손으로 했다. 책이 나온 뒤에 500장이 넘는 원고에 오자誤字라곤 '클라리넷'이 '클리리넷'으로 된 것 하나뿐이었다고 자랑했던 기억이 있다. 그럼에도 작가를 만난 것은 책이 나온 뒤였다. 작품이 안 실릴지도 모르는 상황에서 작가가 잡지사를 찾아오면 마치 작품 게재를 부탁하는 것처럼 보일 것 같아 망설였을 것이다. 편집 책임을 맡은 나로서도 하루하루 마감에 쫓기는 데다 막상 만나볼래도 전화번호조차 모르니 연락할 길이 없었다. 그때는 전화라는 것이 귀했던 시절이었다.

### 외제 리무진과 나림식 '상황구성'

이처럼 나와 나림 이병주와의 첫 만남은 책이 나온 뒤에 나림이 편집실을 찾아오면서 이루어졌다. 원고료와 게재 잡지 기증 등 사무적인 일이 끝나자 나림은 오랜만에 '눈먼 돈'이 생겼으니 점심을 사겠다며 일어섰다. 주춤주춤 따라갔더니 시경 정문으로 들어가는 게 아닌가. 출입 절차도 없이 정문으로 들어서자 보초를 서던 순경이 뭐라 뭐라 큰 소리로 구호를 외치며 경례를 붙였다. 촌닭이 관가에 간 듯 어리둥절해 있는데 시경 안 마당에 서 있던 외제 리무진이 스르르 다가오더니 우리 앞에 멈춰 섰다.

신동문 등과 함께 찾아간 음식점은 광화문 네거리 동아일보사 뒤켠에 있던 '일력–カ'이라는 일식집이었다(그 일식집은 오래 전에 없어졌다). 그날 점심 자리에는 나와 신동문 말고도 몇 사람

더 있었던 것 같다. 어쨌든 그날 점심에는 오후 약속을 지키지 못할 정도로 술을 많이 마셨다. '일력'에서 처음 시작된 나림과의 만남은 그 뒤에도 조선일보사 뒷골목의 '신원'과 무교동에 있던 '삼원' 등 주로 일식집에서였다.

처음 만났을 때의 시 경찰청 주차장, 큰 소리로 구호를 외치며 경례를 붙이던 보초 경찰청, 외제 리무진 등등이 처음 만나는 사람을 겨냥한 나림식 '상황구성'의 하나라는 것을 깨달은 것은 세월이 한참 흐른 뒤였다. 나림식 상황구성은『관부연락선』에도 나온다. 교사도 학생도 좌우로 편이 갈라져 이데올로기 투쟁을 벌이고 있는 C고교 교사로 부임한 유태림이 문제의 학급을 평정할 때도 상황구성이라는 구절이 나온다. 한동안 타고 다녔던 스웨덴제 볼보 자동차도 나림식 상황구성을 위한 필수적인 이기利器였다.

시동 걸 때마다 L-19 정찰기 뜨는 소리가 나던 볼보 자동차와 함께 듀퐁이나 던힐 등 외제 고급 라이터와 금빛으로 도금한 담배 케이스, 프랑스어 문고판 등은 상황구성을 위한 소도구였다. 나림은 약속 장소에 도착하면 먼저 담배 열 가치가 들어 있는 납작한 금박 담배 케이스와 고급 라이터를 탁상 위에 놓는다. 더러는 카르티에 같은 명품을 내놓는가 하면 고색창연한 휘발유 라이터 지포를 갖고 나오는 날도 있었다.

그런 명품 취미를 조금은 못마땅하게 생각해 오던 차에 한번은 술기운을 빌어 "그까짓 담뱃불 한번 붙이는데 일회용 라이터도 좋은데 굳이 외제 명품만 고집할 게 뭐 있습니까"라고 시비했더니 우문愚問에 대한 나림의 현답賢答이 돌아왔다. "허허, 이 장군. 이 장군 말대로라면 굳이 양복에 넥타이를 골라 맬 필요가 어디 있겠소. 몸뻬만 입으면 되지. 옷은 물론이요 몸에 지니는 작은 물건 하나에도 미학이 깃들어야 하는 거요." 이어서 영국제 던힐과 프랑스제 듀퐁 라이터가 세계 시장을 놓고 싸우는 D＝D 싸움이 20세기의 영·불전쟁이라느니 광화문 네거리의 교보빌딩이 듀퐁 라이터와 외양이 같다는 둥 라이터에 대한 이야기가 펼쳐졌다. 그리고 1966년에 나온 프랑스 영화 〈남과 여Un Hamme Et Une Femme〉의 여주인공 아누크 에메Anouk Aimée 고비 때마다 담배를 물고 지포 라이터로 불붙이는 명장면을 상기하곤 했다. 마치 여송연처럼 굵직하게 생긴 나림의 몽블랑 만년필이 지금도 눈에 선하다.

### 육군 이등병이 장군 된 사연

나림이 나를 '이 장군'으로 부르기 시작한 것은 나의 뒤늦은 군복무 때문이었다. 《세대》에 「소설·알렉산드리아」가 발표된 지 2년 6개월쯤 지난 1967년 12월, 나는 뒤늦게 육군에 입대했다. 누구 말처럼 멀쩡하게 사회생활을 하다가 군대에 가는 바람에 세상살이를 거꾸로 한 셈이 되었으니 이래저래 입방아에 오를 만했다.

훈련을 받는 동안 성탄절과 새해를 맞는 것은 흔히 있을 수 있는 일이지만 군에 입대한 줄 모르고 보내온 연하장을 회사에서 한데 묶어 훈련소로 보내온 것이 사단이 났다. 주월 한국군 사령관 채명신 장군이 보낸 것을 비롯해 이름 석 자만 대면 다 알 만한 분들이 보낸 연하장이 뭉치로 배달된 것이다. 명사들의 연하장 때문인지 나에 대한 부대 기간병들의 마음 씀씀이가 달라졌다. 조교나 내무반장 등이 휴식 시간에 담배를 권하기도 했오 "이 훈병도 사회에 있다가 늦게 군대 와서 고생이오"라며 위로하는 이도 있었다.

훈련받는 중에 휴식 시간이나 일요일 같은 때는 엽서를 쓰곤 했다. 나림은 물론 신동문, 민병산 등 서울이 그리울 때마다 엽서를 썼다. 주소가 적힌 수첩은 없었지만 한국기원이나 잡지사 쪽으로 보내면 틀림없이 전달되곤 했다. 모두들 바쁜 몸이었지만 민병산은 짤막한 엽서에도 긴 답장을 보내왔다. 훈련소에서 6주간의 기본 교육을 받고 배치된 곳이 육군 본부였다. 당시의 욕심으로는 창간된 지 얼마 안 된 일간 《전우신문》(요즘은 《국방일보》로 제호가 바뀌었다) 같은 데서 복무하고 싶었지만 군에서는 '소도구'나 다름없는 사병이 자신이 바란다고 해서 원하는 근무처를 선택할 수 있는 것은 아니었다.

육군 본부에서는 복지 센터에서 근무했다. 복지 센터는 육군 본부에 근무하는 장병들을 위한 종합 피엑스 같은 곳이었다. 4~5층 건물에 각종 잡화를 파는 매점이 있고 계급별로 나누어져 있는 식당, 이발관, 기원, 서점, 담배 가게 등이 있었다.

내가 맡은 일은 아침부터 저녁까지 담배를 팔고 일과를 마치면 사무실로 올라가 그날의 매출표와 함께 판매 대금을 입금하는 일이었다. 그런데 문제는 담배 한 가지 품목만 취급해도 저녁 결산 때는 꼭 돈이 빈다는 점이었다. 물론 그중에는 선임이랍시고 외상을 달아놓고 나타나지 않는 경우도 있었지만 대부분은 거스름을 잘못 계산해 내주었기 때문이었다. 매번 모자라는 금액만큼 돈을 물어야 했다.

　나림으로부터 '장군'이라는 칭호를 듣게 된 것은 담배 가게에 근무하던 때 그가 느닷없이 육군 본부 면회실에 나타나면서였다. 면회 왔다는 연락을 받고 나갔더니 나림의 환한 미소가 나를 맞았다. 그때 나림이 그 볼보 자가용을 타고 왔는지 어쨌는지는 기억에 없다. 다만 당대의 내로라하는 작가를 면회실에 모시는 것이 송구해서 정문 앞에 있는 '청조' 다방으로 모신 것이 기억난다. 무슨 일을 하느냐고 묻길래 담배 팔고 있다고 답했더니 폭소를 터뜨렸다. "아니, 10만 대군을 지휘할 장군감이 이등병 계급장 달고 담배를 팔아? 이거야 원, 대한민국 국군이 이렇게 인재를 몰라봐서야" 하며 껄껄 웃었다. 그러면서 자신이 학병으로 있을 때의 에피소드를 들려주며 위로하는 일도 잊지 않았다. 그날 이후 나림은 약간 장난기를 섞어 나를 이 장군으로 부르기 시작했고 그 호칭은 제대한 뒤에도, 그가 이승을 뜰 때까지도 바뀌지 않았다.

**짧은 기간에 탁월한 재능을 소진**

　대부분의 '학병 세대'가 그렇듯이 나림도 1940년대부터 20여 년 동안 격동의 시대를 살았다. 학병 세대들은 중학교 때 이미 만주사변과 중일전쟁이 터지는 것을 보았고 성년이 되자 학병으로 끌려가 중국이나 남양 전선에서 총알받이가 되어야 했다. 그런가 하면 해방 후에는 좌우 이데올로기 싸움에서 어제의 친구가 등을 돌리는 것을 보아야 했다. 6·25와 자유당 독재 정권을 거쳐 4·19와 5·16 등등 한국 현대사의 격동기를 온몸으로 겪어온 세대였다.

'국가불행國家不幸 시인행詩人幸'이라는 옛말도 있지만 나림을
비롯한 학병 세대들은 그 험난한 시대를 어렵게 살아왔다. 그러
나 그것은 또한 나림 같은 작가에겐 마르지 않는 소재의 샘이
되어주었다. 참으로 역설적이지만 나림의 여러 소설에 등장하
는 실명과 실제 인물들을 보고 있노라면 기록자로서의 작가가
되고자 했던 나림에겐 그 질풍노도의 시대가 아무리 퍼내도 고
갈되지 않는 수원水源이었다는 생각이 든다.

그런 시대를 살았기 때문인지 나림은 어느 누구보다도 많은
지인들과 교분을 나누었다. 우리나라 각계각층에 나림의 친구
가 없는 곳이 없다는 표현은 결코 과장이 아니었다. 언젠가 나
림이 친상을 당했대서 동대문구 이문동으로 문상을 갔다가 문
상객이 많은 것을 보고 놀란 적이 있다. 정계, 재계, 법조계 인
사에다 예비역 장성에 이르기까지 그야말로 이 나라의 내로라
하는 제제다사濟濟多士들이었다. 그동안 실화 소설로 읽었던 '상
하이 박'이라는 전설적인 인물도 그날 빈소에서 처음으로 인사
를 나누었다. 문상을 왔으면서도 화려한 정장 차림이었던 것이
오랫동안 기억에 남아 있다. 그날 빈소에 문상 왔던 인물 중에
는 나림의 소설에 실명으로 등장한 사람이 상당수 있었다. 이처
럼 각계의 다양한 인물들과의 교우 관계가 나림의 소설을 살찌
우는 또 하나의 요소가 되었음은 더 말할 것도 없다.

돌이켜보면 뒤늦게 시작한 나림의 미국 생활이 그의 수명을
단축한 원인이 아니었을까 하는 생각이 든다. 나림의 부음을 듣
고 서울대학병원을 찾았을 때 오랫동안 나림의 소설에 삽화를

그렸던 이순재 화백이 와 있었다. "서울에 있으면서 나하고 북한산에나 다녔으면 그런 몹쓸 병도 안 걸렸을 텐데……." 이 화백은 나림이 서울에 왔을 때 주저앉히지 못한 것이 한이 된다고 했다.

나림을 마지막으로 만난 것은 뉴욕에 체류하던 시절, 무슨 일인가로 잠깐 서울에 다니러 왔을 때였다. 서울에 있는 몇몇 지인들이 연락을 받고 광화문의 '신원'에 모였다. 속눈썹이 자꾸 안으로 파고들어 할 수 없이 쌍꺼풀 수술을 했다며 쑥스러워 하기도 했다. 자리를 같이했던 한 분이 『대통령들의 초상』에서 박정희 대통령을 지나치게 비하한 대목이 있다며 항의하자 끝까지 읽어보고 얘기하라며 논쟁을 피하던 모습도 기억이 난다.

나림이 이승을 뜬 지 벌써 15년이 흘렀다. 나림이 살아 있다면 올해(2007년)로 87세, 아무리 상상해도 미수米壽를 앞둔 나림의 모습이 쉽게 떠 오르지 않는다. 1967년 청마 유치환이 59세 나이에 교통사고로 숨지자 미당 서정주가 "허어, 그 나이에 벌써 이승에서 할 일을 다 끝낸 모양인가"라며 애통해했다더니 나림이야 말로 고희를 갓 넘긴 그 나이에 벌써 이승에서 할 일을 다 끝냈던가.

한길사가 펴낸 이병주 전집에 실린 나림의 작품 연보를 보면 1970년 후반부터 약 10여 년 동안 집중적으로 많은 작품을 썼음을 알 수 있다. 장편 소설을 비롯하여 단편집, 수필집, 사상서적 등 수많은 저작이 이 기간 동안에 집중적으로 쏟아져 나왔다. 1978년부터 1992년 타계할 때까지 무려 100여 권이 넘는 작품집을 펴냈다. 이처럼 초인적인 작품 활동이 그의 수명을 재촉했는지도 모른다. 그 많은 저작 중에는 작품성이 현저히 떨어지는 것도 있고 굳이 나림이 쓰지 않았어도 됐을 것 같은 글도 눈에 뜨인다. 그런가 하면 한꺼번에 너무 많은 작품을 연재하다 보니 이미 다른 작품에 들어간 내용이 통째로 다른 작품 속에 들어가 있는 경우도 있다.

한국 문학사에 기록으로서의 문학이라는 큰 발자취를 남기고 간 나림 이병주. 각계에 친구도 많고 지인도 많았던, 그러나 문단에서는 누구보다도 외로웠던 나림 이병주. 탁월한 작가적 재능을 짧은 기간에 너무 값싸게 탕진하고 간 작가 이병주. 그의 문학적 궤적은 우리 현대사와 문학사에 그리고 많은 독자들의 가슴속에 오랫동안 깊이 각인되어 있을 것이다. 삼가 그의 명복을 빈다.

# 억압의 시대를 밝힌 휴머니즘의 불빛

**이종석** 전 중앙경실련 공동대표

사람의 기본적 자유라고 볼 수 있는 사상·결사·집회 등이 보장되지 않고 반공이 바로 국시라는 명분 아래 인권이 탈법적으로 유린되었던 자유당 말기에 나는 고등학교 교사였다.

자유당 독재에 반감을 가진 독재가 계속되어서는 안 된다는 생각을 가진 젊은이들이 비밀리에 회합을 가졌다. 부정과 불의 그리고 정경 유착으로 부패해 가는 나라 현실에 비분강개했다. 우리 힘의 무력함을 자탄하고 막걸리를 밤새워 마시고 토론했던 시절, 나는 변노섭을 알게 되었다. 변노섭은 지금은 유명을 달리했지만, 정의감과 열정, 명석한 두뇌 모두 나의 존경심을 불러일으켰다.

반독재 민주화 운동에 공감을 가진 열대여섯 명의 동지들이 창신학회라는 조직을 만들었다. 매주 모여 조국의 현실과 국제 정세에 관한 소견 발표회를 갖는 등의 활동을 했다. 변노섭도 동지로서 자주 만났는데 그는 당시 《국제신문》 논설위원이었다.

《국제신문》의 논설주필 겸 편집국장이 나림 이병주 선생이었다. 변노섭을 통해 나는 나림 선생과 자연스럽게 만나게 되었다.

나림 선생과 만나기 전 나는 「낫셀의 아. 아 민족주의의 고찰」, 「네루의 중립비동맹노선」이라는 시론을 《국제신문》에 게재한 적이 있었다. 나림 선생을 처음 만났을 때 박학다식하고 뛰어난 문인인 나림 선생에게 나의 글이 어떻게 비쳤을까 생각하며 부끄러워했던 기억이 지금도 생생하게 떠오른다.

나림 선생은 변노섭의 진주농고 은사이다. 때문에 나는 변노섭을 통해 나림 선생에 대해 잘 알고 있었다. 나는 제자 된 마음으로 나림 선생을 사숙했다. 또한 나림 선생을 자주 만나면서 좋은 충고도 많이 들었다.

어느 날 나림 선생이 느닷없이 나더러 《국제신문사》의 논설위원이 되면 어떻겠느냐는 제안을 하셨다. 나는 제의를 감사히 여기면서도 실력과 자신이 없다며 받아들이지 않았다. 《부산일보》 쪽에서도 같은 제의가 있었는데 같은 뜻으로 거절한 바 있다고 말씀드렸다. 이런저런 사유로 나림 선생과 친밀해졌는데 이 관계는 나림 선생이 고인이 될 때까지 계속되었다.


자유당의 3·15부정선거를 계기로 역사적 4·19혁명이 일어났다. 정치·경제·사회·문화 모든 면에서 민주화 운동이 불꽃처럼 타올랐고 교육계도 예외는 아니었다. 이승만 독재 체제 아래서 교육이 정권의 도구가 되었을 때 교사들은 얼마나 비참하고 무기력했던가. 그런 결과로 인한 아부, 아첨, 곡학아세는 교사의 주체성을 완전히 상실케 했다.

4·19 이후 한국의 교육이 얼마나 잘못된 방향으로 갔던가를 뼈저리게 체험한 교사들은 자각성 부족과 인텔리 특유의 실천력 부족 등을 반성하게 되었다. 그리고 이를 토대로 교사들도 권력의 도구였던 것에서 벗어나 민주주의 실현을 목적으로 하는 교사 집단을 형성해야 한다는 자각을 가지게 되었다. 이를테면 교원조합과 같은 조직체가 있어야 한다는 필요성을 느끼게 된 것이다. 이를 나림 선생께 말씀드렸더니 선생께서도 교사와 교수를 하면서 느꼈던 부분이라며 공감을 표시해 주셨다. 그러면서 내게 그 뜻을 정리하는 글을 《국제신문》 시론에 게재하는 게 어떻겠느냐고 제안해 주셨다. 때문에 내가 쓴 「교육의 주체성과 정치권력」이라는 교원 조직의 필요성을 강조하는 교육 시론이 삼일간 《국제신문》에 게재되었다. 또한 교원 조직의 필요성과 교원의 경제적·사회적 지위 향상, 정치권력으로부터의 교육 중립의 중요성을 주장하는 글이 여러 번 사설에 실렸다.

그 후 나는 경남(부산 포함) 교원노조 위원장이라는 직책을 갖게 되었다. 나림 선생이 조직의 고문이 되어 주었으면 해서 다른 임원을 통해 뜻을 전했지만 나림 선생은 웃으면서 잘하라고 격려만 하고 고문직에 대한 회답은 없었다고 들었다. 그런데 이런 일련의 일들이 5·16군사정변 후 나림 선생을 감옥에 가게 한 하나의 원인이 될 줄이야……. 나림 선생과 나는 각각 다른 죄목으로 5·16군사정변 발생 후 구속되었다.

박정희 군사독재 정권은 용공 분자를 급조하기 위해 특수 범죄 처벌에 관한 특례법을 만들어 수천 명을 구속했다. 민주주의는 법치 사회이다. 법률을 위반하지 않는 한 처벌할 수 없음은 설명할 나위가 없다. 그러나 군사독재 정권은 소급법을 제정해서 구속하고 기소해 형을 선고했다. 혁명재판소와 혁명검찰부를 발족시켜 죄 없는 수많은 사람들을 용공 분자로 몰아 옥고를 치르게 한 것이다.

소급법에는 북한 괴뢰 집단을 이롭게 하는 목적이 없었다 하더라도 결과적으로 이롭게 했다면 죄가 성립된다는 내용이 있었다. 나림 선생도 교원노조의 고문이었으니 이적 단체의 구성원이 되므로 처벌 조건이 된다는 것이다. 당시 신문에도 '교원노조 사건으로 이병주 구속'이라고 보도되었다. 그러나 나는 검찰관에게 나림 선생이 교원노조 고문이 아니라고 항변했다. 그러자 검찰은 다른 죄목으로 선생을 기소했다.

나림 선생은 자유당 시절 「산하는 있어도 조국은 없다」 등 사설을 통해서 여러 차례 자유당 독재를 신랄하게 비판했다. 권력 기관의 인권 유린 등 비민주성을 규탄하는 글을 씀으로써 관계 보안 당국의 요주 인물이 되었던 것이다.

나림 선생은 4·19 이후 이병주·변노섭 공저의 『중립화 이론』이라는 책을 출판했다. 이 책이 용공 책자라는 것이 기소 이유였다. 당시 변노섭이 한국 사회당 부산 지부 집행위원이었기에 나림 선생은 사회당하고는 아무런 관계가 없음에도 제자 변노섭과의 관계 때문에 옥고를 치루게 되었다. 아무리 필화 사건이라 하지만 『중립화 이론』이 북괴를 이롭게 했다니 기가 막힐 일이 아닌가.

이 사건으로 나림 선생은 10년형, 변노섭은 7년형, 나는 교원노조 사건으로 7년형을 혁명재판소에서 선고받았다. 선고를 받고 얼마 후 기결수는 연고지 형무소에 보낸다는 내규에 따라 우리 세 사람은 부산형무소에 압송되었다. 자유당 말기 우리는 자주 만나 친목을 도모했는데 2년여의 감방 생활마저 석방될 때까지 한 방에서 같이했으니 기묘한 운명이라고밖에 설명할 수 없다. 나림 선생과의 친밀한 관계는 2년 7개월을 형무소에서 보내고 대통령 특사로 같은 날 부산형무소에서 출옥한 후에도 계속되었다. 국립호텔에서 나온 후 (잠도, 식사도 무료인 곳이니 형무소를 국립호텔이라고 했다) 우리는 모두 실업자가 되었다.

박람강기의 박식과 수려한 문장력을 가진 나림 선생은 세인의 이목을 집중케 한 「소설·알렉산드리아」를 발표해 문단에 데뷔했다. 순수 소설만이 문학인 양 통용되던 시절에 『관부연락선』, 『지리산』, 『산하』, 『그해 5월』, 『마술사』, 『행복어 사전』 등 계속해서 장편 소설을 발표한 나림 선생의 문학은 전후 한국 문학의 새 기원을 이루었다고 본다. 특히 소설적인 수법, 작품 속에 이데올로기와 사회성을 강하게 넣은 일, 군사독재 유신 시대에 터부시 되어왔던 사상들을 겁 없이 다루었던 점은 놀랄만 한 일이라고 생각한다.

나는 문학에 대해서 깊이 다룰 능력은 없지만 나림 선생의 문학 밑바탕에는 극우적 보수주의와 극좌적 진보주의를 경계하는 정신이 깔려 있다고 느꼈다. 어느 작품에나 인간의 존엄성, 자유의 귀중함을 일깨우는 휴머니즘이 바탕을 이루고 있었다. 극우파나 극좌파로부터 회색분자, 회색 논리라고 공격을 받아도 두려워하지 않는 위엄이 작품 속에 깃들어 있다고 느꼈다. 회색 논리는 기회주의 논리와는 구별되어야 한다. 이것이 혼동

되었을 때는 혼란만 가중된다. 지금 사회에서는 회색의 논리가 정당하게 평가되어야 하지 않을까 생각한다.

나림 선생은 자유를 소중히 여기는 휴머니스트이다. 실업자인 우리들은 나림 선생을 자주 만났다. 항상 술값은 나림 선생 몫이었다. 나림 선생은 거절할 줄 몰랐다. 대소사를 의논하면 마다하지 않고 일을 성사시키셨다. 나림 선생의 노력으로 많은 사람이 일자리를 얻었던 것을 나는 알고 있다.

군사 유신 시절, 언론의 자유를 압박하기 위해 언론사가 통폐합되었을 때《국제신문》은 전국에서 구독자 수가 상위권이었으며 부산에서도 단연 1위였다. 그러나 군사 정권 때는 폐간되었다. 민주정부 수립 후 복간되었는데 자본주가 없어서 난관에 봉착했다.《국제신문》노조위원장이 나와 나림 선생과의 관계를 잘 알고는 나림 선생에게 경영 책임을 맡아달라는 부탁을 해달라고 했다.《국제신문》에 대한 나림 선생의 애착을 잘 알고 있던 나는 이러한 사정을 나림 선생에게 전했다. 나림 선생은 가까운 기업가들과 의논하고는 10억 원으로 우선 계약을 하고 100억 원 정도의 자금을 추가 준비하겠다고 화답했다.

이렇게 나림 선생은 부탁을 받으면 매사에 적극적이었다. 언젠가 나림 선생을 좋아하는 사람들이 모여서 나림 사단을 만들었다. 모두가 박정희 군사 정권 밑에서 핍박을 받던 사람들이었다. 인간의 기본적 자유인 결사, 집회, 시위 등 기본 권리를 어떤 정권이든 짓밟지 못하도록 부정과 불의, 정경 유착의 비리, 권력의 남용을 결사적으로 막을 수 있는 힘을 발휘할 수 있는 집단이 되어야 한다고 뜻을 모았다. 우리는 한 달에 한두 번 모여서 나림 선생을 둘러싼 현실을 비판하고 미래를 설계했다.

나림 선생이 그러하듯 나림 사단은 우리들 마음속에 건재하다. 선생의 휴머니스트적인 성품은 우리 가슴에서 영원히 떠나지 않을 것이다. 해를 거듭할수록 나림 선생을 추모하는 마음은 더더욱 깊어진다. 새삼 나림 선생의 존재가 얼마나 깊이 있는가를 떠올려 본다.

# 치열한 작가 정신을 배우다

**강남주** 시인, 전 부경대 총장

1959년이었다. 그때 나는 대학 신문 기자였다. 대학 신문 기자는 기사만 쓰는 것이 아니라 지면 편집도 해야 했다. 지면 편집은 서투르기 짝이 없었다. 어쩔 수 없이 당시 문화부장이었던 최계락 선생으로부터 편집 지도를 받기 위해 《국제신보》 사옥을 자주 들락거렸다.

중앙동이었던가. 옛 부산 시청 옆 건물 2층에 편집국이 있었다. 입구로 들어가 계단을 오르면 납 냄새가 물씬 풍겼다. 문을 조심스럽게 열고 들어서면 편집국 안은 언제나 어수선했다. 책상 위에는 여기저기 할 것 없이 구겨서 버린 원고지들이 산만하게 흩어져 있고, 잉크 스탠드 옆에는 쓰다가 던져둔 펜이 잉크가 말라붙은 채 뒹굴고 있었다.

편집국 안쪽에는 한눈에 편집국이 훤히 보이도록 책상을 돌려 놓고 앉아 있는 분이 있었다. 그분은 테가 굵은 안경을 쓴 채 비스듬히 앉아 신문을 보거나 무슨 잡지 같은 것을 보고 있었다.

나는 그분에게 별다른 관심을 기울이지 않았다. 최계락 선생에게 편집한 대장을 내보이고 레이아웃(당시는 일본말로 와리쯔케라고 했다)의 지도를 받으면 그만이었다. 때로는 사옥 건너편 골목 안에 있는 중국집에서 탕수육이나 자장면을 대접하면서 신문 대장을 색연필로 그리고, 그것을 조심스럽게 가져오곤 했다.

신문사를 들락거리기 시작한 얼마 뒤 테가 굵은 안경을 쓴 분이 《부산일보》에 『내일 없는 그날』이라는 연재소설을 쓰고 있는 이병주 선생임을 알았다. 그러니까 이병주 선생은 우리가 흔히 알고 있는 「소설·알렉산드리아」(1965년 잡지 《세대》에 발표)로 데뷔한 분이 아니라, 그 이전에 신문에 연재소설까지 썼던 분이다. 선생은 당시 전국적인 평판이 높았던 《국제신보》 1면 칼럼 「도청도설」의 집필자이기도 했다. 물론 그때는 그 어른이 고향 선배인 줄은 전혀 몰랐다. 그 뒤 4·19가 있었고, 5·16도 있었다. 사회는 어지러웠고 천하의 유명 신문 《국제신보》도 예산 부족으로 상당한 어려움을 겪었다. 신문의 페이지를 줄여야 하는 처지였다.

5·16이 있기 전의 어느 날, 마감 시간이 막 지난 편집국에 들어서자 실내 한쪽에서 장기 두는 소리가 들렸다. 예상 밖의 엉뚱한 풍경이었다. 마감을 끝낸 기자들이 신문이 인쇄되어 나올 때까지의 점심 내기 장기를 두고 있는 것이었다. 바로 그 자리에 테가 굵은 안경을 낀 편집국장이 훈수를 하고 있는 것이 아닌가. 그 당시의 나는 권위의 상징인 편집국장이 신문사의 경영 사정도 좋지 않은데 기자와 섞여서, 그것도 서서 장기 훈수를 하는 것이 참으로 어울리지 않는 장면으로 받아들여졌다. 편집

국 안에서 "장이야!"를 큰 소리로 외치면서 장기를 두는 것도 나에게는 실로 어색한 장면이었다. 그러나 편집국 수장의 그런 어울림이 '백척간두진일보'의 여유임을 나는 훨씬 뒤에야 알 수 있었다.

"어이, 최계락! 여기 편집국장 오셨다!"

이병주 선생께서는 나를 알고 계셨던 것이다. 그렇기에 내가 온 것을 편집국장 왔다고 얘기하신 것이 아니겠는가. 나는 이 선생께 꾸벅 인사만 하고 최계락 선생을 따라 건너편 중국집 2층으로 갔다. 신문 대장을 펴놓고는 예의 빨간 색연필 세례를 받았다. 그리고 자장면 한 그릇씩 하고 헤어졌다. 그 뒤 최계락 선생이 나에게 이병주 선생이 고향 선배인데 아느냐고 물었다. 물론 몰랐다고 했다. 다음 편집국에 갔을 때 최계락 선생의 안내에 따라 고향 선배에게 정중하게 인사를 했지만 이 선생님은 건성으로 어디서 태어났냐고 묻고는 그뿐이었다.

그다음부터 편집국에 가면 꾸벅꾸벅 인사는 열심히 했다. 그러나 특별히 이야기를 듣거나 나누거나 하는 일은 없었다. 그러고 얼마 뒤였다. 나는 선생께 《국제신보》에 썼던 사설 「조국의 부재 – 통일에 민족의 역량을 총집결하라」를 정말 감명 깊게 읽었다고 말씀드렸다. 문체가 선생님 글 같다고 했더니, "야무지게 읽었네"라고 하셨다. 몇십 년이 지난 지금도 그때 읽었던 글의 서두를 기억하고 있을 정도다. 다시 생각해도 명문장의 감동이 새롭다. 그 일을 계기로 「도청도설」 독후감을 선생께 가끔씩 말씀드리게 되었다.

아마도 4·19가 있었던 해의 여름이 지난 뒤였을 것이다. 이병주 선생이 신문사에 들른 나를 국장석으로 불렀다. 그리고는 책상 서랍을 열고 진황색 표지의 책을 한 권 꺼내셨다. 선생은 책 표지를 열고 안쪽에다 만년필로 '姜南周君/著者(강남주군/저자)'라고 손수 써주셨다. 그리고는 내게 책을 주면서 읽어보라 하셨다. 그날 나는 그 책을 거의 대부분 읽었다. 선생님이 전부 집필하신 책은 아니었다. 변노섭, 김태홍 등 다른 논설위원이 필자로서 부분적으로 참가하고 있었다. 바로 그 책이 5·16 이후 유명한 필화 사건을 낳은 『중립화 이론』이었다. 선생은 재판에 회부되어 10년 징역 선고를 받았다. 그러나 2년 7개월 만에 영어에서 풀려나 자유의 몸이 되었다. 반세기 전의 불온서적이 지금은 구하기도 어려운 귀중한 책이 된 것이다.

그사이 나는 대학을 졸업하면서 선생의 소식을 자주 들을 수 없었다. 선생께서 《국제신보》 서울지사 논설위원으로 자리를 옮긴 이유도 있고, 나도 방송사 기자가 되어 영일이 없던 탓도 있었다. 그러던 어느 날 소설가인 친구 신상웅의 작품이 《세대》에 발표되었다기에 잡지를 사게 되었다. 그것이 계기가 되어 그 잡지를 자주 읽었는데 거기에 바로 「소설·알렉산드리아」가 발표되어 있었다. 단숨에 읽고 난 뒤, 그 잔상이 며칠을 머리에서 사라지지 않았던 기억이 새롭다. 화려하고 강건한 문체. 지리와 역사가 파노라마처럼 펼쳐지는 도시 알렉산드리아. 역사와 사상이 충돌하며 개인에게 미치는 가혹한 영향에 대한 분석과 비판, 밤하늘의 별처럼 치솟는 작가의 상상력, 해박한 지식은 20대의 나에게는 충격적이었다. 그것이 1965년의 일이었다.

그 이후 선생과의 만남은 한동안 없었다. 어쩌다 부산에 오시면 뵐 기회는 있었으나, 잠깐 얼굴을 뵙는 정도였다. 그러고 얼마가 지난 뒤부터 선생께서는 부산에 오시면 향파 이주홍 선생과 식사를 하시고 맥주를 마시곤 하셨다. 그때면 나도 은사인 이주홍 선생님을 모시고 합석을 했다. 이병주 선생을 뵐 때면 언제나 같은 것을 느끼게 된다. 선생의 동서고금에 대한 해박함에 대한 놀라움이 그것이다. 그리고 약간 느릿하지만 좌중을 사로잡는 화술도 매력적이었다.

선생께서 한창 신문과 잡지 등에 한꺼번에 글을 쓰실 때였다. 어떻게 한꺼번에 서로 다른 매체에 작품 연재가 가능할까, 나는 그 점이 상당히 궁금했다. 그즈음 나는 친구들과 한잔하고 2차로 무교동 큰길가의 어느 술집에 들렀다. 선생께서 젊은 사람들과 거기 앉아계셨다. 인사는 드렸지만 내가 낄 자리는 아니었고, 또 친구들이 있어 다른 자리에 앉았다가 나왔다. 거의 매일 저녁 무교동 술집에 나오면 이병주 선생을 뵐 수 있다고 친구들이 귀띔해 주었다. 그 뒤 선생에 대해서는 또 다른 불가사의가 생겼다. 한꺼번에 각각 다른 매체에 작품을 연재하는 일도 그렇거니와 전날 늦게까지 술을 마시고 어떻게 그 많은 원고의 집필이 가능하냐는 점이었다.

1980년대 후반 부산에 오신 이병주 선생을 보수동에 있는 진주집이라는 비빔밥집에서 뵐 기회가 있었다. 선생께서는 그 집을 좋아하셨고, 역시 비빔밥을 좋아하시는 이주홍 선생도 합석하셨다. 낮부터 맥주잔은 부지런히 비워지고 채워졌다.

"선생님은 무교동에 늘 그렇게 출근을 하시면서 어떻게 그렇게 많은 글을 쓰실 수 있습니까?"

평소 궁금하게 생각했던 일을 나는 드디어 선생께 여쭈었다.

"강 교수, 자네는 학교에 몇 시에 나가나?"

이 선생께서는 대답 대신 전혀 엉뚱한 것을 물어보셨다. 옆구리를 찌르는 것 같은 엉뚱한 질문에 당황하며, 강의가 없으면 좀 늦고 그렇지 않으면 정상적으로 출근한다고 말씀드렸다.

"자네는 나보다 게을러. 나는 아침 먹으면 2층 서재로 출근해서 종일 거기서 집필을 하고, 자네 퇴근 시간이면 무교동으로 퇴근을 한다네. 종일 쓰는데 그 정도도 못 쓰면 작가라 할 수 있겠나."

그 한마디는 작가로서의 치열함을 그대로 느끼게 했다. 그런 무서운 자기 통제 없이 어떻게 천하의 대작가가 가능했을 것인가. 그 뒤에도 가끔씩 진주집에서 뵙는 기회가 있었다. 고급 음식보다는 입에 맞는 음식을 즐기는 선생님이 어떻게 그토록 다양한 고급 서적을 가리지 않고 두루 섭렵하실 수 있었을까. 박람강기의 그 초능력은 또 어디서 나오는 것일까.

선생님의 서거 소식을 들었다. 조문하기도 늦은 부음이었다. 세월이 훌쩍 지나 하동의 섬진강변 문학비 행사에 참석해서 선생님의 문학비에 새겨진 글들을 읽었다. 그리고 선생님을 추억하면서 문학사에 남는 문인이 되려면 선생님처럼 치열한 문학 정신이 있어야 하는데 그렇지 못한 나 자신을 한심스럽게 여겼던 기억이 있다.

선생님은 장기를 둘 때 훈수를 하시듯, 글을 쓰면서 살고자 하는 나에게 집필의 태도에 대해서 한 수 훈수해 주신 분이다.

# 바젤역에서의 추억

**신예선** 소설가,샌프란시스코 한국문학인협회 회장

『문학과 역사의 경계에 서다』, 선생과 필진들의 만남이 얼마나 멋지게 활자화될 것인가. 또한 선생의 풍모가 얼마나 멋지게 책을 장식할 것인가. 나는 필진들의 글을 빨리 읽고 싶다. 나 또한 동참의 초대를 받았으니 다른 필자들이 묘사할 선생의 문학적, 인간적인 면은 피하면서 '나만의 이병주'를 써야겠다.

내 기억에서 선생은 태양에도 바랜 것이 하나도 없고 월광에 물든 추억만이 쌓여 있다. 그런데 『문학과 역사의 경계에 서다』의 원고 청탁을 받는 순간 '헤어진 이병주'가 먼저 떠올랐다. 그 중에서 가장 나를 슬프게 만든 장면은 파리로 향해 떠나던 기차와 선생의 모습이다. 스위스의 바젤역에 나를 남겨놓고 떠나던 그 겨울의 새벽 기차, 기차의 난간에 매달려 서서히 멀어져 가던 선생의 모습이다. 사랑하던 연인과의 영원한 이별 같은 착각속에서 얼마나 울었던지. 그리고 그 착각은 내 가슴에 각인되었고 선생의 존재가 절실해진 순간이기도 했다.

1975년의 일이다. 제40차 PEN International Association of Poets, Playwrights, Editors, Essayists and Novelists, 국제펜클럽 대회가 오스트리아 빈에서 개최되었다. 미국에 있던 나는 거의 해마다 PEN 대회에 참석해 한국 작가들과 합류했다. 그해 대회가 끝난 후 오스트리아 주재 한국 대사가 한국 작가들을 초대했다. 나는 만찬 자리에서 기차를 타고 파리에 가고 싶다고 했다. 물론 나와 대부분의 작가들은 파리행 비행기 표를 갖고 있었다. 내 말에 이병주, 김종문 선생이 함께 가겠다고 했다. 김종문 선생의 보살핌을 받아야 했던 모윤숙, 임옥인 선생은 본인의 의사와는 상관없이 동참하게 되었다. 모 선생은 걸음이, 임 선생은 눈이 불편해서 한국 출발부터 김 선생이 보살피기로 하고 시작된 여행이었다.

"그러면 통관 비자를 받아야 해요."

내가 말하자 대사는 기차에서 내리지 않으면 필요 없다고 했다. 통관 비자를 받아야 한다고 거듭 말하는 내게 모 선생은 대사가 더 잘 알 것 아니냐고 못을 박았다. 나는 하는 수 없이 무사 통과만을 바라며 일행과 함께 빈발 파리행 밤 기차를 탔다. 예약한 방의 양쪽 의자를 합쳐 침대로 만들자 두 여선생은 잠자리에 들고 기차는 빈을 빠져나가기 시작했다. 차창 밖은 눈이 끊임없이 내리고, 출발은 낭만에 넘쳤다. 이병주, 김종문 선생은 술판을 벌려놓고 문학을 마시는지, 인생을 마시는지 흥에 겨웠다. 그러나 스위스의 바젤역에 기차가 도착한 새벽 2시경, 우리 일행은 기차에서 끌려 내렸다. 통관 비자를 받지 않았기 때문이었다. 아침까지 기다렸다가 영사관이 문을 열면 통관 비자를 받아야 파리로 갈 수 있다고 했다. 그때 이병주 선생의 모습이 아직도 생생하다. 모 선생에 대한 원망과 나에 대한 미안함으로 연거푸 담배를 피워대던 바젤역사에서의 모습이.

장시간에 걸친 나의 끈질긴 호소로 일행은 몇 군데 서류에 사인을 하고, 호텔 주소를 적고 귀국 날짜까지 기록한 후 떠날 수 있었다. 하지만 여권을 잃어버린 후 임시 여행증명서를 갖고 다녔던 나는 제제를 당했다. 여행을 할 수 없으니 미국으로 돌아가야 한다고 했다. 선택의 여지가 없던 김종문 선생은 안타깝게 나를 바라보았다. 남으려는 이병주 선생은 떠나자는 모 선생의 재촉에 어쩔 줄 몰라 하며 서 있었다.

"이 선생님, 떠나세요. 제가 누굽니까. 오늘 중으로 틀림없이 파리에 도착할 수 있을 거예요."

나는 울먹이는 가슴을 달래며 말했다.

"마지막 기차의 파리 도착 시간이 밤 10시라고 해요. 반드시 제가 그 기차를 타고 갈게요."

나는 시간까지 알리며 확신에 찬 목소리로 말했다. 일행은 떠났다. 그때 기차 난간에 매달려 있던 선생의 모습, 나를 바라보며 기차에 매달려 떠나던 모습을 잊을 수가 없다. 나는 선생의 모습이 사라진 후에도 얼마간 그렇게 서 있었다. 그때의 내 몸과 마음은 1·4후퇴 때보다 추웠다. 끊임없이 내리는 눈에 몸을 떨면서 시야에서 사라진 선생을 오래도록 바라보았다. 이렇게 나는 선생을 만난 기억보다 헤어지던 기억이 많다. 그날 쌓이던 바젤역의 눈만큼이나. (애교 있게 한 줄 첨부하자면 그날 나는 밤 10시에 도착하는 기차보다 몇 시간 앞서 떠나는 급행열차로 8시에 파리에 도착했다.)

"여자가 갖고 있는 장점이란 장점은 다 가졌다."

내가 평온할 때 선생으로부터 듣는 말이다.

"여자가 갖고 있는 단점이란 단점은 다 가졌다."

이건 내가 심통 났을 때 듣는 말이다. 그러나 단점이란 단점이 총출동해 부리는 그 심통을 다 받아준 사람이 선생이다. 이토록 넉넉한 가슴의 소유자와 함께한 세월들이 그립다. 또한 선생의 따뜻한 가슴에서 마음껏 쉴 수 있었던 시간들이 고맙다.

"데려가려고 왔다. 한국에 함께 들어가자."

뉴욕에서 살 때의 일이었다. 내가 한국의 문단을 떠난 것은 선생과 아무런 관련이 없다. 하지만 선생은 내 아픔의 책임이 선생에게도 있다는 듯이 나를 달랬다. 물론 나는 따라가지 않았고, 뉴욕의 거리에 단점을 몽땅 흘리며 선생에게 나의 아픈 짐을 얹혀놓기만 했다. 그래도 선생은 다 받아주었다.

나는 선생이 지상을 떠난다는 것을 상상조차 할 수 없었다. 언제고 나의 심통을 받아줄 것이라 믿었다. 그러나 선생은 떠나셨다. 주체할 수 없는 슬픔이 가슴과 뇌리에 고여 있다. 회한과 죄송함이 그 위를 짓누를 뿐이다. 월광에 물든 추억 속에는 여성이 지닐 수 있는 모든 장점으로 함께한 아름다운 기억도 많다. 하지만 왜 태양에도 바래지 않는 단점들이 부린 심통만이 나를 회한에 젖게 하는 것일까. 내가 만난 이병주, 나에게는 행운이고 축복이었다. 나의 일생에 선생이 없었다면, 그 또한 상상할 수가 없다.

이제는 이병주 국제 문학제를 계기로, 4월의 아름다운 하동 땅을 밟게 해주는 선생님. 섬진강 위로 지리산 자락으로 벚꽃과 배꽃이 환상인 땅에서 눈송이처럼 그리운 이병주 선생님.

"아버지 기념관에 신 선생님의 엽서도 진열하려고 하는데."

선생과 꼭 닮아 나의 심장을 잠시 멈추게 했던 이권기 교수의 말에 나는 가슴이 철렁했다. 언제 어디서 왜 보냈는지 기억이 없지만 보나마나 심통 부린 내용이었을 게다. 심통을 부릴 때는 글씨 또한 심통이다.

"제가 읽어보고 결정하죠."

김종회 교수의 말에 일단 안심은 되었지만 그 심통의 필적도 태양에 바래지 않고 그대로 있었나 보다. 나는 월광에 물든 추억을 안고 하동을 가고 또 갔다.

"내 땅을 밟아라. 이 아름다운 나의 땅을, 나의 친지들과 함께 밟아라."

선생의 목소리가 4월의 벚꽃이 되어, 배꽃이 되어 하동 땅을 덮는다. 꽃으로 카펫을 이룬 땅을 밟으며 나는 선생과 함께 있다.

# 원대한 꿈으로서의 역사

서영은 소설가

1978년 문예지 《문학사상》에서 편집을 하고 있을 때였다. 호출을 받고 주간실로 내려갔다. 댓돌 위에 세련된 디자인의 남자 구두가 놓여 있었다. 안에 있는 손님이 누군지 궁금했다.

"안녕하세요. 뵙고 싶었습니다."

주간 이어령과 마주 앉아 있는 손님은 작가 이병주였다. 잘 알려진 작가의 사진에서는 하얀 바지저고리 차림에 서재에서 집필하는 모습이었으나, 그날은 검은 우단 재킷에 빨간 넥타이를 매고 있었다. 당시로서는 사치스럽다 할 만큼 댄디dandy한 차림새에도 불구하고 숱 많은 반백의 머리칼, 검은 뿔테 안경, 희끗한 콧수염, 그리고 무엇보다 그분의 존재감이 풍기는 넉넉한 중후함은 지사志士 또는 풍운아의 풍모를 연상하게 했다. 그분이 파이프를 꺼내 담배를 피울 때는 시간이 사십 년쯤 뒷걸음질쳐서 폭풍우 속을 헤치고 만주 벌판을 달려온 마상馬上에서 방금 뛰어내린 것 같은 느낌마저 들었다. 하지만 작가 이병주에게

184 문학과 역사의 경계에 서다

서는 카리스마나 세상에 대한 이글거리는 야심보다는 한발 물러나 관조의 자리를 지키고 있는 듯한 느낌이 강했다. 어쨌든 그 자리에서 작가는 《문학사상》에 연재를 하기로 약속했다. 1년 전부터 공들여 온 결과였다.

첫회 원고를 받아보니 제목이 『행복어 사전』이었다. 당시 작가는 『지리산』, 『바람과 구름과 비』, 『산하』 등 역사를 소재로 한 대하소설을 연이어 집필하던 때였다. 제목이 암시하는 바로는 오늘의 현실을 무대로 새로운 이야기를 펼쳐 보일 것으로 기대되었다.

『행복어 사전』은 회를 거듭하면서 독자들의 폭발적인 관심을 불러일으켰다. 정기 구독 신청이 급증했다. 이병주 전담 기자를 따로 두었다. 그 여기자로부터 전해 듣는 작가의 면면이 편집실의 화제가 되었다. 작가는 당시 신문 한 군데, 잡지 세 군데에 연재를 하고 있었는데, 오후 다섯 시까지만 집필을 하고 그 이후엔 항상 단골 술집을 찾아간다고 했다. "그쯤 되면 인물들의 이름이 헷갈리기도 하겠네"라고 누군가 염려했지만, 3년 가까이 연재가 계속되는 동안 그런 일은 단 한 번도 없었다.

어느 달인지 『행복어 사전』의 소제목에 이런 문구가 있었다. "파사데나의 젊은이들은 우주를 꿈꾼다." 이병주의 생애와 작품 세계를 조명할 때 '꿈'은 매우 유의미한 키워드가 된다. 그럼에도 그것이 간과되고 있는 이유는 무엇일까. 가령 작가로 하여금 서대문형무소에서 2년 7개월 복역케 한 필화 사건—조국의 부재, 통일에 민족 역량을 총집결하라—즉, 한반도 중립국화에 대한 견해는 작가의 정치적 성향이 교묘하게 피력된 것이라기보다 사회적 담론으로서의 원대한 '꿈'에 대한 소견이 아니었을까.

작가는 스스로를 가리켜 '봉상스Bon sens, 이성, 생각하는 힘 있는 딜레탕트Dilettante'로 규정하고 있다. 인생과 예술을 완미하는 양식인 역사로부터 수많은 상처를 입었지만, 작가에겐 그러한 역사조차도 완미할 대상이었다. 편견·대립·반목은 작가를 감옥에 넣을 수는 있었어도 그의 타고난 자유혼에는 아무런 위협이 되지 못했다. 역사의 기술자記述者, 증언자로서의 이병주 문학이 시의성을 뛰어넘어 현재적 가치와 의미를 지니는 이유는, 균형잡힌 이성과 원대한 꿈으로서의 새로운 역사는 아직 이루어지지 않았기 때문이다.

# 고야산과 알렉산드리아를 꿈꾸며

안경환 서울대 법과대학 교수

'함양·산청 안의 거창.' 경상도 밀양에서도 지리산 자락에 있는 함양·산청·거창군을 이렇게 뭉뚱그려 도매금으로 불렀다. 오지 중의 오지라는 뜻이었다. 내가 외진 땅, 지리산 자락을 처음 찾은 것은 초등학교 5학년 때인 1958년 여름이었다. 이 지역의 사립학교에 적을 두고 있던 아버지를 만나기 위해서였다. 아버지를 만나러 가는 길의 여정을 담은 기행문을 썼는데, 그중 몇 구절은 아직까지도 기억에 남아 있다. 산과 물, 그리고 물레방아 소리가 아름다운 고장이라고 썼다. 문학소녀였던 사촌 누이가 보고는 '겉멋 부린다'고 핀잔했던 기억도 있다. 이태 후에는 '교장 아들'이 되었다. 그러나 100일도 못 채우고 아버지와 함께 새벽 버스로 쫓기듯 떠나왔다.

거제포로수용소를 탈출했지만 정작 갈 곳이 없던 참에 아버지는 누군가의 주선으로 지리산 자락으로 오게 됐다. 정확히 어떤 인연과 경로를 통해 이 낯선 곳에 숨어들었는지 아직도 정확히 알 수 없다. 일찍 세상을 떠나셨으니 들은 적도 없고, 증언해 줄 생존자도 없다. 아버지는 자신의 정체를 드러내기 전 1년 가까이 이 지역에 몸을 의탁했고, 어렵지 않게 식솔을 불러들였다. 기억을 하지 못해서 그렇지 나는 일찍이 이 고장의 산수와 화조의 혜택을 누렸다. 어렸을 적 우리 형제는 냇가에 시린 몸을 담그기도 했다고 한다.

나는 1953년에서 1954년 사이에 아버지와 이병주 선생이 더러 만나곤 했다는 이야기를 후일 선생의 입을 통해 들었다. 일본 유학 시절에도 서로 소재를 알만한 사이였다고 했다. 그러나 이런 이야기를 들을 당시 나는 아버지의 행적에 대해 관심이 없었을 뿐만 아니라 애써 귀를 막기까지 했던 터라 두 분 사이의 교분의 내용을 챙기지 못했다. 다만 지리산과 '함양·산청 안의 거창'은 해방과 전쟁에서 각종 비극이 집약된 전형극의 무대였다. 그 거대한 무대에 상연된 수많은 단막극 중에 우리 가족도 몇 초간 단역으로 출연한 셈이다. 『관부연락선』과 『지리산』의 주인공 중에 유독 함양 출신이 많은데, 이들 중 일부의 신원은 내가 몇 다리 건너 알아보면 추적이 가능할 것이다.

교장 자리를 떠난 후 아버지는 변변한 일자리도 없이 은둔과 유랑으로 재촉하듯 생을 마감했다. 나이 사십도 못 되어 과거밖에 없는 사람이 되었다. 신문을 통해 근황을 접할 수 있는 사람들과는 의도적으로 절연하고 사셨다. 때때로 이들과의 과거 인연을 언급하곤 했지만 내게는 허사로만 비쳤다. 영락한 과거의 인물에 불과한 그가 내로라하는 현직顯職이나 명사들과 동류임을 은근히 내세우는 것은 현재의 시린 나신을 감싸기 위한 허구로 비쳤던 것이다. 또한 당신도 반응이 없는 나를 상대로 굳이 자신의 이야기에 살과 뼈를 갈무리하지 않았다.

그렇게 한 뼘의 땅도 지전 한 장도, 수묵手墨이 찍힌 글 한 줄조차 남기기 않고 아버지는 떠났다. 그가 세상에 남긴 것이라고는 아버지를 통절하게 그리워하지 않는 자녀들과 입에서 입으로 전해진 전설 같은 황당한 에피소드들뿐이었다. 그 황당함 이면에 담긴 기록과 역사의 진실, 혹은 거짓을 들추는 것조차 허망한 일이었다. 또한 육친에 대한 도리로서 최소한의 성의를 보이는 것조차 당시 나의 무겁고 구차스런 일상에서는 성가신 일이기도 했다.

'소설가 이병주'를 작품으로 처음 만난 것은 1965년 어느 여름날이었다. 《사상계》와 함께 당시 청년들이 열심히 읽었던 《세대》에서 「소설·알렉산드리아」라는 기이한 제목의 소설을 보았다. 교과서에 실린 검증된 문장들에 다소 식상했던 고3 수험생에게 「소설·알렉산드리아」는 신선하고도 은밀한 불온을 선사했다. 소설가 이병주는 오래전부터 그 지방 독자들에게는 친숙한 이름이었다. 필화 사건으로 옥살이한 후에 쓴 글이라는 것을 친척 형이 알려주었다. 감옥을 의식하며 지내야 했던 '사상'의 전력을 지닌 아버지 때문에라도 출옥 직후에 그런 글을 쓰는 배포와 용기가 존경스러웠다. 또한 이국의 여인과 법정을 빌려 이 땅의 사상을 사랑의 당의로 포장해 이야기하는 지혜가 돋보였다. 서울 생활의 터전이 잡힐 즈음 시작된 나의 청년기는 선생의 작품 세계에 물들기 시작했다.

선생을 대면한 일은 많지 않았다. 시종始終의 거리로 치면 결코 짧은 기간은 아니었지만 정규성이나 빈도는 지극히 미약했던 만남이었다. 대면할 때도 선생의 작품에 대해서는 한 마디도 나누지 않았다. 감히 그럴만한 사이도 아니었거니와 작가는 작품을 통해서만 평가하는 것이 예의라고 믿었기 때문이었다. 다른 문인의 작품에 대해서도 마찬가지였다. 시인 김수영이 교통사고로 세상을 떠나기 불과 몇 시간 전 선생과 술자리를 했다는 이야기도 알고 있었지만 세부 정황을 캐묻지 않았다.

선생은 "청년은 과거가 아니라 장래를 향해 살아야 한다"고 말하곤 했다. 법학도가 된 것에 일종의 도덕적 열등감마저 느끼고 있었던 나에게 선생은 격려를 아끼지 않았다. 법학에 앞서 인문학을 공부하라거나 법전 속에 함몰되지 말라는 충고를 넘어서, 문화와 지성의 장으로서 법이 있다는 강론을 펴기도 했다. 그의 작품에는 많은 법학 고전이 인용되고 변호사, 법학과 교수, 그리고 법대생이 등장한다. 일부 작중 인물은 누구를 그린 것인지 알 수 있을 법하다. 이를테면 '잃어버린 청춘의 노래'로 부제를 단 「거년去年의 곡曲」(1981)의 캐릭터에서 연상되는 모델은 너무나 많다. 나의 모습이 작품에 일부 투영되어 있는지도 모를 일이다.

1980년대 말, 신출내기 교수가 된 나는 선생의 전화를 받았다. 응당 오랜 침묵과 적조의 세월에 대한 사죄와 보상을 해야 했지만, 앞가림에 여력이 없었던 터라 선생의 눅진한 애정에 제대로 답하지 못했다. 언젠가 한번은 당시 나의 그릇과 성정으로는 결코 수용할 수 없었던 어느 전직 대통령과 선생이 맺는 교분에 불만을 표한 적이 있었다. 그런 나를 선생은 엄하게 꾸짖었다. 사내는 무엇보다 용기用器를 키워야 한다고 말씀하셨다. 그날 선생은 내가 만취할 정도로 많은 술을 따라 주셨다. 불과 몇 년 후 선생은 홀연히 세상을 떠나셨다.

2007년 여름, 선생의 항구 예낭에 갔다. 갈매기와 훈풍이 실어 나르는 바다 내음을 안주 삼아 두 사내가 술판을 벌이고 있었다. 분명 장래보다 과거가 길었을, 환력 줄에 접어든 두 사내는 대낮부터 통음이었다. 유년 시절 적어도 한 나절은 함께 놀았을 터이지만 기억나지 않았다. 세상 전체가 무대였던 아비들의 삶 속에는 어차피 작은 점으로 머무른 옹색한 우리들의 일생이다.

사내들에게 아비는 극복해야 하는 존재다. 사내의 인생은 아비를 밟고 서는 것이다. 문제는 언제 어떻게 살부의식殺父儀式을 치르느냐 하는 것이다. 굳이 죽일 필요도 없이 스스로 떠난 아비는 아련한 그리움의 대상으로 남는다. 그러나 권력자인 아비는 무너뜨려야만 한다. 부, 권세, 아니면 허명이라도 아비를 넘어서야 한다. 그도 아니면 최소한 도덕적으로 다른 기준의 삶을 산다고 장담할 수 있어야 한다.

전쟁, 도피, 옥살이. 나는 그 어느 것도 체험하지 못했다. 목숨을 건 여인과의 사랑도 하지 못한, 그저 관성과 체념으로 연명한 세대의 민춤한 보통 사내일 뿐이다. 어쩌면 우리는 아비 세대의 웅대하고 처절했던 궤적에 기죽다 못해 가위눌린 처지다. 운명의 이름으로 사랑과 사상을 추구하고 열정과 여유를 누

렸던 분들이 아니었던가. '조국과 사회', 그리고 '사랑과 사상'
에 혼을 앗겼던 그분들에게 도대체 핏줄이란 무엇이었을까?

선생이 『그해 오월』에 자신에게 내려진 판결문을 고스란히 담
은 것은 법정과 역사에 대한 변론이자, 자식에게 남긴 자신의
행장行狀이기도 했다. 너무나 많은 글을 남긴 선생의 아들은 아
버지와 연관되는 것이 싫어 한 줄의 글도 쓰지 않는다고 했다.
그렇다면 당신 손으로 한 줄의 기록도 남기지 않았기에 아비의
일생을 멋대로 그릴 수 있는 내 처지가 차라리 나을까?

세월 따라 풍물은 물론 풍광조차 변한다. '사슴', '낭만', 이
름마저 아스라한 종로의 술집들도, 쭈그린 어깻죽지를 간신히
지탱하며 다방 종업원의 눈치를 살피던 광화문의 옥봉玉峰 다방
도 흔적 없이 사라졌다. 타락과 방종의 장이 아니라 오히려 사
내의 지성과 풍류의 강소講所였던 '그야말로 옛날식' 사랑방은
그 방을 출입하던 이름들과 함께 전설 속으로 사라진지 오래다.
남은 것은 애써 기억하려는 텅 빈 가슴뿐이다. 북한산은 그나마
그대로인 편이다. 이따금씩 선생이 동행하던 젊은 여인의 잔상
이 서늘한 가슴에 약간의 온기를 불어넣어 준다.

교토의 교외 고야산高野山 자락에 작은 불교대학이 있었다. 징
병기피의 목적으로 아버지가 한동안 적을 두었다고 한다. 『청춘
의 감각, 조국의 사랑』, 김윤식 교수의 교토 문학기나 선생의
『관부연락선』과 『지리산』에 그려진 묘심사妙心寺를 찾으면서도
고야산에는 오르지 못했다. 내가 알렉산드리아를 아직도 찾지
못한 것과 마찬가지 연유다.

선생의 생전에 나는 이집트 여행길에 나섰다. 카이로에서 아

부심벨까지 주요한 유적지를 훑다시피 했다. 버스를 타고 수에 즈운하를 거쳐 이스라엘을 내왕하기도 했다. 트럭을 타고 수단 국경을 향하면서 차가운 사막에서 펑펑 울기도 했다. 그러나 카이로 지척에 있는 알렉산드리아는 애써 피했다. 고야산과 마찬가지로 나에게 알렉산드리아는 단순한 지명이 아니다. 아직도 근접하기 힘든 아버지 세대의 사상과 사랑의 시간이자 공간이기 때문이다.

언제쯤이면 가뿐한 마음, 경쾌한 차림으로 고야산과 알렉산드리아 여정에 나설 수 있을까? 산사의 밤하늘에 안드로메다 별을 함께 더듬었다던 그 일본 여인은 행여 손녀라도 하나쯤 남겨두었을까? 알렉산드리아에서 '감옥의 형'을 기다리던 프린스 김은 지금쯤 어느 아프리카 해안에서 별을 보며 점을 치고 있을까? 크고 작은 실로 무수한 의문들의 단서를 역사책이나 신문 기사처럼 담담하고도 건조하게 캐낼 수 있을 때는 언제쯤일까?

# 참 독특한 천재

정구영 이병주기념사업회 공동대표, 전 검찰총장

요즘 저는 무척 행복합니다. 나림 선생 덕분입니다. 선생은 경남 하동河東 출신의 고향 선배입니다. 제가 좋아하는 이름난 교수들과 문인들의 강권에 따라 자의 반 타의 반으로 이병주기념사업회 공동대표를 맡았습니다. 뜻있는 일을 하려고 나름대로 애쓰고 있습니다. 누구나 고향을 떠올리면 그리움이 들 것입니다. 이 그리움에 더해 존경하는 분을 기념하는 일을 한다는 뿌듯한 행복이 제 가슴을 가득 채우고 있습니다.

나림 선생에 대해 제가 간직하고 있는 기억은 네 단계로 나뉩니다. 먼저 그분이 젊고 제가 어렸던 시절, 그다음 언론인 시절, 그리고 소설가 시절, 끝으로 돌아가신 후의 인연입니다. 이 중에서도 세상에 계시지 않은 15여 년의 기억이 가장 간절하면서도 가깝게 느껴지는 것은 왜일까요?

나림 선생은 선친과 호형호제하는 사이였습니다. 제가 어린 시절에 공부를 열심히 하신 선생에 대한 얘기를 수없이 들었습

194 문학과 역사의 경계에 서다

니다. 방 안 가득 책을 쌓아두고 한가운데 겨우 앉아 공부를 했다든가, 사전을 찾을 필요 없이 프랑스 원문 소설을 그대로 읽었다든가, 천재가 시대를 잘못 만나 세월만 보내니 안타깝다든가, 간혹 대화를 나누면 동서양 고금을 넘나드는 해박한 지식과 담론에 넋을 잃지 않을 수 없다든가……. 나림 선생은 벽촌 시골의 전설이었습니다.

선생이 언론인으로서 필명을 떨칠 때 마침 저도 부산에서 고등학교를, 서울에서 대학을 다닐 때였습니다. 언론인으로서의 정필正筆과 기개, 부정과 타협하지 않는 곧은 자세, 호주가豪酒家로서의 무용담 등등 젊은 학생의 가슴에는 영웅적 선도인先導人으로 각인되었지요. 그때쯤 선생은 제 친형의 주례를 맡아주셨는데 집안 간 끈끈한 인연에 세교世交의 벽돌 한 개를 더 얹어주셨습니다.

1960년대에 들어와 선생이 필화 사건에 연루되어 옥고를 치르던 시기에 관해서는 앞뒤 끊어진 기억이 있습니다마는, 저는 그 인생 역정에 철학적 수식을 씌우거나 옳고 그름과 같은 역사적 평가를 할 만한 계제가 되지 못했습니다. 오직 안타까움을 마음속에 간직하고 있었습니다. 그러다 1965년 「소설·알렉산드리아」를 접하고 깜짝 놀랐습니다. 이미 1954년 《부산일보》에 『내일 없는 그날』이 연재된 기억이 있었는데, 소설가로서 숨겨두었던 빛이 번쩍이는 것을 감동과 자랑으로 지켜보게 되었습니다.

선생의 주가酒街 편력은 소문나 있었습니다. 한동안 종로 관철동에 있는 '사슴'이라는 술집에 문인 지망생들과 함께 진을 치고 계셨는데 그 시기쯤 저도 검사나 의사들과 함께 그 근처 '낭만'이라는 맥줏집에 들락거릴 때였습니다. 어느 날 '낭만'에 친구들과 모여 맥주잔을 기울이고 있는데 나림 선생이 '사슴'에서 찾으신다고 전갈이 왔습니다. '사슴'으로 갔더니 선생은 젊은 여성들 7~8명에 둘러싸여 담소 중이었습니다. 그리고 저를 보시더니 대뜸 선친 성함을 부르면서 "요즘 ○○이 잘 있나?" 하시기에 저도 장난끼가 솟구쳐서 "그래, 병주야. 잘 계신다" 하고 대답했습니다. 그랬더니 "아이고, 졌다. 내 그 말 취소다. 술이나 한잔해라" 하시면서 크게 웃으셨습니다. 주위에 있던 여인들은 무슨 영문인지 몰라 어리둥절하던 모습이 기억에 생생합니다.

나림 선생은 저의 선친을 형님이라고 불렀는데 우연히 저를 동생이라 부르는 바람에 주위에 있던 고향분들이 "이놈의 집안 족보는 뭐가 이러냐" 하고 놀리던 일이 있었습니다. 친근과 호방, 애정이 깃든 선생의 스킨십은 실로 정들지 않을 수 없는 어루만짐이었습니다.

1980년대에 들어서부터 저는 검찰 간부가 되었고, 서울에서 근무하게 되었습니다. 선생은 "오늘 저녁 다른 약속 취소하고 ○○살롱으로 한잔하러 오너라" 하고 불쑥 전화를 하시곤 했습니다. 다소 늦더라도 달려가 보면 명사들과 함께 계셨습니다. 어떤 때는 제 친구인 허문도 전 장관도 같이 불려 가 동석하곤 했습니다. 살롱보다는 선술집이나 카페에 더 자주 불려 갔습니다. 선생은 젊은 사람에게 잔뜩 술을 먹이곤 했는데 젊은 사람이 술에 취해 해롱해롱하는 것을 즐기시는 것 같았습니다.

1981년으로 기억됩니다. 선생이 재경 하동군 향우회장직을 맡게 되셨습니다. 나림 선생 같은 분이 조직의 책임을 맡는 모습은 상당히 어울리지 않았습니다. 그러나 그때쯤부터 저는 향우회 일에 관심을 기울이며 열심히 응원을 했습니다. 그러다가 제가 관직을 떠난 후 1999년부터 2005년까지 꼭 6년간 하동 향우회장을 맡게 되어 선생과 같은 자리를 역임한 인연을 갖고 있습니다.

잘 아시는 바와 같이 선생은 발군의 다작多作이셨습니다. 발표되는 선생의 소설을 읽기도 벅찰 지경인데 도대체 그 많은 작품을 써낸 정력은 어디서 나온 것이며 앞뒤 꼭 들어맞는 줄거리는 어느 실타래에서 끌어낸 것인지 그저 감탄할 따름입니다

제가 검찰총장으로 일하고 있던 1991년 어느 날이었습니다. 선생께서 몇 달 동안 뉴욕에 가서 글도 쓰고 구상도 하고 오겠으니 건강 조심하면서 일하라는 전화를 주셨습니다. 그 말씀이 생전에 저에게 하신 마지막 말씀이었습니다. 그 후 1992년 4월 초 선친과 진주고등학교 동기생이면서 나림 선생과도 절친한 사이인 안동선(삼성물산 사장 역임, 2006년 작고) 선생께서 나림 선생이 돌아가셨으니 속히 서울대병원 영안실로 오라고 전화를 주셨습니다. 이렇게 해서 선생과의 이 세상에서의 옷자락을 놓게 되었습니다.

돌아가신 후의 인연이 더 정다운 것, 소중한 계시啓示이겠지요. 나림 선생과의 인연을 아끼고 사랑하면서 좋은 분들과 함께 '이병주기념사업회' 일을 큰 행복으로 간직하려 합니다.

나림 선생님! 감사합니다. 좋아하시던 '역사와 신화'에 파묻혀 잊지 못할 나라, 사랑하는 사람들과 영원히 함께하십시오.

# 해박한 지식의 낭만적 휴머니스트

**강석호** 수필가, 하동문학작가회 회장

나림 선생을 처음 안 것은 30대 중반 시골 학교 선생으로 있을 때였다. 버스가 하루에 두 번 정도 드나드는 벽지에 있는 학교였기 때문에 대처로부터 듣는 소식은 라디오 방송 아니면 신문에 의존할 수밖에 없었다. 라디오는 뉴스 시간을 놓치면 들을 수 없어서 자연히 신문에 대한 의존도가 높았다. 신문도 지금처럼 아침, 저녁 그날 치의 조간, 석간을 보는 것이 아니라 일주일 정도 지나서 우편으로 배달되는 것을 보았다. 따로 구독해 보는 것이 아니라 학교로 배달되는 것을 먼저 보는 사람이 임자였다. 나는 신문 보는데 눈독을 들여 배달부가 왔다 갈 시각이면 수업 마치는 종을 치기 바쁘게 곧장 직원실로 가서 신문을 펼쳐보는 축에 속했다. 우선은 제목만 대강 보고 방과 후에 혼자 남아 뉴스뿐 아니라 남들이 잘 안 보는 사설과 광고까지 한 자도 빼놓지 않고 보고 나서야 퇴근길에 올랐다.

그때 학교에서 구독하는 신문은 중앙지 1종과 지방지로는

《국제신보》였다. 그 당시는 경상남도와 부산시가 분리되지 않은 때라 부산에서 《부산일보》와 《국제신보》가 나왔다. 《부산일보》는 사세가 좋아 지면이 다양했고 《국제신보》는 사설이 좋은 편이었는데 우리 학교는 육성회장과 《국제신보》 지국장이 친해서 《국제신보》를 보게 되었다. 나는 누구의 연줄로 보게 되었든 사설이 좋은 신문을 보게 된 것을 퍽 다행으로 여기고 사설과 칼럼을 즐겨 읽었다. 그때 《국제신보》 신문의 편집국장 겸 주필이 이병주 선생이었다. 물론 사설 모두를 주필이 쓰는 것은 아니지만 비교적 정론을 펴고 국민들의 궁금한 곳과 아픈 곳을 집어 해설과 주장을 펴는 방향 제시는 주필의 의도에 따른 것이라 생각되어 호감을 갖고 꼼꼼히 읽었다.

뒤에 알고 보니 이병주 선생은 고향이 하동군 북천면으로 나와 면은 다르나 같은 군 출신이었다. 진주농업학교를 거쳐 메이지대학 전문부 문예과와 와세다대학 불문과에서 수학한, 당시로는 보기 드문 지식인이었다. 뿐만 아니라 선생은 4·19 직후 하동에서 전직 교수(진주농대)로서 국회의원에 출마해 유권자들로부터 해박한 달변가로 인기를 얻고 있었다. 이 얘기를 듣고 일부러 시간을 내어 그의 유세장에 가서 연설을 듣기도 했다. 그때 다른 입후보자들이 농민들의 구미에 맞는 인기몰이 만담이나 제스처를 하는 데 비하여 선생은 지식인답게 당시 자유당의 독재성과 부정부패를 조목조목 열거했다. 또 간혹 명저와 명언을 인용하는 등 수준 높은 연설을 했다. 그러나 당시 정권의 횡포와 농민들의 수준에 그런 지식이 통할 리도 없어 낙선은 당연한 것이었다. 나는 유세를 듣고 선생의 실력에 매료된 사실을 한동안 잊고 있었다. 그가 《국제신보》의 편집국장 겸 주필이 되어 필봉을 휘두르자 그 기억을 되살리며 더욱 관심을 갖고 사설을 읽었다.

그러던 어느 해 가을, 부산에 가서 볼일을 보고 시간이 남아 헌책방을 뒤지다가 선생의 소설 『내일 없는 그날』을 발견했다. 선생이 정치 사회에 해박할 뿐 아니라 문학에도 조예가 깊다는 것을 알고 선생이 쓴 글은 보이는 대로 읽는 등 어느덧 팬이 되었다. 『내일 없는 그날』은 등단 전 《부산일보》에 연재된 것을 단행본으로 출간한 것임을 뒤에야 알았다. 그러다가 5·16 이후 선생이 쓴 한반도의 영세중립론 주장과 교원노조를 지지하는 사설이 군사 정권의 비위를 거슬러 옥고를 치르게 되었다는 소식에 충격을 받았다.

출옥 후 선생은 문단 데뷔작인 중편 소설 「소설·알렉산드리아」를 《세대》에 발표했는데 나는 그 소설 또한 열심히 탐독했다. 소설은 아프리카 최북단의 알렉산드리아라는 도시가 무대다. 제2차 대전 당시 동생을 고문으로 죽인 나치의 게슈타포 요원인 안드레를 찾고 있는 한스와 독일 폭격에 의해 폐허가 된 게르니카 출신의 무용수 사라가 서로 만난다. 그녀는 돈을 모아 독일에 복수하는 것이 유일한 목표였다. 그들은 공모하여 결국 안드레를 살해하고 법정에 선다. 결국 그들은 국외로 추방된다. 소설은 "스스로의 힘에 겨운 뭔가를 시도하다가 파멸한 자를 나는 사랑한다"는 니체Friedrich Nietzsche의 말로 끝맺음한 것으로 기억된다. 소설에는 주인공 프린스 김의 형이 감옥살이를 하면서 주인공에게 보내는 편지가 여러 통 나오는데 형은 작자인 선생이요, 그 주장 또한 선생의 지론임을 짐작할 수 있었다.

당시 나는 소설가를 지망하는 문학청년으로 소설뿐 아니라 선생이 《현대문학》에 발표한 『마술사』, 《여성중앙》에 연재한 『관부연락선』, 《세대》에 연재한 『지리산』 등을 손에 넣는 대로 읽었다. 그러는 동안 선생을 직접 만나보고 싶었다. 사진이나 먼빛으로 보면 곱슬머리와 수염이 인상적이었다. 걸걸한 목소리가 결코 까다로운 선비가 아닌 다정한 이웃집 아저씨 같아 마음이 끌렸다. 그러나 직접 만날 기회를 얻지 못했다.

교직을 그만두고 상경해 출판사에 다니고 있던 1978년 가을, 영남문학회를 조직한다며 광화문 어느 음식점으로 오라는 연락을 받았다. 그때까지 나는 진주에서 접동문학동인회를 조직해 회원들과 한 달에 두 번씩 만나 합평회를 하고 《접동새》라는 동인지를 발행했다. 시골의 작은 도시인 진주에서 발간되는 《경남일보》에 두 차례나 연재소설을 썼고 1973년 《현대문학》에 수필 「호주머니의 의미」를 발표한 것으로 등단했다. 문학인 명단에 등재되어 있어 영남 출신임을 안 주관자들이 통지서를 보냈던 것이다.

신인이라 아는 문인도 없고 서먹할 것 같아 갈까 말까 하다가 정공채 시인으로부터 참석하라는 전화를 받고 음식점으로 갔더니 40~50명의 영남 출신 문인들이 있었다. 그 자리에서 이미 영남문학회 결성을 위해 준비위원들이 마련한 회칙이 통과되었다. 회장으로 이병주 선생을 만장일치로 추대하는 동시에 사무국장은 정공채 시인이 맡았다. 회장으로 뽑힌 나림 선생은 인사말을 통해 앞으로 영남문학상을 제정해 1년에 한 번씩 시상하겠다고 했다. 상금은 3천만 원으로 그 당시 문학상 중에서는 최고의 상금이었는데, 나림 선생 자신이 마련하겠다고 공언을 했다. 그 공언을 듣고 나는 존경하는 선생님다운, 유명 작가다운 모습이라고 생각하며 열렬한 박수를 보냈다. 나뿐 아니라 다른 회원들도 좋아했다. 영남 출신 문인이 된 것을 큰 영광으로 여기는 분위기였다.

선생은 폐회가 선언되자 회장된 기념으로 한턱을 낸다며 조선일보사 옆에 있는 일식집 '신원'으로 우리들을 안내했다. 당시로선 귀한 생선회와 정종을 실컷 먹게 했다. 선생은 앞으로 자신을 만나고 싶거나 술 생각이 나면 오후 5시 이후 '신원'으로 오라고 했다. 그러면 언제든지 만날 수 있고 술도 마음껏 대접하겠다고 선언했다. '신원'은 선생이 당시 《조선일보》에 소설 『바람과 구름과 비』를 연재하면서 밤새껏 쓴 원고를 신문사에 넘기고 한잔하며 피로를 푸는 단골집이었다. 그곳에는 송지영, 남재희 같은 유명 작가와 언론인들이 선생과 함께 어울렸고 영남 문인들도 가서 술을 마시고 사인만 하면 그만이었다.

나는 총회날은 통성명만 하고 일주일쯤 지난 후에 '신원'으로 나가 선생을 뵙고 인사를 드렸다. 고향과 그간의 읽은 글에 대해 이야기하고 앞으로 소설을 쓰고 싶은데 많은 가르침을 달라고 했다. 선생은 나의 그런 인사에 너털웃음을 치며 술을 잘하느냐고 물었다. 잘 못 한다고 했더니 소설을 쓰려면 술부터 먼저 배워야 한다며 잔을 내밀고 술을 따라 주셨다. 직접 본 선생은 소박하면서도 낭만적이었고 호탕한 성품으로 의사 표시가 시원시원했다. 그것을 계기로 '신원'에서 선생을 종종 뵐 수 있었는데 모든 면에 해박하고 다식해 언제나 화제를 끌고 갔다. 우리는 선생의 얘기를 듣기만 해도 많은 것을 배울 수 있었다. 그의 인간적 특성을 한마디로 표현하자면 박식한 지성과 낭만적 휴머니스트라고나 할까.

선생은 글을 쓸 때 원고지나 타자기로 쓰는 것이 아니라 미모의 타자수를 고용해 구술로 원고를 완성하는 천재성을 보였다고 한다. 1972년 《세대》에 연재한 『지리산』이 세운문화사에서 간행되었고 1980년 『행복어 사전』이 문학사상사에서 간행되었다. 『지리산』은 큰 반응을 얻지 못하다가 1985년 기린원에서 재간행되자 크게 인기를 얻었고 『행복어 사전』은 TV에서 연속극으로 방영되어 대중들로부터 그 진가를 인정받게 되었다.

『지리산』은 선생의 대표작이자 지리산을 중심으로 한 빨치산의 실화를 다룬 것이다. 6·25를 전후한 민족 분단이 빚은 비극의 실상을 후대에 전하는 역사적 사명을 띠고 있는 작품이다. 진주를 시발점으로 하는데 진주중학교 동창생이 등장하고 빨치산의 실제 이야기가 등장한다. 진주에서 학교를 다니고 빨치산의 비극을 체험한 나로서는 큰 관심거리가 아닐 수 없었다.

줄거리를 살펴보면, 일제가 조선인들을 몰살시키려는 계략을 꾸미고 그 일환책으로 징용과 징병, 학병을 강제로 집행한다. 일제의 야수적 행동에 반기를 든 하준규와 박태영은 이를 피하기 위해 지리산으로 모여든다. 다른 징병 도피자들과 보광당葆光黨을 조직해 일제의 주재소와 경찰서를 습격하는 등 항일투쟁을 적극적으로 전개한다. 8·15광복을 맞으면서 각자 귀가하지만 피비린내 나는 좌우익의 이데올로기 대립이 극심해지면서 그들은 당초의 순수한 민족주의자 입장에서 사회주의로 기울기 시작한다. 그러나 얼마 못 가 다시 그들은 공산주의(남로당)에 환멸을 느낀다. 그러나 때는 이미 늦었다. 자신들을 구할 겨를도 없이 6·25의 동족상잔 소용돌이에 휘말려 빨치산이 된 그들은 끝내 지리산에서 최후를 마친다.

『지리산』에는 빨치산 활동의 실상이 리얼하게 전개된다. 빨치산 경험이 없는 작가가 그 실상을 리얼하게 쓴 것은 『남부군』의 작가 이태의 글을 그대로 전재했다는 이야기가 분분했다. 이에 대해 나와 몇몇 젊은 문인들은 선생을 만난 자리에서 그 진위를 물었다. 선생은 "인용했다고도 할 수 있고 안 했다고도 할 수 있지" 하시고는 본문과 후기에 모두 밝혀냈다고 말씀하셨다. 『지리산』의 후기에 보면 "이 소설의 마지막 부분은 등장인물의 한 사람인 이태의 수기가 없었더라면 가능하지 못했을 것이다"라고 밝혀져 있다. 본문 중에도 "이태에 의하면"이라고 인용한 것을 보여주고 있다. 그러나 인용을 하려면 좀 더 분명히 밝혔어야 했다는 것이 독자들의 의견이었다.

『지리산』은 전반부는 지리멸렬했으나 후반부에 가서 빨치산의 활동상이 본격적으로 부각됨으로써 활력을 얻었다고 볼 수 있다. 그리고 본문 중 박태영의 2년 선배로 '이나림'이 나오는데 빨치산으로 끌려갈 뻔한 나림을 박태영이 구해 준다. 나림那林은 이병주 선생의 아호와 같다. 나림은 선생의 분신으로 부각되어 빨치산과 연관된 후일담을 남기고 있어 읽는 재미가 있다.

앞서 결성한 영남문학회와 문학상 시상 문제는 그날 이후로 흐지부지되고 말았다. 자세한 이유는 모르나 공수표가 되었다.

선생은 많은 작품을 썼고 정계와 재계에 많은 인사들을 알고 있다. 때문에 나는 선생이 상금을 마련하는 데 문제가 없을 줄 알았다. 그러나 측근의 말을 빌리면 선생은 이재에는 지극히 둔하고 돈은 쓰면 그만이라고 생각한다고 했다. 5·16 이후 김현옥 서울 시장과 친해서 김 시장이 서울을 개발할 때 선생에게 말죽거리 땅을 싼값에 사게 하고, 뒤에 몇 갑절의 이익을 남기고 부자가 되었다는 소문도 자자했으나 실제와는 얘기가 달랐다. 다만 용산의 한 하천을 복개해 큰 건물을 짓고 관리를 했으나 그것도 얼마 지나지 않아 남의 손에 넘어갔다는 얘기를 들었다. 그러고 보니 상금 마련도 어려웠을 테고 또 상금이 적은 액수도 아닌 데다 문학회를 운영하자면 많은 돈이 소요되므로 실행이 어려웠을 것으로 짐작된다.

선생은 그 누구보다도 많은 작품을 남긴 다재다능한 작가요, 걸출한 삶을 살고 간 풍운아로서 우리 문학사에 시간이 흐를수록 그 이름이 크게 빛날 것으로 믿는다. 나는 선생과 고향이 같다는 것과 잠깐이나마 대화를 나누고 육성을 들을 수 있었다는 점에서 자랑스러움을 금할 수가 없다.

# 참으로 이상한 만남

**김병총** 소설가

첫 만남이 어떻게 이루어졌는지는 도무지 기억에 없다. 소설을 쓰는 동업자였고 그나마 같은 술꾼이었으니 술집에서 자주 맞닥뜨려 친분을 쌓았을 것이라는 추측이 가장 신빙성이 있는 결론일 것이다.

"저녁에 어디 계실 거예요?"

우리들 젊은 작가 몇은 거의 매일 《문학사상》 주간실에 진을 치곤 했다. 나림 선생은 『행복어 사전』을 《문학사상》에 연재하고 계셨는데 영어와 불어, 일어에 능통해 문학사상사에 자주 도움을 주곤 했다. 때문에 우리들은 그쪽에서 자주 만남을 가졌다.

"술이 고픈 모양이지? 가만있자, 내가 두어 군데 들릴 데가 있으니까, 저녁에 '낭만'에 들려보게나."

우리는 나림 선생이 매월 1천 매씩의 원고지를 메운다는 것을 알고 있었기 때문에 가뜩이나 주눅이 들어 있는 상태였다. 그런데 어느 날 문학사상사로 오시더니 우리들 젊은 작가들에게 기지개까지 하시며 뽐내시는 것이었다.

"야, 이달에 2,400장을 썼네!"

나림 선생이 초인인 것은 분명했다. 그렇지 않고서야 매일 마시는 술에, 항상 로맨스를 달고 다니기는 어려울 테니까. 여기서 수수께끼 하나. 나림 선생은 나를 만날 때마다 반드시 선친의 안부를 물으셨다.

"춘부장께선 요즘 강령하신가?"

"교직에서는 은퇴하셨지만 교회 장로님으로서, 농장주로서는 여전히 바쁘십니다."

선친께서도 나림 선생에 대한 안부를 묻기는 마찬가지셨다.

"이병주 선생 요즘 안녕하시던가?"

"우리 젊은 작가들보다 세 배나 많은 원고를 쓰시는데 우리들보다 훨씬 건강하세요."

자, 이쯤이면 두 분이 아주 가까운 사이라는 것을 단정할 수 있을 것이다. 개연성은 충분히 있다. 우선 고향이 하동으로 동향이다. 선친이 고전면이고 나림 선생이 북천면이지만 그 정도 지리적 차이가 두 분을 모르는 사이로 둔다는 것은 상상한 적이 없다. 또 같은 진주농고 출신이다. 선친이 1908년생이고 나림 선생이 1921년생인데 연령의 차이로 인해 두 분이 어울리지 않았다는 생각 역시 하지 않았다. 동향이고 동문이니까 으레 가깝게 지내셨겠지, 하고 생각한 것이 고작이었다.

그러던 어느 날, 1980년대 초라고 기억된다. 사천공항에서 두 분이 극적인 만남을 가지셨는데 전연 초면이라는 사실을 알게 된 나는 거의 기절할 지경이었다. 두 분은 전연 아는 사이가 아니었던 것이다. 다급해진 나는 두 분을 소개하기 바빴다.

"제 아버지시고, 이쪽이 이병주 선생님이십니다."

결국 두 분은 처음이자 마지막 악수를 나누셨다. 그날은 그렇게 넘어갔지만 한가한 틈을 타서 선친께 나림 선생에 대해 묻지 않을 수 없었다.

"아버지는 이병주 선생님을 그날 처음 만난 것입니까?"

"하동에서는 신동이 태어났다고 어렸을 때부터 기대가 굉장했어. 결국 소설가로 성공했으니까 자네한테 안부를 자연히 묻게 된 거지."

"그게 전부예요?"

"전부지. 그런데 그 좌익 성향 때문에 고생하셨을 거다."

나는 나림 선생에게도 같은 것을 물었다.

"도대체 저희 아버지는 어떻게 아시는 겁니까? 저번에 보니까 두 분이 처음 만나는 것 같았는데요."

"진농晋農에 근무했지만 같은 시기에 함께한 적이 없었지. 우익 진영의 맹장으로서의 그 파다했던 명성이 학교를 옮겨 간 후에도 교내에 한참 남아 있었거든."

두 분이 세상을 떠난 지금, 여전한 수수께끼로 남아 있는 게 있다. 나는 선친에 대해서 나림 선생께 입도 벙긋한 적이 없는데 나림 선생은 부친과 나 사이를 어떻게 알았을까 하는 것이다. 결국 나는 그 의문을 풀지 못하고 말았다.

수수께끼 둘. 나는 대학을 졸업하고 나서 부산으로 내려가 D고등학교에 3년 정도 강사로 근무한 적이 있었다. 당시의 제자가 이권기 군이다. 그러나 권기 군이 제 부친에 대해 언급한 바가 전연 없어서 나는 권기 군의 아버지가 나림 선생이라는 사실을 알 턱이 없었다. 그런데 그들이 부자지간이라는 사실이 우습게 밝혀졌다. 내 기억으로는 관철동 골목에서였던 것 같다. 두 사람이 내 앞으로 걸어왔는데 나를 보더니 웃기 시작했다. 둘이 어떤 사이이길래 어깨를 나란히 하고 걸어오는지 나로서는 영문을 알 수 없었다.

"D고교 시절 그대가 이 아이의 선생님이었다면서. 내 하나밖에 없는 혈육일세. 잘 지도해 주시게."

이권기 군은 지금 지방 대학에서 교수로 바쁜 몸이다. 만일 하동에서 나림 선생의 기념비가 서지 않았다면 우리들이 다시 만날 기회도 영원히 없었을지도 모른다.

1970년대니까 내 나이 또래의 작가들은 젊은 작가에 속했다. 우리들을 일컬어 언론용으로 '70년대 작가군'이라 일컬었다. 당시 나림 선생은 최인호보다 훨씬 많은 원고지 분량을 소화하면서 소설가로서의 문명을 한창 떨치고 계셨다. 소설가로서의 입지와 '70년대 작가군'과는 확연히 다른 소설 성향 때문에 나림 선생은 우리들 입에 좋은 의미든 나쁜 의미든 자주 오르내리곤 했다. 나림 선생은 우리들이 접근하지 못했던 소설 유형, 「소설·알렉산드리아」와 『지리산』 같은 스케일 큰 소재를 즐겨 다루었고 또 능숙하게 다루셨다. 그 점에 대해 소설가 김승옥은 이런 결론을 내렸다.

"한국 작가에게서 찾아볼 수 없는 유형의 작가가 바로 이병주 선생님이라고 생각해. 아직 한국에는 다큐멘터리적인 소설을 쓰는 작가가 없거든. 하지만 일본에는 이런 유형의 작가들이 많아. 야마오카 소하치山岡莊八 등 몇몇은 되지. 한국 작단에도 나림 선생 같은 유형의 작가들이 많이 나와야 될 텐데."

이런 얘기들이 나림 선생의 귀에 들어갔기 때문이었을까. 이제까지 썼던 유형의 작품과는 완전히 다른 소설들이 발표되기 시작했다. 그중에서도 독자들뿐 아니라 동업 작가들에도 충격을 준 소설이 있었다. 《문학사상》에 연재하기 시작한 『행복어 사전』과 《조선일보》에 연재되는 『바람과 구름과 비』가 바로 그것이었다. 이 작품들은 이제까지 나림 선생이 써오던 유형과는 완전히 다른 작품들이었다. 맥줏집 '낭만'에서 만났을 때 우리들의 입방아에 신경이 쓰였는지 선생은 이렇게 해명을 하셨다.

"자네들이 나를 보고 현대판 대중 소설은 못 쓸 거라고 쑥덕거렸다면서? 여태 안 썼을 뿐이지 나도 얼마든지 쓸 수가 있어!"

그러나 작가는 작가일 뿐 '소설 뽑아내는 공장'은 아닌 것이다. 설사 소설 공장이라 치더라도 몸을 혹사하신다는 느낌이 드는 건 어쩔 수 없었다. 그 연세에 어떻게 7개의 신문 잡지에 동시 연재가 가능했을까! 하지만 나림 선생은 해내셨다. 늦은 문단 진출이 억울하기라도 하셨던 것일까.

"유주현 선생님도 한꺼번에 너무 많은 원고를 쓰셨거든요!"

건강을 걱정해서 말씀드렸더니 이렇게 대답하셨다.

"글도 머리에서 쏟아져 나올 때 써야지 그러지 않으면 언제 쓰겠나."

나림 선생의 동생분은 중앙정보부 차장으로 계셨다. 혁명 주체인 김현옥 장군이나 이후락 장군과는 친동기처럼 가깝게 지내셨다. 이것 또한 걱정을 하며 선생께 말했다.

"젊은 작가들에게 눈총 받기 십상이지요!"

"작가로서 나라도 접근해 이들의 비밀들을 캐내야지."

결국 나림 선생님은 가셨다. 과로로 가셨다고는 생각되지 않는다. 우리들로서는 혁명 주체들의 비밀을 캐낼 수 없었지만 나림 선생에게 그 점이 가능했다면 작단으로서는 다행스러운 일일 것이다.

# 한국 문단의 거목

정연가 하동문화원 원장

### 이병주 선생 자랑

1980년대 중반 우리나라는 88서울올림픽을 앞두고, 민족의 가능성을 점치며 희망에 젖어 있었다. 그때 나는 서점에서 발견한 이병주 선생의 『길따라 발따라』를 열심히 읽을 때였고, 이병주 선생은 '재경 하동향우회' 회장직을 맡고 계셨다.

그 무렵 나는 마침 서울 중앙부처에서 내려와 하동 지역 사회를 맡아 일하게 된 군수님을 측근에서 모시는 위치에 있었다. 나는 관내 지역을 하루속히 익히려는 지역 책임관의 마음을 헤아려 출장길에 자주 수행하며 마을 특색, 특산물, 주요 출신 인사, 마을 주민들의 숙원 사업 등을 이야기했다. 신임 군수의 안목을 넓히는 데 도움을 주려고 신경을 썼다. 그러던 어느 날, 관내 북천면 화정리 마을을 지나면서 내가 말했다.

"여기는 유명한 소설가 이병주 선생의 고향입니다. 여기 길가 위쪽에 최근까지 이병주 선생의 사촌 아우 이병태라는 분이 양조장을 경영하고 있었습니다."

"그래요! 지금 재경 하동향우회장 이병주 씨 그분 말이지요?"

군수는 소설가보다 향우회장이라는 직위에 더 무게를 두는 듯한 어조로 되물었다. 며칠 뒤였다. 양보초등학교(지금은 폐교되었다) 앞을 지나며, 학교 역사에 대해 이야기를 했다.

"이 학교는 역사가 90년 가까이 되는, 하동군에서는 세 번째로 오래된 학교입니다. 지금은 학생이 급격히 줄어서 곧 분교로 격하될 것 같습니다."

"이 학교 출신 유명 인사로 누가 있습니까?"

군수가 물었다. 나는 기다렸다는 듯이 이렇게 말했다.

"소설가 이병주 선생이 이 학교에서 초등 교육을 받았습니다"

군수는 말없이 고개만 끄덕였다. 나는 옛날에 이병주 선생님과 함께 초등학교를 다녔던 어른들에게서 들은 이야기가 있어 자랑하듯 덧붙였다.

"이병주 선생은 두뇌가 얼마나 명석했던지 공부할 때 공책에 기록하지도 않고 그 자리에서 머리에 담아버렸다고 합니다."

나는 틈나는 대로 후배들에게 이병주 선생이 내 모교인 양보초등학교 출신임을 강조하곤 했다.


### 학도병 탈출 동지의 추억

2005년이었던 것으로 기억된다. '나림 이병주 선생 13주기 추모식 및 심포지엄'이 있고 며칠 뒤, 서울에서 한 낯선 노인이 내려왔다. 노인은 '나림 이병주 선생 추모 모임'을 주관했던 김철수 전 문화원장과 함께 왔는데 고향이 진주로, 서예로 이름을 떨친 유명 인사의 아우라 했다.

서울 손님과 인사를 나눈 뒤 하동까지 찾아온 사연을 들었다. 뜻밖에도 소설가 이병주 선생의 기념 사업을 하동에서 하고 있다는 말을 풍문으로 전해 듣고 내려왔다고 했다. 이병주 선생과 지냈던 일을 추억하고, 이병주 선생에 대한 흔적이라도 찾기 위해, 숨결을 느껴보기 위해 발걸음을 했다는 것이었다.

그는 일제 때 일본에서 대학을 다니던 중 학병으로 이병주 선생과 함께 중국 쑤저우蘇州까지 끌려갔다가 같이 탈출했던 '일제 학도병 탈출 동기'였다. 광복 뒤에도 한참 동안 나라 걱정을 하며 젊은 시절을 보냈다고 했다. 노 신사는 이병주 선생은 특히 머리가 좋았다고 하면서 이런 말을 했다.

"하동에서 이병주 기념 사업을 한다는 말을 듣고 참으로 뜻 깊은 일을 하고 있다는 생각이 들었습니다. 한번 만나볼 수 있을 것이라는 희망을 품고 살았는데 갑작스런 선생의 타계 소식을 듣고 절망감에 며칠을 잠 못 이뤘습니다. 이병주 선생은 우리가 다시는 찾아볼 수 없는 천재였습니다. 이병주 선생은 하동의 인물로만 기념해서는 안 됩니다. 대한민국 전체의 국가적 인재로 기념해야 합니다."

석양에 길게 뻗은 그림자를 두고 서 있는 느낌을 주었던 황혼녘의 노 신사는 먼저 가신 이병주 선생을 못내 아쉬워했다.

### 내가 처음 만난 이병주 선생

나는 생전의 이병주 선생을 뵙지 못했다. 선생의 이름은 일찍이 초등학교 때 알았다. 어린 시절, 선생께서 제3대 국회의원 선거에 입후보했을 때 홍보물을 통해 처음 이름을 알았다. 이후 1960년 5대 민의원 선거 때 다시 선생의 이름을 접했고, 이듬해 5·16 직후 필화 사건으로 혁명재판에서 유죄 판결을 받았다는 소문을 들었다. 그 무렵 철없는 소견으로는 신문에 무슨 글을 잘못 써서 혁명정부의 미움을 산 것 같다는 정도로 알고 별스런 감정 없이 넘겼다.

이병주 선생을 새롭게 느끼기 시작한 것은, 내가 성인이 되어 사회생활을 시작하면서부터였다. 1970년대 《신동아》에 『지리산』이 연재로 실렸다. 나는 민족의 애환을 흥미진진하게 펼친 『지리산』을 읽기 위해 《신동아》를 매월 구입했다. 1980년대에 들어 선생께서 《신동아》에 새로 연재를 시작한 『그해 5월』은 또 다른 느낌을 주는 실록 소설로 여겨졌는데, 나는 이병주 선생의 넓이를 가늠할 수 없는 광대한 식견을 느낄 수가 있었다. 『그해 5월』 첫머리의 작은 제목처럼 적힌 글귀가 참으로 마음을 끌었다.

역사歷史는 일월日月이 조명하는 법정法廷이다.
그런데 그 판결은 언제나 늦다.

나는 『그해 5월』이 5·16 정치 세력들의 내면에 감춰진 음습하고 부끄러운 작태를 고발하는 성격의 소설이라는 생각이 들었다. 민족사에 영원히 남겨질, 한 시대를 주도한 인물들의 기록으로 여겨졌다. 나는 이병주 선생의 소설을 읽으면 역사 공부가 되겠다는 생각에서 선생의 작품을 찾아 읽었는데, 먼저 눈에 뗜 작품은 1983년에 낸 대하소설 『바람과 구름과 비』였다. 이 소설은 조선조 말엽 기울어져 가는 나라의 형편을 그린 내용으로 시작된다. 민하라는 울분에 젖은 우국 청년의 시가 마음에 와닿았다.

> 벌레들인 충蟲은 대각 위에서 교만하고
> 충성을 다하는 충忠은 황초 아래서 겸손히 있는데,
> 암우한 임금에게는 분별이 없으니
> 일월이 이 강산을 비추길 부끄러워하네.

　이 시문을 풀이하면, '조정은 교만한 벌레 같은 무리들이 차지했고, 충성스런 인물들은 잡초처럼 맥을 못 추는데, 임금은 분별력이 없으니, 하늘의 태양과 달은 이 강산 비추기를 부끄럽게 여긴다'이다. 다 쓰러져 가는 조선조 말엽의 나라 꼴을 적나라하게 나타낸 글이었다. 또 민하라는 청년은 그 무렵 나라를 경영하는 최고 책임자로 대원군과 민비, 고종을 들었는데, 대원군은 피에 굶주린 호랑이로 지칭했고, 민비는 500년 묵은 요망한 여우, 고종은 여색女色 외에는 아무것도 모르는 살진 돼지라고 서슴없이 표현했다. 선생이 민하라는 청년의 이름을 빌려 부패가 극도에 달했던 조선조 말기의 나라 꼴을 설파한 것으로 보여 가슴이 후련했다.

　소설의 주인공이라 할 수 있는 최천중이 아들을 왕으로 앉히고 권력을 오로지하는 흥선대원군 이하응과 60년 세도로 나라를 궁지로 몰아넣는 길을 열었다고 할 수 있는 안동 김씨 세력들과 부딪치며 빚어내는 이야기는, 문학적 감각을 맛보기에 앞서 나의 역사적 안목을 크게 넓혀주었다.

### 한국 문단의 영원한 거목 이병주 선생을 위해

1990년대 중반 군청에서 군청 전 직원과 관내 주요 인사들을 한자리에 모아놓고 유명 인사의 특별 강연회를 열었다. 그때 초청된 인사는, 기억이 명확하지 않지만 국민 정신 문화 발전을 향상시키는 연구 기관에 속한 인사였다. 그는 육군 준장 출신으로 정훈감을 지냈다고 했다. 나는 강연이 시작되기 전에 시간이 남아 쌍계사 구경을 시켜드리기로 하고 안내를 맡았다. 쌍계사 앞에서 절을 향해 걸으면서 이야기를 나누는데, 그가 난데없이 내게 물었다.

"산청 사람인데 광복 이전부터 6·25 이후까지 남로당 활동을 열성적으로 하다가 최근에 전향한 인물이 있는데, 그분의 이름이 얼른 생각이 나질 않습니다. 혹시 아십니까?"

나는 바로 머리에 떠오르는 인물이 있었다.

"혹시 박갑동이라는 사람 아닙니까?"

"네. 맞습니다."

강사는 놀란 표정을 지었다. 그는 시대 물정에 어두운 일선 하급 공무원이 어떻게 박갑동을 알고 있는지 이해가 잘 안 된다는 눈치였다. 나는 《주간조선》이라는 주간지에 언론인 조덕송 씨가 연재한 『민족대드라마 증언』을 통해 박갑동이라는 인물을 알았고, 뒤에 이병주 선생의 장편 『남로당』 주인공이 박갑동이었기에 잘 알고 있었던 것이다.

하동 출신의 소설가 이병주의 장편 『남로당』의 주인공이 바로 박갑동이라고 했더니 그도 소설을 읽었다고 했다. 박갑동이라는 이름이 떠오르질 않았다며 산청 가까운 하동에 오니 그 사람 생각이 난다고 했다. 그러면서 강사는 이병주 선생을 진주 사람으로 알고 있었는데 하동 출신이라는 사실을 이제야 알았다고 했다. 나는 이병주 선생을 자랑하고 싶은 욕심에서 지식인 이병주 선생에 대한 이야기로 시간을 보냈다. 선생께서 유명을 달리하신 지 얼마 되지 않은 때였다.

　그로부터 한참 뒤 선생의 태생지인 북천면의 주민들이 앞장서고 뜻있는 분들이 마음을 모아 나림 이병주 선생 기념비가 섬진강변에 세워졌다. 그리고 '나림 이병주 선생 기념사업회'가 봄마다 조촐한 추모 행사를 갖기 시작했다.

　나는 한국의 대표 문인들이 중앙 무대에서 이병주기념사업회를 창립해 국내뿐 아니라 국제적인 문학 행사를 펼쳐 이병주 선생을 나라 안팎으로 기리게 된 것을 무엇보다 다행스럽게 여긴다. 특히 문화적인 측면에서 하동 군민의 숙원을 풀었다는 생각을 갖기도 했다. 이병주 선생의 위업을 기리며 '이병주 문학회'를 위해 힘쓰는 문인들의 노고에 감사를 드린다.

# 고향을 밝힌 큰 인물

**최중수** 이병주문학관 관장

  필자는 선생으로서 어려운 환경의 농촌 학생들에게 꿈과 희망을 심어주고자 하동의 인물 중에서 위인을 찾던 중 나림 이병주 선생님을 만나게 되었습니다. 이병주 선생님을 만나게 된 것은 필자와 하동 학생들의 큰 행운이었습니다.

  이병주 선생님은 고향 선배이십니다. 어려운 환경 속에서도 열심히 공부하셔서 『지리산』 등 80여 권의 책을 저술해 한국 문단에 금자탑을 세운 분이기에 학생들이 본받고 존경할 수 있는 분이라고 생각했습니다. 따라서 이병주 선생님의 교수, 언론인 그리고 소설가로서의 업적을 알게 함으로써 학생들이 선생님을 존경하고 선생님께서 지닌 가치와 신념을 내면화시켜 선생님을 뒤따르는 큰사람이 되도록 가르치고자 노력했습니다.

  먼저 선생님께서 저술한 책들을 모았습니다. '나림 이병주 선생 기념사업회'를 발기해 전국 학생 백일장을 개최해 학생들이 선생님의 문학 정신과 초인적인 노력을 배우도록 이끌었습니다. 선생님을 기리고 알리고자 '소설가 이병주 기념사업 추진을 제안하며' 등을 비롯해 여러 편의 글들을 신문과 잡지에 투고했습니다. 이런 노력으로 하동 학생들과 군민들뿐 아니라 많은 사람들이 이병주 선생님과 만나게 되었다고 생각합니다.

소설가 이병주 선생님 하면 먼저 떠오르는 것이 『지리산』 등 많은 책들을 펴내신 것입니다. 북천초등학교 역사관 '북천을 빛 낸 사람' 코너에 선생님의 작품을 모으기 시작했습니다. 진주, 마산의 헌책방에서 사기도 했고 인터넷에서 구하기도 했습니다. 소문을 듣고 지인들로부터 선물받기도 했는데, 특히 일산에 사는 안동선 옹으로부터 수십 년 소장한 60여 권의 책을 기증받고 얼마나 기뻤는지 모릅니다. 이렇게 모여진 800여 권의 책을 이병주 문학제 때마다 전시했는데 참석한 사람들로부터 감탄을 자아내게 했습니다. 이병주 선생님의 책을 수집하면서 그 수많은 책들을 어떻게 창작했을까 감탄했습니다.

필자의 정년 퇴임 문집 『돌탑을 쌓으며』에 실린 「나림 이병주 선생님을 기리며」에서 '소설가 이병주 작품 세계'를 비롯해 나림 선생님과 만난 자세한 이야기들을 실었습니다. 많은 분들이 책을 통해 이병주 선생님을 만나보기를 바라는 마음에서였습니다.

2002년부터 해마다 개최해 온 이병주 문학 심포지엄을 통해 김종회 교수님과 김윤식 교수님 등 이병주 문학에 대한 연구를 하는 많은 문학인들을 만났습니다. 그분들의 강연과 글을 통해 어려운 시대를 용기 있게 살아간 훌륭한 문학가로서 이병주 선생님을 새롭게 만날 수 있었습니다.

김종회 교수님은 이병주 선생님의 소설은 소설적 이야기의 재미에 있어 탁월하다고 했습니다. 또한 소설 곳곳에 드러나는 동서고금의 문헌 섭렵과 역사에 대한 견식을 통해 선생님의 박학다식한 면모를 볼 수 있다고 했습니다. 하동과 진주 등 경남 일원을 배경으로 한 작품이 많기 때문에 하동에서 이병주 작가를 문화적 풍토 거양의 대상으로 활용해야 한다며 이병주 선생님의 문학적 업적에 대해 말했습니다.

김윤식 교수님은 이병주 선생님을 '학병 세대가 낳은 대형 작가'라고 표현했습니다. 일제가 조선의 대학생 징병제를 강제한 것은 1944년 1월 20일로 약 4,600여 명의 조선 대학생을 일본 육군에 입영시켜 중국, 미얀마, 필리핀 전장에 투입했습니다. 이 학병들은 당시 조선 최고의 지식인 계층으로 이병주 선생을 포함한 이들을 학병 세대라고 합니다. 학병 세대인 이병주 선생님은 중국 쑤저우의 일본군 막사에서 말의 시중을 들며 보초를 서면서 스스로 노예임을 통렬히 체험했다고 합니다. 용병의 신세에서 벗어나 중국으로 돌아와 교사, 교수가 되면서 용병의 '위신 찾기'에 노력했으나 시골 교원으로는 한계가 있어 저널리즘 쪽에 투신하셨다고 합니다. 이병주의 탈노예화 과정의 첫 번째 단계가 '교원 노동'이었다면 두 번째 단계는 '저널리즘 노동'이었다고 김윤식 교수님은 말씀하셨습니다. 1961년 5월 필화 사건으로 2년 7개월의 감옥 생활을 했는데, 이것은 불행하게도 노예의 주인화에 실패한 일이며 이 일이 계기가 되어 '저널리즘 노동'에서 '소설 노동'으로 진입했다고 합니다. 이병주 문학은 노예의 주인화 과정으로 정리할 때 비로소 그다음의 빛을 드러냅니다. 「소설·알렉산드리아」에서는 '나=아우'의 도식이 있는데, 황제 자신이 아우이며 피리로써 사상을 대표합니다. 「겨울밤」에서는 황제인 '나'가 노정필로 옮겨가고 '나'가 한 기록자이자 문학자로 설정됩니다. 「그 테러리스트를 위한 만사」에서는 지금껏 '위신을 위한 투쟁'에 근거한 주인화였다면 '혁명적 정열'을 내세움으로써 '위신을 위한 투쟁'을 넘어서고자 했다고 김윤식 교수님은 말씀하셨습니다.

작가 이병주에 대한 연구를 하는 문인들께 감사한 마음입니다. 한 단계 높은 시각으로 이병주 선생님을 우러러 뵐 수 있기 때문입니다.

이병주 선생님을 기리기 위한 '나림 이병주 선생 기념사업회'에서 2002년 4월 3일 주최한 '나림 이병주 선생 10주기 기념'의 추모식과 문학비 제막 그리고 문학 강연회는 새로 태어난 이병주 선생님을 만나는 감동의 순간이었습니다. 지난 4년간 기념사업회를 발기해 조직하고 협조를 구하느라 애쓴 고생이 하동 발전의 큰 계기가 되었기 때문입니다. 지도하고 협조해 주신 이병주기념사업회 정구영 공동대표님과 정구용 전 하동군수님을 비롯한 모든 분께 감사드립니다.

해마다 벚꽃이 만발한 4월의 섬진강변에서 펼쳐지는 이병주 문학제는 해를 거듭할수록 군민들의 참여가 늘고, 조직도 확대되었습니다. 행사의 규모도 전국화, 국제화되어 가고 있어 처음의 소망인 하동 이미지 고양에 큰 역할을 하고 있습니다. 경사가 겹쳤습니다. 2004년 하동군(군수 조유행)에서는 25억 원의 큰 예산으로 이명산에 문학 예술촌을 조성하겠다고 밝혔습니다. 이어 그해 7월 21일에 '이명산 문학 예술촌 건립 추진 위원회'가 구성되어 '발기 취지문'을 선포했습니다. 이명산 자락의 명당에 '이병주 문학관' 터를 면민들의 합의로 잡자, 하동군에서 33억 원의 큰 공사를 시작해 2008년 4월에 개관하게 되었습니다. '이병주 문학관'이 개관되어 제대로 갖추어진 공간에서 나림 이병주 선생님을 만나는 즐거움에 요즈음 나날이 행복합니다. 이 행복은 조유행 하동군수님께서 주신 것이기에 머리 숙여 감사드립니다.

한국 최고의 소설가 이병주 선생님의 하동 사랑 정신과 투철한 문학 정신 그리고 수많은 창작 업적을 기리는 일은, 선생님의 대표작 『지리산』으로 지리산을 하동의 산으로 만들어준 은혜에 보답하는 길입니다. 나아가 하동 사람들이 긍지를 갖고 문화의 세기를 앞서 가는 문화인으로 자리매김하는 일입니다.

이병주 선생님의 소설을 읽으면 이야기의 재미를 알 것이고, 웅혼한 스케일과 박진감 넘치는 구성을 볼 수 있습니다. 그리고 처절한 현실에서 살아가는 다양한 인간상을 통해 삶의 진실을 깨달을 수 있습니다. 선생님께서 쓰신 소설들을 열심히 읽으면서 이병주 선생님을 다시 새롭게 만나고자 합니다. 벌써부터 들뜬 마음이 듭니다.

# 내 삶의 버팀목

**최지희** 영화배우

　하얀 목련이 뚝뚝 떨어지던 봄날. 샛노란 개나리가 눈부시게 피어나던 1992년 4월 3일, 문단의 거목 나림 이병주 선생님이 타계하셨다. 빈소는 서울대학병원에 마련되었고 선생님을 애도하는 인파와 조화가 산을 가리고 숲을 이루었다.

　검은 띠를 감은 선생님의 영정 앞에서 가장 슬프게 통곡한 사람은 나, 영화배우 최지희였다. 이병주 선생님은 나를 배우로 이끌어준 영화감독도 아니었고 영화계에서 동고동락한 동료나 선배도 아니었다. 그런데 왜 나는 이병주 선생님의 영정 앞에서 그토록 통곡했을까?

　문상객들이 의아한 눈초리로 오열하는 나를 주시하고 혹은 빈정대거나 수군댔을지도 모른다. 그러나 나는 개의치 않고 목 놓아 울었다. 가슴 깊은 곳에서부터 터져 나오는 설움을 이길 수 없었고 뭔가 억울한 것이 치밀어 감당할 수가 없었다. 그래서 나는 목 놓아 울었다.

솔직히 나는 선생님의 죽음이 못 견디게 서러워서 울었던 것만은 아니었다. 나의 꿈을 이루어주지 못하고 가신 선생님이 서러워서 울었다. 선생님은 평소 내게 이런 말씀을 하셨다.

"지희의 한을 풀어주고 싶다."

그 말은 나를 감동시켰다. 그 말을 들을 때마다 가슴 깊이 고마움이 넘쳤다. 선생님께서 나의 한을 풀어주겠다고 하신 것은 내가 살아온 인생 역정을 논픽션으로 그려내고 싶다는 것이었다.

선생님은 입버릇처럼 "지희는 임진왜란 이후 일본을 점령한 최초의 여인이다"라고 말씀하셨다. 선생님은 내가 영화배우로서 스포트라이트를 받던 1973년, 그 화려한 은막을 뒤로하고 단신의 몸으로 일본으로 건너간 것을 알고 계셨다. 동경 한복판에 열었던 '지희의 집'을 중심으로 한국 타운을 만든 사연에 선생님은 감동하셨다. 아카사카를 중심으로 한 한국 타운은 일본 곳곳에 지부를 만들어 일본 전역을 휩쓸었다. 작은 나의 몸으로 넓은 땅 일본을 점령한 성공 스토리를 선생님은 쓰고 싶어 하셨다.

일본에서 이룬 나의 성공에 어찌 힘들고 외로운 고비가 없었겠는가. 화려한 은막 생활을 뒤로하고 건너간 낯선 이국땅에서 왜 서러움이 없었겠는가. 한도 많고 아픔도 많던 나의 길을 선생님은 면면히 알고 계셨기에 일본에 자주 오셔서 늘 내 곁을 지켜주시곤 하셨다.

기쁠 때나 외로울 때나 선생님은 나의 바람막이가 되어주셨고 버팀목과 디딤돌이 되어주셨다. 가끔 소설이나 수필 같은 데 나를 인용해 글을 쓰기도 하셨다. 그리고 선생님은 외국 유명 여배우들의 전기를 사 읽곤 하셨다. 나에 대한 논픽션을 쓰기 위한 자료를 찾고 소재를 수집하기 위해서였다.

선생님은 임종하기 얼마 전까지만 해도 세 차례나 나와 함께 일본으로 건너가 한국 타운을 둘러보고 일본 전역을 여행하며 많은 대화를 나눴다. 선생님은 서점에 갈 때도 늘 나를 데리고 다녔는데 책을 많이 사셨다. 문학 서적뿐 아니라 정치, 경제, 역사, 철학 서적까지 한 아름으로 책을 사셨다. 내가 "그 많은 책을 언제 다 읽으시냐"고 물었더니 선생님은 "책을 읽을 때마다 새로운 것을 발견하고 놀라움과 감격을 느낀다. 책을 읽지 않을 수 없다"고 말씀하셨다. 일흔의 나이에 그토록 열심히 공부하는 모습은 내게 무척 경이로웠다. 선생님은 내 인생에 큰 감동과 교훈을 주셨다. 언젠가 선생님이 내게 이런 말씀을 하셨다.

"지희를 보면 한국 여인의 역사가 보여. 한국의 문화, 경제, 인생의 철학 등 모든 것이 지희한테서 나온다."

"45년 동안 배우 생활을 한 지희를 보면 한국 영화사가 보여. 100년, 200년 기록을 해야 하는데 지희 너를 보고 기록하고 싶다."

그런 말씀을 들을 때마다 난 선생님께 감사했다. 선생님이 나의 논픽션을 쓰면 가슴 깊은 곳을 적시는 감동의 스토리, 진정성이 담긴 진실한 이야기가 나올 것이라 믿었다. 나의 영화계 생활, 일본 동경 아카사카에서 이루어낸 성공담, 미국에서의 사업과 한국에서의 생활 등 나의 삶을 고스란히 옮겨 적어 주실 것이라고 생각했다.

그러나 선생님은 쓸 작품들이 밀려 있었고 나도 사업이 바빠 서로 이야기 나눌 틈이 나지 않았다. 선생님과 만나도 식사를 하고 술잔을 나누거나, 산책을 하고 책방을 따라다니는 게 고작이었다. 선생님이 미국으로 거처를 옮겼을 때는 한번 오라고 하셨지만 "곧 갑니다" 말씀만 드리고는 차일피일 미루기만 했다.

내가 이병주 선생님과 오누이처럼 가깝게 지내게 된 것은 여섯 살 때 일본에서 아버지의 고향인 경남 하동으로 귀국하면서였다. 선생님의 고향이 하동이었던 것이 운명 같은 인연의 시작이었다. 섬진강 푸른 물줄기가 그림처럼 흘러가는 강가 마을 하동에서 선생님과 나는 함께 자랐지만 그때는 친하게 알고 지내지 않았다. 선생님의 어머니와 나의 할머니가 친하게 지내셨고 젊었을 적 나는 주목받는 배우로 눈코 뜰 새 없이 바빴다.

그러던 어느 날 어머니께서 "지희야. 병주는 소설을 써서 돈을 많이 번단다"라는 말씀을 하셨다. 당시 이병주 선생님은 장충동에 살고 계셨는데 나는 선생님을 장충공원에서 뵙곤 했다. 서로 바빠 자주 만날 수는 없었으나 이따금 만나 식사를 함께 하곤 했다. 언젠가 선생님께서 "맛있는 밥을 사주겠다"고 하시며 만나자고 하셨다. 선생님께서는 《조선일보》에 어느 대통령에 대한 글을 쓰고 고료를 많이 받으셨다고 하셨다. 그날 선생님과 둘이 정말 맛있게 밥을 먹었던 기억이 난다.

선생님의 영정 앞에서 그토록 슬피 운 것은 또 한 가지 잊을 수 없는 기억 때문이었다. 선생님의 고희연이 부산 하얏트 호텔에서 열렸을 때 내가 프로그램을 맡고 이벤트를 했다. 가수 조영남 씨와 그의 동생 성악가 조용수 교수를 초청해 고급스럽고

화려한 축하연을 마련했다. 쟈니 윤의 축하 쇼가 선생님의 고희
연을 더욱 빛냈다. 선생님은 교우 관계도 넓으셨기 때문에 고희
연에는 사회, 경제, 정치, 문화 각계각층의 하객들이 문전성시
를 이루었다. 하객들 중에는 정구영 검찰총장님, 김현옥 전 서
울시장님, 이후락 전 중앙정보부장님이 참석해 선생님의 생신
을 축하해 주셨다.

　당시 김현옥 서울시장님과 이병주 선생님은 각별히 친하게
지내셨는데 선생님께 서울시 행정에 관한 많은 자문을 구하신
걸로 알고 있다. 한번은 김 시장님과 이 선생님이 남산에 오르
셨다. 서울타워 앞에서 김 시장님은 종로 쪽을 내려다보면서 세
운상가 건립 계획을 내비쳤다. 그때 선생님은 창덕궁과 종묘의
미관을 해친다며 세운상가 건립의 부당성을 역설하셨다. 그 뒤
로 두 분의 관계가 잠시 소원해졌으나 세운상가의 건립을 반대
하신 선생님의 선견지명은 실로 대단하셨다고 생각된다. 현재
오세훈 서울시장은 세운상가를 철거하고 그곳을 공원화하는 사
업을 추진하고 있으니, 선생님의 앞을 내다보는 혜안에 혀를 내
두르지 않을 수 없다.

　선생님의 고희연에 하객으로 오신 정구영 검찰총장님과 선
생님은 고향이 하동이라 막역한 사이셨고, 이후락 전 중앙정보
부장님과도 호형호제하는 사이로 가깝게 지내셨다. 고희연이
절정에 이르면서 선생님은 즐겨 부르시는 '추풍령'을 특유의
그렁그렁한 목소리로 한 곡 뽑으셨다. 그리고 조영남 씨와 나,
선생님 셋이서 어깨를 감싸 안고 춤을 추면서 정말 많은 노래
를 불렀다. 우리가 선생님과 함께 노래를 부르자 쟈니 윤을 비

롯한 많은 하객들이 무대로 나와 합창하며 춤추던 정경이 눈에 선하다. 고희연이 끝나고 선생님께서 "지희야, 정말 애 많이 썼다. 세상에 태어나서 처음으로 멋있고 흥겨운 잔치를 했다"라고 하시며 더없이 만족해하셨다. 소년처럼 좋아하며 웃던 선생님의 소탈한 모습을 잊을 수가 없다.

소설가이기 전에 언론인이셨던 선생님은 신문사를 하나 갖고 싶어 하셨다. 나에게 함께 신문사를 해보자고도 하셨다. 하지만 그때 내게 신문사는 생소한 영역이었고 언론과는 거리가 멀어 성사되지 않았다. 지금 생각하면 안타깝기 그지없다. 임종하시기 얼마 전에도 선생님께선 '한중신문'을 한번 해보자고 하셨다. '한중신문'은 한국에 있는 중국 신문으로, 한국과 중국이 국교가 맺어질 때라 한번 해볼 만했다. 선생님과 내가 대주주가 되어 참여하려고 준비하던 중 선생님께서 홀연히 타계하시고 말았다.

선생님이 폐암으로 병원에서 투병 중일 때 도시락을 싸 들고 자주 문병을 갔다. 그때마다 선생님은 "지희야, 내가 곧 병이 나을 테니까 퇴원하면 옛날처럼 일본 여행하면서 좋은 글 많이 써야겠다" 하며 희망을 잃지 않으셨다. 그러나 그때 이미 선생님은 암 말기 통고를 받은 뒤여서 내 마음은 형용할 수 없을 만큼 쓰리고 아팠다. 그러나 선생님은 늘 평온한 얼굴로 희망을 잃지 않으셨다. 임종을 앞두고 선생님은 밭은 기침을 자주 하셨다. 폐암은 기침을 심하게 하다가 숨이 넘어가는 경우도 있는데 선생님은 기침만 하면 내게 얼른 가라고 하셨다. 기침하다 숨이 넘어가는 마지막 모습을 보이기 싫으셨던 거였다. 그렇게 쫓겨나 돌아오는 길에 나는 마치 내가 죽는 것처럼 슬프고 외로웠다.

선생님이 운명하시고 난 후 간병인으로부터 연락이 왔다. 나는 집을 나서면서부터 통곡하기 시작했다. 그리고 누구보다 슬피 울었다. 많은 사람들이 문상을 왔고 조화들이 답지했다. 그러나 KBS에서는 선생님의 유고 소식을 보도하지 않았다. 선생님의 작품을 얼마나 많이 KBS에서 방영했는데 선생님의 유고 소식을 홀대할 수가 있을까. 일본 NHK 방송은 국민가수 미소라 히바리加藤和枝가 타계하자 모든 정규 방송을 중단하고 하루 종일 추모 방송을 했다. 거기에 비할 수는 없겠지만 나는 KBS가 문단에서 거목 중에 거목인 선생님을 홀대한다는 생각에 안타까움을 금할 수 없었다. 당시 검찰 총장이던 정구영 총장님이 문상을 왔기에 나는 이러한 사실을 알렸고, 정 총장님이 KBS 사장실로 전화를 걸어 KBS에 선생님 유고 소식을 내보내게 했다.

그렇게 허망하게 선생님을 떠나보낸 뒤 내게 남은 건 절망과 허탈뿐이었다. "지희의 한을 풀어주겠다" 하시며 나의 논픽션 소설을 써주겠다던 약속은 날아가 버리고 만 것이다. 글 쓰는 분들은 많다. 그러나 누가 이병주 선생님처럼 써 줄수 있을까. 내가 살아온 영욕의 시간을 누가 가슴 시리도록 따뜻한 글로 남겨 줄 수 있겠는가. 나의 인생을 누가 이병주 선생님보다 진솔하게 기록해 줄 수 있겠는가. 나의 꿈도 희망도 선생님과 함께 땅속 깊이 묻히고 말았다. 그 한이 가슴에서 영원히 지워지지 않을 것 같아 선생님의 영정 앞에서 단장斷腸하듯 울었는지 모르겠다. 지금도 선생님이 환히 웃으면서 나의 어깨를 감싸 안고 압구정동 길을 걸을 것 같다. 선생님 고이 가시옵소서. 명복을 비옵니다.

# 그리운 나의 아버지

이권기 경성대 교수

1991년 3월 30일, 부산 하얏트 호텔에서 아버지의 고희연을 가졌다. 서울에서 하지 않고 부산에서 한 것은 내가 부산에 살고 있기 때문이었다. 아버지는 칠순 잔치 후 내게 경비가 얼마나 들었냐고 물으시곤, 서울 가서 그 돈을 부쳐 주겠다고 하셨다. 내가 "괜찮습니다"라고 말씀드렸더니 물려줄 재산 없는 상속자에게 신세 지고 싶지 않고, 당신은 '영원한 현역'이라며 고집을 꺾지 않으셨다. 그리고는 경비를 서울에 돌아가자마자 바로 부쳐 주셨다. 나는 당시 약간 섭섭하기도 했지만 칠순이 되서도 경제적 활동을 할 수 있는 건강과 능력을 가진 아버지가 한편으론 고맙고 자랑스러웠다.

고희연이 끝난 그해 11월 아버지께서 뉴욕으로 가실 때, 나도 문교부 해외 파견 교수로 일본에 가게 되었다. 이러한 사실을 말씀드렸더니 아버지께서는 "그러면 내년에는 너를 동경에서 볼 수 있겠구나" 하시면서 뉴욕으로 떠나셨다. 나는 일본에 두어 차례 체류한 적이 있었지만 단기 체류였기에 이번에 가서 많은 것을 배우고 오겠다는 기대와 꿈에 부풀어 있었다. 앞선 이야기가 되겠지만, 이런 나의 기대와 꿈은 무산되었다. 1992년 4월 3일 아버지의 갑작스런 타계로, 나는 정신적 패닉 상태에 빠져 일본에서의 1년간을 헛되이 보내고만 것이다. 지금 생각해도 너무나 아쉽고 후회스러운 일이다.

1992년 초, 일본 생활을 하게 된 나는 미국에 계시는 아버지께 전화를 드리곤 했다. 어느 날 안부 전화를 드렸더니, 감기로 고생하고 있지만 그렇게 걱정할 것까지는 없다고 하셨다. 평소 건강하신 터라 나도 크게 걱정은 하지 않았다. 그리고 2월 말경에 다시 전화를 드리자, 곧 일본에 갈 테니 도쿄에서 보자고 하셨다. 도쿄 제국호텔에서 만나기로 약속했는데, 공항으로 갈까 하다가 그냥 호텔에서 기다리기로 했다. 공항으로 나가지 않은 것은 지금도 후회스럽다. 후회의 깊이만큼 뉴욕의 아버지 곁에 있었던 여성에 대한 마음의 앙금도 진하게 남아 있다. 그렇게 건강하시던 분이 휠체어를 타고 호텔 로비에 나타나셨던 것이다! 아버지가 그런 상태라면 나에게 공항으로 마중 나와야 한다고 알려주는 것이 상식이지 않겠는가? 휠체어를 밀고 온 남자는 그 여성의 친척이라고 했다. 무슨 이유로 아들인 나에게 공항으로 마중 나와야 할 상황을 알리지 않고, 자기의 친척에게 요청했는지 지금도 의문스럽다. 아버지는 어쩔 줄 몰라 하며 달려간 나에게 "어째서 공항에 나오지 않았어? 나쁜 놈" 하셨다.  내가 당신의 건강 상태를 알고 있으면서도 공항에 나가지 않은 것으로 여기셨던 것 같다. 그런 정도로 상태가 좋지 못한 줄 알았다면 어찌 공항에 나가지 않았겠는가! 아버지는 "나쁜 놈" 하시면서도 얼굴은 기쁨과 안도의 빛으로 미소를 지어 보이셨다. '나쁜 놈'은 오랜만에 만날 때나 부자간에 뭔가 어색할 때 나를 가볍게 나무라시는 애칭으로 그 뒤는 언제나 '뿐도 없이'가 덧붙여졌다.

호텔에 체크인 할 때, 아버지는 구관을 원하셨다. 그러나 빈방이 없어 할 수 없이 신관에 방을 잡았는데 아버지는 이를 못내 아쉬워하셨다. 아버지는 도쿄 제국호텔이 일본의 상징이라고 하시면서 유학 시절 그 근처를 지나칠 때마다 나중에 세월이 지나면 제국호텔에 숙박할 정도는 되어야겠다 마음먹었다고 하셨다. "구관이 좋은데" 하며 아쉬워하신 것은 아마도 그런 학창 시절의 향수 때문이었으리라 생각한다. 그전에도 제국호텔에 묵을 때마다 구관을 고집하셨지만, 그날 더욱 아쉬워하신 것은 아마도 마지막을 예감하신 것은 아니었을까 하는 생각이 들어 지금도 가슴이 아프다.

그때부터 일주일 정도 나는 아버지 곁에서 생활했다. 아버지는 낮에도 기침이 심했지만 밤에는 더욱 심해서 잠을 이루지 못하셨다. 기침 끝에 뱉는 가래침에는 피가 묻어 있었는데 나는 걱정과 두려움으로 정신을 차릴 수가 없었다. 그러면서도 아버지는 점심시간 때는 호텔 근처의 책방에 들러 책도 사시고 산책도 하셨다. 그리고 근처에 있는 유명한 식당으로 나를 데리고 다니셨다. 그러나 당신은 이미 그때 짠맛을 느끼지 못하고 계셨다. 아이스크림과 커피 맛만을 느낀다는 것이었다. 아무리 유명하고 맛있는 요리라도, 제대로 식사를 하지 못하는 아버지 앞에서 나만 맛있게 먹을 수도 없었거니와 걱정으로 식욕도 나지 않았다. 먹는 둥 마는 둥 하고 있는 나에게 아버지는 "나 신경 쓰지 말고 많이 먹어라"라고 하시면서, 이제부터 당신이 도쿄에 계실 동안 "네놈 월급으로 갈 수 없었던 곳을 데리고 갈 테니까 사줄 때 실컷 먹어두어라"라고 하셨다.

아버지가 건강할 때였더라면 얼마나 좋았겠는가. 동경에서 아버지와의 멋진 데이트를 생각했던 나는 전혀 신명이 나지 않았다. 하루는 호텔 근처를 산책하는 길에 태명소학교를 보았다. 학교 교문 옆 아주 작은 공지에 세모꼴 지붕을 씌운 판자가 하나 세워져 있었는데, 거기에는 이런 문구가 적혀 있었다. "시마자키 도손島崎藤村, 어린 시절 이곳에서 배우다." 아버지께서는 그걸 보시고선 "권기야! 이것 좀 봐라. 참 뽄이 있지", 하시면서 다음과 같이 설명을 하셨다. "이 소학교는 대단한 역사가 있는 학교다. 육군대장을 비롯해 유명한 정치가와 권력자를 배출한 명문인데 그런 인물들을 제쳐놓고 문학인 시마자키 도손을 대표적 인물로 적은 걸 봐" 하시면서, 그런 점이 이 학교를 명문으로 만드는 것이라고 하셨다.

아버지와 나의 데이트는 낮에는 식당이나 책방, 밤에는 술집으로 계속되었다. 이 집은 복어 요리가 유명하다든가 이 술집은 일본의 대문호인 나쓰메 소세키夏目漱石의 단골집이라든가 등등이었는데, 어느 날은 긴자의 2층에 있는 조그만 술집에서 "저기 접시를 닦고 있는 아가씨 있지. 저 아가씨가 이 집 주인의 딸인데, 시카고대학의 철학 박사야. 그러니 너 대학교수라고 지식

있는 체하다가 큰 코 다쳐, 조심해" 하고는 웃으셨다.

한번은 당신이 학창 시절 다니던 술집에 가보자고 하셨다. 긴자에 있는 1층의 허름한 술집이었는데 7~8명의 손님이 겨우 앉을 수 있는 카운터가 하나 있을 뿐인 집이었다. 그 카운터 안에서 호호백발 할머니가 손님들의 시중을 들고 있었다. 아버지를 반갑게 맞으면서 그간의 안부를 물으셨다. 아버지께서는 나를 '내 아들놈' 이라고 소개하면서 "이 집에 출입하던 당시 내 나이보다 이 녀석이 훨씬 나이가 많다. 그러고 보니 세월이 참 많이 흘렀다"고 하셨다. 주인 할머니는 자기 딸도 장성해 손주가 몇 명이나 된다고 하면서, 자기도 나이가 들어 이제 곧 가게를 그만둘 작정이라고 하셨다. 아버지는 그 집에서 나오자 "저 여자도 젊은 시절엔 꽤나 미인이었는데……. 이 집이 허름하게 보여도 일본 문단사에 나오는 유명한 집이야"라고 하셨다. 그리고 "이런 것이 일본이야, 우리나라 같으면 네가 대학 때 다니던 술집이 40~50년 후에도 그 모습 그대로 남아 있겠느냐"고 말씀하셨다. 당신이 신문사에 있을 때 단골로 다니던 남포동, 광복동의 술집이 10년쯤 지나 찾아보니 깡그리 없어졌다면서, 아까 그 술집은 그 모습 그대로이고 단지 주인이 젊은 아가씨에서 할머니로 변해 있을 뿐이라며 감개에 젖으셨다.

이제와 생각하면 당신의 추억 속 술집을 마지막으로 본다는 의식이 있지 않았나 싶다. 나중에 안 바에 의하면 그 허름한 술집은 옥호가 '아라시'인데 일본 문단사에 등장하는 유명한 장소였다. 탐미주의 작가 다니자키 준이치로谷崎潤一郎가 1930년에 친구인 시인 사토 하루오佐藤春夫에게 자기 부인을 양도한 사건이 있었다. 양도를 하겠다고 약속한 장소가 바로 그 술집이었고, 그 장면의 산증인이 바로 술집 주인 할머니였던 것이다.

아버지는 계속 기침을 하면서도 좋아하는 윈스톤 담배를 입에서 떼지 않고 피우셨다. 손가락에 힘이 없어 자꾸만 담배를 떨어뜨리기에 "이제 그만 피우시지요" 했더니, "나는 담배의 복수로 인해 죽는다. 그러니 너는 이제부터라도 담배를 끊어라. 애비 게가 자식 게에게 너는 똑바로 걸어라 하는 꼴이지만 진심이다" 하셨다. 그때까지 나는 아버지 앞에서 담배를 피웠다. 대학생 시절 내가 화장실에서 담배를 피우고 오자 화장실에서 숨어서 피우는 것은 보기 싫으니 당신 앞에서 그냥 피우라고 하셨다. 그러면서 당신과 있을 때는 괜찮지만 다른 사람과 있을 때는 삼가라고 하셨다. 언젠가 아버지 제자들과 함께한 자리에서 내가 무심코 담배를 피웠는데 제자들이 "우리는 선생님 앞이라 삼가고 있었는데……" 하며 항변을 하더라는 것이었다. 그날 나는 아버지 앞에서 담배를 피울 수 없었다. 하지만 나는 지금 불효막심하게도 담배를 끊지 않고 있다. 아버지께서 저 위에서 "나쁜 놈, 뿐도 없이" 하면서 혀를 차고 계실 것 같다.

도쿄에 도착한 다음 날 아버지께서 룸서비스로 식사를 하자면서 당신은 오트밀을 시키고, 나는 스테이크로 주문하라고 하셨다. 제국호텔에서 룸서비스로 식사하는 호사를 "애비 잘 둔 덕분인 줄 알아" 하시며 한껏 폼을 잡으셨다. 식사를 하던 중에, TV에서 한국의 대통령 선거에 관한 뉴스가 있었던 것으로 기억된다. 그때 아버지께서 "너는 다음에 누가 대통령이 되면 좋겠

노?"하셨다. 내가 머뭇거리자, "그렇게 하고 싶어 하는데, 김영삼이 좀 시켜주지"하셨다.

전 대통령의 청문회 등 한국의 정치에 관해서 이런저런 이야기를 하시다가 갑자기 이제까지 한 번도 말씀이 없으셨던, 당신이 관계한 여성들과 이복 동생들에 대해서 말씀하셨다. "그 문제는 내가 다 처리했다. 그것은 그 애들의 어미가 알아서 할 문제이니 너는 걱정할 필요가 없다"고 하시면서, 당신의 장서 중에서 "네가 필요한 것은 가지고, 나머지는 네가 재직하고 있는 학교에 기증하도록 해라"라고 하셨다. 그 외에 여러가지 처리를 부탁하시고는 "너의 어미에 대한 나의 죄가 크다. 그러나 그것도 다 운명이니 어찌하겠냐. 나 대신에 너의 어미를 잘 모셔라. 남겨 주는 것도 없는 네게 부탁이 너무 많구나"하셨다. 그리고는 "우리 집안은 대대로 의지력이 부족해서 탈인데, 갈수록 의지력이 더 부족한 것 같다. 나보다 너는 더 부족한 것 같으니 걱정이다. 그래도 나는 한 가지 공부에만은 의지력이 강했는데……. 내가 죽고 나서 혹시라도 누군가 문학비라든가, 뭐 그런 걸 하자고 하면 거절하도록 해라. 나중에 네가 힘들게 된다. 잘 새겨들어. 생각해 보면 나도 참 오래 살았다"고 하셨다.

나는 그날 마치 아버지의 유언을 듣는 것 같아 숙연하게 앉아 있었다. 아버지는 말씀을 마치시더니 "이제 나는 좀 쉴 테니 너는 밖에 가서 놀다 오너라. 돈은 바지 주머니에 있으니 쓸 만큼 가져가고……"하셨다. 만 엔만 뽑아서 나오니, "왜 좀 더 가져가지 않고. 살 것도 많을 텐데"하시길래 "저도 돈 있습니다. 문교부에서 받았거든요. 한 달에 20만 엔 정도는 받습니다"라고 말씀드렸다. 아버지는 "우리나라도 참으로 좋은 나라가 되었구나" 하고 웃으셨다. 그리고는 "그 돈으로 도쿄에서 너의 가족이 와서 살기에는 좀 그렇구나. 한국에 가서 돈을 좀 부칠 테니 가족들 다 데려와서 일본 구경도 좀 시켜주려무나" 하셨다. 아버지는 그 약속을 지키지 못하고 가셨다. 그때만 해도 아버지는 당신의 병이 암이 아닐까 하는 두려움과 아니겠지 하는 기대가 있었으리라 생각된다. 미국에 가기 전에 병원에서 건강 검진을 하고는 "아주 깨끗하대" 하며 기뻐하셨는데, 한국에서 폐암이라는 진단을 받고 충격을 받았을 아버지를 생각하면 지금도 눈시울이 뜨거워진다.

아버지와 함께 지낸 일주일 동안의 도쿄 생활을 돌이켜 보면, 아버지는 직감적으로 당신의 죽음을 예감하셨던 것 같다. 나에게 잊지 못할 추억과 함께 걱정과 부담을 주지 않으려고 고통 속에서도 세심하게 배려해 주신 것이다. 그런 아버지의 마음을 생각하면 가슴이 미어진다. 아버지께서 돌아가신 후 본 유언장은 내용이 좀 더 구체적이었을 뿐 당시 이야기한 내용과 거의 같았다. 그때 이미 아버지는 나에게 유언을 하신 것이었다. 지금도 그때 나눈 아버지의 대화를 생각하면 눈물이 난다.

서울대학병원에 입원 수속을 하고 도쿄를 떠나기 전날, 아버지께서는 가지고 있던 일본 엔을 전부 주면서 "모처럼 일본까지 와서 궁색하게 지내지 말고 가보고 싶은 데가 있으면 가고, 먹고 싶은 것 있으면 사 먹고 여유 있게 생활해라. 앞으로 돈 걱정 없이 해줄 테니까" 하셨다. 그 약속도 지키지 못하고 가셨지만, 나는 그 말씀만으로도 과분한 아버지의 사랑을 느낄 수 있었다.

1992년 3월 9일 나리타공항에서 아버지를 전송했다. 그날도 아버지는 계속 기침을 하셨는데, 기침약을 사드리자 입국장으로 들어가시면서 "나중에 또 보자" 하셨다. 그날, 나를 보던 아버지의 눈이 참으로 슬퍼 보여 나는 아버지의 얼굴을 바로 보지 못하고 시선을 다른 데로 돌리곤 했다. 살아계신 아버지를 마지막으로 뵙는 것임을 어찌 알았으랴! 김포공항에 도착하시고 난 후의 일은 서당출판사 사장이었던 이종호 선생이 쓴, 아버지의 소설 『세우지 않은 비명』 서문에서 보았다.

이병주 선생님이 미국에서 돌아온 지난 3월 9일의 일이다. 쾌청한 날씨였다. 김포공항 대합실은 여느 때와는 달리 그다지 붐비지 않았다. 오후 3시쯤일까. 입국 수속을 마치고 나오는 여객들 틈에 끼어 선생님이 걸어 나왔다. 그 모습을 본 순간 나는 그 자리에서 까무러칠 뻔했다. 거의 다 죽어가는 사람 같은 안색을 하고 눈 앞에 나타났기 때문이다. '이럴 수가……' 하고 나는 선생님의 두 손을 덥석 잡았다. 한동안 뼈만 앙상한 그 손을 놓을 수가 없었다. (중략) 선생님은 공항에서 서울대학병원으로 직행했다. 병실은 12층의 122호실.

아버지께서 서울에 가신 후 나는 틈틈이 병원으로 전화를 드렸다. 입원하고 일주일쯤 지난 후 통화를 했는데 아버지는 상당히 좋아졌다며 시몬 드 보부아르Somone de Beauvoir의 『사람은 모두 죽는다Tous les Hommes sont mortels』의 이와나미 문고판을 사 보내라고 하셨다. '책을 읽을 정도가 되셨구나' 하고 조금은 안심이 되었다. 사실 나는 일본에서 파견 교수로서의 의무 조항 때문에 귀국할 수 없어서 이러지도 저러지도 못하고 불안과 초조의 나날을 보내고 있었던 것이다.

4월 1일인지 3월 마지막 날인지 확실치 않지만 아버지께 전화를 드렸더니, 이제 곧 퇴원할 거라며 뉴욕으로 가는 길에 도쿄에 들를 테니 그때 보자고 하셨다. 그러나 4월 3일 밤 10시 무렵, 청천벽력 같은 아버지의 부음을 전화로 전해 들었다. 아버지께서 돌아가시던 날의 상황은 이종호 선생의 기록에 의하면, 퇴원해 롯데호텔에서 쉬시다가 4월 3일 오전에 뉴욕으로 같이 갈 속기사를 한명 채용하셨는데, 오후에 갑자기 각혈을 하다가 질식사했다는 것이었다.

선생님은 아주 편안한 모습으로 그 자리에서 잠들고 있었다. 내가 처음 병실에 들렀을 때 링겔 주사 바늘을 손등에 꽂은 채 깊은 잠에 빠져 있던 모습 그대로였다. 참으로 고독하게 살다 고독하게 생애를 마친 분이다. (중략) "……대각혈입니다. 지병으로 사망했다고 하시지요." 뒤에 알고 보니 선생님이 폐암 선고를 받은 것은 입원한 지 일주일이 채 되기 전의 일이었다. 그리고 선생님은 이 사실을 아무에게도 알리지 못하도록 했다는 것이다. 혼자서 자기 인생을 마무리 지으려고 한 것 같다. 그렇다면 선생님은 어째서 속기사를 데리고 뉴욕으로 되돌아가려 한 것일까. 속기사를 통하여 남겨두고자 했던 것은 무엇이었을까. 결국 이것은 아무도 풀지 못할 영원한 숙제로 남게 된 것이다.

그러나 당시의 나는 이런 사실을 알 리가 없었다. 아버지가 돌아가셨다는 소식에 빨리 귀국해야 한다는 초조감으로 정신이 혼미한 가운데, 한밤중에 이정규 씨(지금 나와 같이 재직하고 있는 재일교포 이은택 교수의 부인이다. 도쿄 외환은행에 다니는 분으로 아버지는 물론이고 나도 많은 도움을 받았다)에게 전화를 걸어 사정을 말한 후, 다음 날 서울로 가는 비행기 편을 부탁했다. 나리타공항에서 아버지를 전송하고 숙소에 돌아와 아버지에게 썼던 부치지 않은 편지를 읽으면서 밤을 하얗게 지새웠다. 이상하게 눈물은 나지 않았다. 다음 날 김포공항에 내리자마자 택시를 타고 서울대학병원으로 가서 영안실에 놓여 있는 주민등록증 사진을 확대한, 검은 테를 두른 아버지의 영정 사진을 보는 순간 그때까지 참고 있던 눈물이 주체할 수 없이 쏟아지기 시작했다.

문상 오신 황용주 선생(전 문화방송 사장)이 아버지 영정 앞에서 "너 내 절 받으려고 먼저 죽었나" 하시면서 우시던 모습이 기억에 선하다. 황용주 선생의 도움으로 남한강 공원 묘지에 장지를 정했다. 하관식 날, 저 세상에 가서도 그렇게 좋아하시던 독서를 하시라고 쓰시던 안경과 일전에 내가 부친 시몬 드 보부아르의 『인간은 모두 죽는다』를 관 속에 넣었다. 아버지는 퇴원을 하루 앞두고, 운명처럼 돌아가셨다.

아버지가 쓰신 글 중에 다음과 같은 것이 있다.

내가 죽거든 눈물을 흘리지 말라.
눈물을 흘리는 척만 하라!
내가 죽거든 슬퍼하지 말라.

슬픈 척만 하라!

예술가란 원래 죽을 수가 없는 것이다.

죽은 척만 하는 것이다.

이것은 장 콕토의 유언입니다.

이에 나는 기왕 다음과 같이 덧붙인 일이 있습니다.

어찌 예술가뿐이랴. 사람이란 원래 죽을 수가 없는 것이다.

죽은 척만 할 뿐이다.

그러고 보니 인생엔 죽음이란 게 없는 것입니다. 따지고 말하면 자의에 의한 죽음이란 없고, 타의에 의해 죽은 척만 하고 있는 것인지도 모릅니다.

나는 아버지의 이 글을 보며, 아버지는 돌아가신 게 아니라 돌아가신 척하고 있다는 생각을 하면서 지금도 위안하고 있다.

아버지에 관한 기억은 다섯 살 이후부터다. 다섯 살 이전의 이야기는 할머니나 어머니, 아버지로부터 직접 들은 것이다. 내가 두세 살쯤 때의 일이란다. 나는 방안을 기어 다니며 여러 물건들을 만지곤 했지만 신통하게도 아버지의 책을 찢는 일은 전혀 하지 않았다고 한다. 아버지는 나를 귀여워하며 늘 당신의 방에서 놀게 했다고 한다. 아버지는 당시로는 구하기 힘든 파카 만년필을 구하고 매우 기뻐하시며 그 만년필로 내가 성장하는 모습을 매일매일 원고지에 적었다고 한다. 원고지를 책상 위에 매달아 놓은 대나무 바구니에 담아두셨는데, 그 당시 원고지가 바구니 가득이었단다. "이놈이 커서 읽어보면 지가 어떻게 컸는지 잘 알겠지" 하시며 즐거워하던 어느 날, 아버지께서 잠시 방을 비우고 돌아와 보니 만년필이 보이지 않더란다. 찾아보니 화로 속에 다른 부분은 다 녹아버리고 펜촉만 남아 있었다고 한다. 방 안을 기어 다니던 내가 만년필을 화로 속에 넣어버린 것이다.

그 일도 다 적어 놓으신 육아 일기와 독서 노트(아버지는 독서를 하실 때 반드시 독후감을 적는 습관을 가지고 계셨고, 그 당시 독서 노트가 사과 상자로 두 상자 정도였다고 한다)는 6·25 때 다 소실되었는데 두고두고 아쉬워하셨다. 나중에 소설을 쓸 때 다방이든 어디에서든 쉽게 글을 쓰실 수 있었던 것은 젊은 시절 독후감 쓴 덕분이라며, 나에게도 독후감 쓰는 버릇과 독서 노트를 만드는 습관을 길러야 한다고 늘 말씀하셨다. 6·25전쟁 때 네 살된 나를 업고 피난을 가던 중에 내가 인민군을 보고 "국군, 국군" 하여 혼이 났다는 이야기도 있다. 이 이야기는 『잃어버린 시간을 위한 메모』라는 책에 적혀 있지만 아버지의 첫 소설인 『내일 없는 그날』에도 적혀 있다.

형수는 6·25사변 때 피난 간다고 영근이를 안고 우왕좌왕하던 때가 생각났다.

당시 영근이는 겨우 말을 배울 때였다. 처음으로 인민군을 보았을 때 아이는 그들을 가리키면서 국군 국군 했었다. 그 뒤 국군이 들어오니까 이제는 국군을 보고 인민군 인민군 하는 바람에 경숙이 질겁을 했었는데……

또 하나는 어머니가 친정에 가시고 시골에서 아버지와 단둘이 있었을 때의 이야기다. 시골 밤, 밖에서는 개구리 울음소리가 한창이고 당신은 책을 읽고 계셨는데 자는 줄 알았던 내가 갑자기 "아부지 개구리는 왜 자꾸 울어쌓을꼬" 하더란다. 당신께서 "너가 맞혀봐라" 했더니, 내가 "저거 엄마가 보고 싶어 우나" 했단다. 아버지가 "너가 엄마가 보고 싶은 게로구나"라고 하자 마음을 들킨 내가 아버지의 등을 마구 두들기더란다. 이 이야기도 『내일 없는 그날』에 있는데, 소설에선 '개구리'를 '귀뚜라미'로 바꾸어놓았다. 아마도 배경이 도시였기 때문일 것이다.

그 외에도 아버지는 내 이야기를 소설 속에 종종 쓰시곤 하셨다. 내가 고등학생이었을 때 통일호 기차로 아버지와 함께 부산에 내려갔는데, 마침 그날이 내 생일(음력 7월 17일)이었다. 식당차에서 파티를 열어주시면서 "다른 식구들 생일은 몰라도 네 생일은 잘 기억해. 그날이 소동파가 「적벽부」를 쓴 날이거든" 하셨는데 그날의 이야기는 「배신의 강」에 나와 있다.

초등학교 3학년 때, 내가 기억하기로 처음이자 마지막으로 아버지 등에 업혀본 일이 있다. 며칠 집을 비운 아버지가 한밤중에 돌아오셨는데, 나는 아파 누워 있었다. 아버지는 나의 이마를 짚어보시고는 "열이 불덩이 같은데 애를 병원에도 데려가지 않고 뭐 하고 있었어?" 어머니께 불같이 화를 내셨다. 그리고는 나를 들쳐 업고 밤길에 병원으로 달려가셨다. 그때 넓은 아버지의 등에 업혀 불덩이 같이 뜨거웠던 내 몸이 느꼈던 서늘함과 안도감이 지금도 가슴에 남아 있다.

대학에 입학했을 때, 술상을 앞에 두고 아버지는 내게 술을 주시며 "너도 이제 대학생이 된 만큼 성인으로 대할 테니, 책임을 지고 행동하라" 하셨다. 그리고는 "여자 친구를 사귀는 일도 있을 텐데, 사귀는 여자가 네가 공부를 못해 싫다고 하면 아비도 도와줄 수 없다. 단 네가 가난해서 싫다고 하면 그것은 네 책임이 아니니 걱정하지 마라. 집을 전세로 옮겨서라도 지원을 할 테니" 하셨다. 공부를 열심히 하라는 말씀을 이렇게 돌려서 하신 것이다.

대학 1학년 여름방학 때였다. 친구와 여행을 가기로 해 돈이 필요했다. 그래서 아버지께 당시로는 상당한 금액을 요구했다. 아버지는 예상 밖의 금액에 좀 놀란 눈치였으나 "알겠다. 단 조건이 하나 있다. 서가에 꽂혀 있는 영어 책 중 아무거나 뽑아 와서 한 페이지만 번역해 봐라. 그 번역이 마음에 들면 요구한 금액을 주겠다" 하셨다. 나는 얼른 보기에도 멋진 하드커버의 영어 책(지금 기억으로 출판사 이름 바로 위에 횃불을 들고 달리는 사람이 그려진)을 뽑았다. 그것을 보신 아버지께서는 "다른 책을 가져오는 것이 어때? 옆에 보면 펄 벅의 책이 있을 텐데" 하시는 게 아닌가. 나는 자존심도 있고 해서 "괜찮습니다" 하자 "그럼, 할 수 없지. 너 오늘 운수가 없는 모양이다" 하시면서 "네가 가진 사전으론 안 될 텐데" 하시곤 큰 사전을 주셨다. 그리고 "내일 아침까지 해서 가져와라" 하셨다. 내 방에 돌아와 첫 페이지의 문장을 보고 난감했던 기억이 지금도 새롭다. 첫 문장에서 모르는 단어를 찾았을 때 아버지가 준 사전에도 나와 있지 않던 것이다. 결국 한 문장도 해석하지 못하고 포기하고 말았다. 다음 날 아버지께서 "그래서 내가 찬스를 주었는데" 하시고는 내가 요구한 금액에서 절반쯤 주신 것으로 기억된다. 나중에 알고 보니 그 책은 난해하기로 유명한 제임스 조이스James Joyce의

『피네간의 경야Finnegan's Wake』란 책이었다. 나의 무지를 아버지께 여지없이 드러낸 부끄러운 사건이었다.

대학을 졸업하고 군 복무를 마쳤을 때 나는 결핵에 걸렸다. 사실은 군 복무(방위병 2년 복무) 때 걸린 것인데, 모르고 있었다가 중증이 되어버렸다. 의사는 좋은 약도 많고 하니 섭생을 잘하고 치료를 잘 받으면 문제 될 것이 없다고 했다. 하지만 당시 나의 좌절감은 이루 말할 수 없었다. 치료 기간이 길었거니와 좌절감 등으로 치료를 게을리하고 약값으로 친구와 술을 마시는 등 방종한 생활을 했다. 그런 나를 보고도 아버지께서는 아무런 꾸중도 하지 않으셨다. 할머니가 "아들을 왜 그냥 놔두느냐"고 나무라면, 아버지는 "저놈이 병을 고칠 의지가 없는 걸 어쩌겠어요. 내버려 두세요" 하셨다. 말은 그렇게 하셨으나 소설 속에서 아버지의 상심한 마음을 읽었을 때, 참으로 슬펐던 기억이 난다. 1974년 10월호 《문학사상》에 실린 「칸나·X·타나토스」라는 소설에, 할아버지 제사를 모시는 장면이 있다.

어머니는 제상 앞에 꿇어앉았더니 향을 피우고 정성스럽게 잔에 술을 따랐다. 그러더니 들릴 듯 말 듯 울먹이며 중얼거렸다. "당신도 참 너무해요. 당신에게 영혼이 있고 마음이 있거들랑 당신이 애지중지하던 당신 손주 병이 낫도록 하소. 나는 그 애병이 낫지 않으면 당신 곁으로 갈 수가 없소." 나는 뭉클한 슬픔이 주먹처럼 가슴에서 솟아올라 목구멍을 틀어막는 것 같은 충격을 느꼈다. 어머니 아버지의 장손은 심한 편은 아니었지만 지금 병에 걸려 있는 것이다. 아버지는 생전 그 애를 무척이나 사랑했다. 들판을 채운 논을 가리키며 등말에 태운 그 애에게 "저게 전부 네 논이다" 하고 자랑삼아 말한 적도 있다. 그러나 아버지가 돌아가신 뒤 그 전답은 남의 손으로 넘어가고 말았다.

소설을 통해 아버지는, 할아버지 할머니가 너를 얼마나 사랑하는데 그따위 생활을 하고 있느냐고 넌지시 나무라신 것이다. 그 후 아버지는 틈만 나면 내게 엽서를 보내셨다. 그때 받은 엽서 가운데 지금도 선명히 기억나는 게 있다.

너를 사랑하라. 너가 너 스스로를 사랑하지 않는데, 누가 너를 사랑하겠는가. 부디 자중자애하기를 빈다.
　　　　　　　　　　　　　　　　　　　—너의 아비가 종로에서

그랬다. 아버지는 평생 나와 동생들에게 직접 매를 대거나, 호되게 꾸짖는 일 없이, 언제나 넌지시 혹은 우회해 스스로 깨닫게 하셨다. 언제나 관대했으며 다정다감하셨다. 세상에 어느 자식이 자기 아버지를 사랑하지 않을까만은, 내 아버지 같은 아버지를 나는 알지 못한다.

아버지와 나는 26살 차이다. 아버지는 1992년, 내 나이 45살 때 돌아가셨다. 그러므로 아버지와 나는 이 세상에서 45년을 함께한 셈이다. 결코 짧은 시간이 아닌데도 너무나 짧게 느껴지는 것은, 아직도 아버지와 함께 나누지 못한 사랑 혹은 생활에 대한 그리움이 많이 남아 있기 때문이다. 물론 아버지와 함께 한 세월 속에서 즐거웠던 추억만 있는 것은 아니다. 복잡한 여성 문제로 어머니에게 큰 슬픔을 주셨으며 나 역시 어린 나이에 상처를 입었다. 섭섭한 감정을 느꼈던 때도 물론 있었다. 그럼에도 지금까지 아버지를 사랑하고 존경하는 것은 격동의 세월 속에서 살아오시면서 당신의 가슴속 깊이 묻어둔 고뇌와 고통, 슬픔을 드러내지 않고 구김살 없이 여유로운 모습으로 최선을 다해 삶을 살아낸 분임을 너무나 잘 알고 있기 때문이다.

아버지께 드릴 말도, 듣고 싶은 말도 참 많았다. 한가해지면 마음껏 이야기하리라 마음먹었는데, 그리도 바삐 저 세상으로 가시다니 때늦은 후회는 회한으로 가슴 깊이 남아 있다. 장 폴 사르트르Jean-Paul Sartre는 자서전 『말Les Mots』에서 아버지의 죽음은 자기에게 무한한 자유를 주었다고 했다. 하지만, 나의 아버지는 생전이나 사후나 이병주의 아들이라는 '아름다운 구속'을 나에게 주셨다. 아버지가 있는 한 아들은 언제나 젊기에, 아버지의 이름이 영원할수록 아들인 나는 언제나 젊게 살아갈 수 있을 것이다.

젊음이라는 '아름다운 구속'을 선물해 주신, 그리운 나의 아버지! 오늘, 당신이 너무나 보고 싶습니다.

# 큰 산, 나의 백부님

이서기 조각가

이병주 선생님을 추모하는 책에 내가 동참한다면……. 상상도 하지 못한 일이다. 그분은 나의 백부님이니 친척으로 아는 대로 써보라는 뜻인 것 같다.

나는 백부님에 대해서 아는 것이 별로 없다. 백부님과의 아기자기한 추억은 더더욱 없다. 분명히 알고 있는 것은 나의 할머니에게 각별한 효자셨다는 것이다. 세상에는 많은 효자들이 살고 있지만 그중에서 제일가는 효자라고 해도 될까? 나의 할머니는 불교 신자시고 법명은 김선덕화(김수조)이시다. 칠순, 팔순 잔치를 종로에 있는 큰 절에서 성대하게 치렀다. 전국의 명산대찰을 백부님께서 모시고 다니셨다.

나는 할머니가 81세로 세상 떠나실 때까지 큰집 소속이었다. 큰집에는 항상 책이 가득했다. 서재에는 물론이고 거실, 안방, 큰방, 작은방, 창고 할 것 없이 책이 가득했다. 책들 사이를 헤엄치듯 다니다 보니 마치 그 책들을 다 읽은 착각을 했다. 그때는 백부님이 자랑스럽다는 생각을 하지 못했다. 그저 집안의 어른이고 할머니의 우상이며 뭔가 대단한 능력을 가진 분이라고 생각했다.

내가 아주 어릴 때 양조장을 운영하시는 할아버지와 할머니, 고모와 하동군에서 살았다. 고모는 초등학교 1학년 때 나의 담임 선생님이기도 했는데, 교직 생활을 하다가 시집을 가셨다. 내가 다니던 대야초등학교는 할아버지가 지으신 학교이다. 교가는 백부님께서 지으셨다. 어렸지만 참 좋은 교가였다고 기억된다. 내가 9살 때 할아버지께서 돌아가시고, 오촌 당숙과 당숙모께서 딸 7명을 거느리고 양조장 집으로 오셨다. 별안간에 언니들과 동생들이 생겨서 무척 재미있는 생활을 했다.

나는 할머니를 따라서 부산에 갔고 그때 백부께서는 부산《국제신문》 주필이셨다고 했다. 공사다망하신 백부님께서 나 같은 것은 안중에도 없을 것이라 생각했지만 내 걱정을 자주 하시곤 했다. "서기야. 네가 하고 싶은 일이 무엇인지 말을 해라. 세상 고민 너 혼자 짊어지지 마라. 언제든지 이 큰아버지에게 의논을 하거라. 너는 고아가 아니지 않느냐"라고 하셨다. 그렇지만 내 아버지가 백부님에게 큰 짐이 되고 있다는 것을 알았기에 나조차 백부님의 짐이 될 수는 없었다. 그래서 항상 혼자 해결하려고 마음의 빗장을 굳게 닫았다. 그리고 가출을 해 신촌 세브란스 병원에서 보조 간호원을 하며 야간 고등학교를 다녔다.

나는 지금도 아버지와 백부님을 나란히 놓고 생각하면 머릿속이 헝클어져 버린다. 백부님에게는 두 남동생과 여동생이 있는데, 내 아버지는 바로 아래이고 다음이 숙부님이시다. 숙부님은 옛날 미스 부산을 하셨던 화려한 숙모님과 딸 둘, 아들 둘을 낳고 방배동에서 부자로 사시다가 돌아가셨다. 막내가 고모님이신데 고모부님과 딸 하나, 아들 둘과 행복하게 사신다. 나의 아버지는 한평생을 무소유無所有로 사셨다. 한 부모에게서 태어나고 자란 형제가 어쩌면 그렇게도 다른 인생을 살았을까? 아버지는 젊었을 때 영어 선생을 했다고 하는데 기억에는 없다. 아버지가 번 돈으로 노트 한 권 산 기억도 없다. 아버지로부터 따뜻한 말 한마디를 들은 기억도 없다. 명품 신사복, 하얗고 긴 손가락에 언제나 멀쑥한 모습이었다. 아버지가 머문 자리에는 외국 서적, 외국 잡지 등이 널려 있었다. 아버지는 전도사를 하던 어머니와 50대에 재결합해 돌아가실 때까지 함께 사셨다.

백부님께서는 집을 여러 번 사 주셨다. 한번은 이런 일도 있었다. 백부님이 병원에 입원하셨을 때 병문안을 갔는데 백부님의 수척한 모습을 보고 갑자기 눈물이 쏟아졌다. 민망해 서둘러 병실을 나왔다. 백부님께서 고모에게 "우리 서기 너무 불쌍하다. 저거 시집도 안 가고……. 대체 어떻게 도와주면 되겠냐" 하고 물으셨단다. 고모는, 제 엄마 아버지하고 같이 살아보고 싶다고 하니 집이나 한 번 더 사주자고 했단다. 그 후로 집 한 채가 생겼는데 1년쯤 세 식구가 같이 살았다. 아버지는 집을 비스킷처럼 부셔 잡수는 특기가 있으셨다.

나는 도회지를 떠나서 깊은 산골로 들어갔다. 그곳에서 10년을 살았는데, 테라코타 작업을 열심히 했다. 가끔씩 백부님의 소식을 들을 수 있었다. 아버지는 백부님보다 14년이나 더 살아계시다가 작년 가을에 큰스님처럼 앉아서 돌아가셨다. 그리고 몇 달 후 어머니가 풍을 맞았다. 산 넘어 산이라 했던가. 9년 동안 어렵사리 운영해 오던 미술관을 접을 수밖에 없는 지경이다. 물심양면 도와주던 분들과 친구들에게 미안하고 죄송스럽다.

나는 대학 졸업의 학벌이 없다. 그러나 대학에서 20여 년을 임시직으로 다니며 대학물을 먹었다. 그래서 대학 다니는 친구들이 많다. 그들은 내가 천진하고 자유로워서 좋다고들 했다. 산 좋고 물 좋은 곳에서 미술관을 열고 빚 안 지고 돈 없이 잘 먹고 잘 사는 것은 순전히 그 친구들 덕분이다. 작년에는 모 중학교에서 특기 적성 지도 교사를 한 적이 있었다. 이력서와 건강 진단서, 주민등록 등본, 교사 자격증이 될 만한 증빙 서류(전시회 도록) 등을 제출했다. 이력서에 '독학'이라고 적어 넣었더니 한 학기 끝나고 다시는 부르지 않았다.

무식이 용기라 했던가. 나는 무엇이든 재미가 붙으면 끝장을 본다. 젊어 한창 때 취미로 사격을 했다. 기록이 좋아서 사격 올림픽에 출전을 한 적도 있었다. 그 무렵부터 약 10년 동안을 간첩 잡는 대공 수사관들이 나를 요시찰 인물로 간주하고 감시했다. 지금은 치유가 되었지만 그때는 피해망상이 몹시 심각했다. 그때 백부님께서 "서기야, 너는 대체 무서운 것이 무엇이냐"라며 나무라셨다.

서당 개 3년에 풍월을 읊는다 하지 않던가. 나는 테라코타 조각가가 되었고 자유로운 작품 세계를 구축하며 미술관을 운영하게 되었다. 나는 무능한 부모를 원망하지 않는다. 그렇지만 보이지 않는 운명의 힘에게 감사한다. 일본에서 경영의 신이라고 불리는 마쓰시타 고노스케松下幸之助씨가 했던 말 중에 이런 말이 있다.

"하늘로부터 가난한 것, 허약한 것, 못 배운 것 세 가지를 은혜로 입었다. 가난 때문에 부지런해졌고 허약한 몸 때문에 건강에 힘썼으며 초등학교 중퇴 학력 때문에 세상 사람들을 모두 스승으로 여겨 배우는 데 애썼다."

'나하고 똑같은 생각을 했던 사람이 있었구나' 하는 생각에 몹시 위안을 받았다. 백부님은 왕성한 필력으로 우리나라 문단의 고뇌하는 노장 소설가셨고, 불운한 문필가이셨다. 나는 백부님이 천년만년 소설을 쓰며 오래 사실 줄 알았다. 혹여 백부님께 누가 되지나 않았을까 싶어 나는 작가가 되고 싶은 꿈을 접었다. 이제와 생각하면 아쉬움이 남는다. 세월을 허송하지 않고 한 우물을 파서 백부님 살아생전에 멋진 작가가 되었다면 백부님도 기뻐하셨을 텐데 아쉽다. 그러나 정작 나는 내 삶에 불만은 없다. 앞날의 걱정 대신 일하듯 노는 것(흙 작업)을 즐기며 살아가고 있다.

다시 옛날 생각이 떠오른다. 초등학교 2학년 무렵 백부님이 국회의원에 출마를 하셨다. 그때 나는 옆 동네 아이들까지 죄다 모아서 종이로 만든 플래카드를 들고 백부님의 이름과 기호를 외치며 신나게 뛰어다녔다. 선거 운동을 야무지게 했던 것 같다. 어른들에게서 그때만큼 칭찬을 많이 들었던 적도 없었다. 정치가 뭔지, 권력이 뭔지도 모르면서 큰아버지가 꼭 국회의원이 되었으면 좋겠다고 생각했다. 하지만 백부님은 국회의원이 되지 못하셨다.

이제 편견의 그물 없이 백부님의 말씀을 잘 들을 수 있는데,

백부님은 이 세상 어디에도 계시지 않는다. 그 외롭고 고단한 세상 터널을 지나온 동안 백부님은 자연의 섭리에 따라 떠나신 것이다. 세월이 너무 빠르다. 백부님 생각을 하며 글을 쓰다 보니 어느새 하루가 저물었다. 소나기가 억수같이 내리다가 햇볕이 내리쬐고, 시커먼 먹장구름이 산등성이로 사라지면서 해가 졌다. 오늘 하루가 마치 백부님의 삶과 닮아 있다는 생각이 든다. 일몰이 무척이나 아름답다.